월 경 독 서

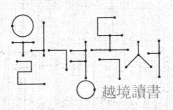

越境讀書

—

감성좌파 목수정의
길들지 않은 질문
철들지 않은 세상 읽기

목수정 지음

생각
정원

달은 차오르고,
나는 다시
국경을 넘는다

달마다 치르는 경사 월경月經은 경계를 넘는 일, 월경越境과 많이 닮았다. 우린 다시 돌아오기 위해 떠난다. 달이 기울기 위해 다시 채워지는 것처럼. 그리고 아이를 만들기 위해 여자의 자궁이 준비해둔 양분이 한 달에 한 번씩 버려지고, 다시, 아무 망설임도 없이 생명을 잉태해내기 위한 담금질을 시작하는 것처럼.

여행을 하는 것, 내 앞에 가로놓인 국경을 다시 넘어서는 것은 새로운 세계를 만나기 위한 것인 동시에 그 세계를 통해 나를 다시 만나기 위해서다. 새로 디딘 땅 끝에서 낯선 자극들이 일깨워줄 내 안의 간절한 욕망들을 더듬어내고, 확장된 나를 통해 더 많이 관용하고, 더 뜨겁게 포옹하기 위해서다.

이 책을 쓰면서, 내가 딛고 넘어온 징검다리들과 하늘에서 반짝이며 날 인도해주던 별자리들을 다시 만나는 여행을 했다.

초경을 막 시작한 여중생이 만난 《난장이가 쏘아올린 작은 공》은 물컹거리는 낯선 땅으로 그녀를 이끌었고, 막 어른이 된 소녀는 시몬 베유의 낮은 곳을 향한 한없는 이끌림과 이사도라 던컨의 맨발의 존엄을 보았으며, 장 그르니에의 《섬》을 통해 이 넓은 세상이 품고 있는 미지의 섬들을 향한 동경을 키웠다. 그때 내 심장을 후벼 파던 구절들은 여전히 나를 매혹했고, 거기 있었는지도 몰랐던 장면들이 불쑥 고개를 들며 다가왔다. 내게 말을 걸어오던 주인공들, 그 책들을 만나게 해준 인연들과 반갑게 악수하며, 놀라고 분노하며, 절망하고 때론 희열 속에 넋을 놓던 소녀의 성장기를 뒤따라갔다. 그리고 발견한다. 난 그때부터 같은 질문을 반복하고 있었다는 사실을.

* * *

파리 사람들이 도시를 빠져나가 남프랑스의 나른한 태양과 코르시카 섬의 울창한 자연 속에 몸을 누이는 동안, 난 짐을 꾸려 번잡하고 숨 가쁜 삶이 파닥거리는 서울로 휴가를 왔다. 도서관이 된 시청 앞에선 지방에서 상경하신 청소노동자들이 호봉제 투쟁을 벌이고, 대한문 앞에선 성공회 사제단이 쌍용차 사태 해결 촉구를 위한 미사를 벌인다. 해가 지고, 보슬비는 내리는데, 광화문에선 촛불이 하나둘 켜진다. 촘촘한 촛불 사이를 입시의 지뢰밭을 헤치고 자라난 야무진 10대들의 맹랑한 목소리가 시원하게 가로지른다. 어버이연합 어르신들의 과격한 우국충정도 건재했다.

두둥~ 난 한국에 온 것이다. 내란이 일어난 것도 아니면서, 생존을 위한 가장 치열한 전투가 일상적으로 벌어지는 이곳. 나른했던 전신에 투지가 자동 장착되며 38도의 더위도, 한 달짜리 지리한 장마도 아드레날린을 떨어뜨리는 데 실패하고 마는 이곳에.

투쟁이 승리로 끝나지 않는 경험이 반복된다 해도, 굴종에 길들여지지 않은 영혼들은 언제나 정의를 짓밟는 세상을 향해 창을 던질 터. 기울어진 달이 다시 꾸역꾸역 차오르기를 멈추지 않는 것처럼, 제자리로 돌아온다 해도, 언제나 다시 떠나는 여행자처럼. 여행하고, 분노하고, 때론 싸우면서, 그러면서 난 여전히 다시 책을 펼쳐 끝나지 않는 오랜 질문들의 답을 찾고 있을 것.

2013년 8월 2일
다시 돌아온 서울에서, 목수정

책과 나눈
그 질퍽한
연애의 기록

나는 다독하지 않는다. 그러면 숙독, 정독이라도 한단 말인가? 별로 그렇지도 않다. 그런데 책을 좋아한다. 어떤 여자는 가방을, 구두를 혹은 귀걸이를 좋아하는 것처럼. 만나고, 손에 집어 들어 냄새 맡고, 침을 묻혀가며 뒤적이고, 여기저기 헤매고 다니며 뒷얘기들을 캐기도 하면서, 나와 그 책 사이에 또 다른 이야기를 만들어간다.

차마 얼굴을 마주보고는 가장 친한 사람에게도 할 수 없는 이야기들을 작가들은 책 속에 서슴없이 털어놓는다. 그들의 무의식이 저지른 범죄와 간사한 자의식이 행한 기억의 오류들까지. 때론 책들이 그들을 다독여서 이끌어가는 모습을 보기도 한다. 한 서점의 홍보문구처럼, 사람이 책을 만들었지만, 책이 다시 사람을 만들어준다는 사실.

이 책이라는 고상한 매체를 통해, 인류는 끊임없이 그들의 부질없거나, 고귀하거나, 곱거나 추잡한 생각들을 전파해왔다. 그 덕에 우린 눈에 보이지 않는 거대한 세계를 만들어나갈 수 있었다. 책은 그래서 인간이 만들어낸 가장 멋진 창조물 중 하나다.

내게 독서는 달콤하거나 쓰라린 연애와 같다. 아이들이 그 무엇이든 놀이적 요소가 없으면 하다가 팽개치는 것처럼. 난, 그 무엇이든 연애적 요소가 없으면 다가서지 않는다. 연애의 핵심은 유혹, 달콤함, 쓰라림, 한숨, 그리고 오르가슴. 무엇엔가에 홀려 직관적으로 책을 집어들고, 허겁지겁 그 매력과 유혹에 빠져든다. 그리고 뒤통수를 맞거나 경이로운 황홀경 속에서 나른한 한숨을 내뿜으며 몇 날 밤을 보내고, 약간 거친 느낌의 공책을 찾아, 뽀드득거리는 느낌의 필기구로, 마음에 꽂힌 문구들을 적어본다. 사랑에 빠지고, 새로운 환희에 볼을 붉혀보면서 한 권의 책이 주는 도취 속에 발부터 머리끝까지 푹 담근다. 목욕물이 미지근해져서, 더 이상 버틸 수 없을 때, 거기서 나온다.

나의 책읽기에 대한 글을 쓰기로 하면서, 커다란 부대자루 속에 손을 쑥 집어넣어, 아직도 발갛게 달아오른 온기가 꺼지지 않아 내 손을 후끈하게 하는 돌멩이들을 몇 개 골라냈다. 이 발그레한 돌멩이들을 한데 모아놓고 보니 눈부시다. 뜨겁다. 모든 걸 태워버릴 만큼. 겨울밤

활활 타오르는 벽난로처럼. 그들이 한데 모여 전해주는 그 빛과 온기가 새로운 탄생을 위한 위대한 소멸의 축제를 벌이는 듯하다.

사흘 뒤, 이사를 간다. 서가에 꽂혀 있다가 박스 속으로 들어간 책들이 벌써 80박스를 넘어가고 있다. 경험컨대 새로운 공간은 늘 새로운 독서를 요구한다. 시대와 공간, 성을 초월하여 깊숙이 누군가의 영혼에 내 영혼을 접속시키는 이 은밀한 정신의 간음. 월경의 새로운 시작을 꿈꾸며, 지난 시절 나와 희롱을 벌이던 책들과의 연애에 대한 기록을 시작한다.*

---

* 이 글은 《월경독서》의 연재를 시작하던
2012년 6월, 파리 바스티유 광장 근처의 집에서 썼다.
14개월이 지나는 사이, 이사한 파리 근교의 새 집에서,
때론 독일로, 체코로 여행을 하면서, 17편의 글을 썼고,
서울에서 마지막 수정을 했다.
월경은 이 책을 집요하게 따라붙는 운명인가보다.

차례

이 낯선 땅은 어디인가

길들지 말고 철들지 않길

욕망이여
입을 열어라,
사랑을
발견하겠다

시인 김수영의
「사랑의 변주곡」에서 빌려왔다

단조로
연주되던
최초의 교향악

도서 | 난장이가 쏘아올린 작은 공
저자 | 조세희
출판 | 이성과힘

그것은 페인트가 살짝 벗겨져 드러나고만, 감춰진 세상의 잔인한 속살이었다.

중학교 2학년 때 '이꽃'이라는 이름을 가진 같은 반 아이가 학교에 들고 왔던《난장이가 쏘아올린 작은 공》(이하《난쏘공》)을 빌려 읽었다. 그어떤 사전지식도 없이, 한 난쟁이를 둘러싼 세계에 첫 발을 내딛던 순간, 물컹거리던 생경한 대지의 느낌이 여전히 선명하게 남아 있다. 바로 그때, 내가 이전까지 알던 세계와 완전히 다른 세계에 발을 디뎠다는 사실을 알아차렸다. 토끼를 따라 동굴로 들어서면서 기이한 세상을 탐험하게 된 이상한 나라의 앨리스처럼.

난 조세희 작가가 만들어놓은, 그 야릇한 세상으로 미끄러져 들어갔다. 그리고 내가 접하는 이 야릇한 세계는 바로 우리가 당시 살고 있던 현실의 세계라는 사실, 단지 얇게 칠해져 있던 페인트칠 때문에 다른 모습으로 착각하던 이 세계의 실제 모습이란 걸 직감한다. 정면으로 바라본 세상이 아니라, 조금 옆으로 혹은 뒷면으로 돌아가서 바라본 그러나, 분명 우리가 살고 있는 바로 그 세상의 다른 얼굴. 그것은 걷잡을 수 없는 진실의 판도라 상자였던 것이다.

단조의 노래, 어른들의 세상

세상에는 단조의 노래와 장조의 노래가 있다. 어느 날 여섯 살의 어린 딸이 내게 물었다.

"왜 어른들의 노래는 다 슬퍼?"

가사가 아니라 음조를 가지고 하는 말이었다. 양희은의 음반을 듣고 있던 어느 오후, 아이가 다시 듣고 싶다며 틀어달라는 단 하나의 곡은 유일하게 그 음반에서 장조로 된 노래였다. 그리고 보니 어른들의 노래는 대부분 단조로 되어 있다. 아주 가끔, 장조의 노래가 있을 뿐이다. 어쩌다 만들어지는 장조의 노래는 단조로 표현할 수밖에 없는 세상에 대한 역설이거나, 우리의 삶에 스며든, 손에 쥐고 싶지만 스쳐갈 뿐인 행복의 순간적 포착이다.

아이들은 아직 단조로 해석되는 세상에 동의할 수 없다. 그것은 그들이 아직 인정할 수 없으며, 존재한다 하더라도 가능한 늦게 도달하고 싶은 세상이다. 즐겁기만 한 이 거대한 놀이동산 한켠에, 그들이 인식하는 세상 저편에, 음울하고 애잔한 삶의 그늘이 있다는 걸 단조의 노래들은 암시해준다. 그래서 거부한다.

어른이 된 인간에게, 삶이 기쁨보다 슬픔인 것은 세상에 슬픈 노래가 기쁜 노래보다 압도적으로 많은 것으로 간단하게 입증된다. 그러니, 우리의 삶에 기쁜 날보다 슬픈 날이 더 많은 것은, 내가 특별히 불행이라는 운명의 카드를 뽑아 들었기 때문은 아닌 것이다.

《난쏘공》은 내게 단조의 키로 연주되던 최초의 교향악이었다. 그 음악은 슬펐고, 헤어날 수 없는 절망의 빛이 짙게 배어 있었다. 그러나 나는 내 어린 딸이 그랬던 것처럼 그것을 거부하거나 서둘러 거기서 나오지 않았다. 거기에는 음울하지만 동시에 견고하고 섬세하게 설계된 건축물 같은, 압도적 아름다움이 있었기 때문이다. 바흐의 음악 같은 수학적 정교함, 단도직입적인 운동가요의 명쾌함, 「마술피리」의 음율 같은 동화적 신비, 중세 음악의 장중함과 록 음악의 과격함……

©박행원

조세희

대표작 《난장이가 쏘아올린 작은 공》을 통해 1970년대 한국사회의 최대 과제였던 빈부와 노사의 대립을 극적으로 제시했다. 이 작품으로 79년 제13회 동인문학상을 받았다. 1942년 경기도 가평 출생으로, 서라벌예대 문예창작과와 경희대 국문과를 졸업했다.

이 모든 것이 단문으로 이어진 글 속에 조화롭게 자리하고 있었다. 마치 이 모든 다양한 색깔의 구슬을 하나하나 바늘에 꿰어 수놓은 듯, 단어 하나하나가 저벅저벅 깊은 울림으로 다가왔던 것이다.

그래서 알았다. 그리고 안도했다. 앞으로 펼쳐질 세상이 설혹 슬픔에 가깝더라도, 거기서 아름다움을 창조해내고 발견하는 것이 얼마든지 가능하다는 사실에. 그럼에도 불구하고 그 삶은 아름다운 것일 수 있다는 사실에.

뫼비우스의 띠

종이는 앞뒤 양면을 갖고 지구는 내부와 외부를 갖는다. 평면인 종이를 길쭉한 직사각형으로 오려서 그 양끝을 맞붙이면 역시 안과 겉 양면이 있게 된다. 그런데 이것을 한 번 꼬아 양끝을 맞붙이면 안과 겉을 구별할 수 없는, 즉 한 쪽 면만 갖는 곡면이 된다.

안이 겉이 되고, 겉이 안이 되어버리는 돌고 도는 세상을 손 위에서 간단히 보여주는 뫼비우스의 띠는 열두 편으로 구성된 '난장이 연작'의 복선이며 전제다. 모든 세상의 현상과 존재는 겉이며 동시에 안일 수 있다. 주체이며 동시에 객체일 수 있고, 모든 원인은 또 다른 사건의 결과이며, 이 결과는 또 다른 사건의 원인이 된다.

《난쏘공》은 철거되는 판자촌에서 쫓겨날 위기에 처한 난쟁이 일가의 이야기로 시작한다. 부동산 개발업자에 속아 결국 헐값에 팔아넘긴 입주권. 막내딸 영희가 마을의 모든 입주권을 헐값에 송두리째 사간 개발업자에게 가서 입주권을 몰래 되찾아온다. 그러면서 날카로운 계급의 골에 살을 데인다.

> 나는 모태에서 충분한 영양을 보급받지 못했다. 그의 출생은 따뜻한 것이었다. 나의 첫 호흡은 상처 난 곳에 산을 흘려 넣는 아픔이었지만, 그의 첫 호흡은 편안하고 달콤한 것이었다. 그는 자라면서 더욱 강해졌지만, 우리는 자라면서 반대로 약해졌다.

1975년에서 78년까지 열두 번에 걸쳐 발표된 난쟁이 일가를 둘러싼 이야기들은 78년 하나의 연작으로 묶이고, 이 책은 2007년 100만 부가 팔리는, 우리 문학사에서 찾아보기 힘든 경이적인 기록을 남긴다. 1~2년에 걸쳐 엄청난 미디어와 마케팅의 협공으로 수십만 부를 팔아치우고 순식간에 사라지는 책들을 우린 가끔 보아왔지만, 매년 2만 5,000부 정도가 40년 동안 꾸준히 팔려온 책이 있다는 사실을 이 책이 드디어 100만 부 판매고를 올리고, 그 사실이 비로소 언론에 회자

되기 전까지는 알지조차 못했다. 이 책이 거둔 영롱한 문학적 성취가 이 놀라운 결과를 설명하는 한 축이라면, 이 책이 나온 후, 오히려 더 깊숙해진 계급 간의 골, 더욱 가열된 지배계급의 착취가 이 책이 세상에 던진 질문을 녹슬지 않게 하는 해주었던 점이 또 다른 설명을 제시한다.

세상에는 점점 더 많은 난쟁이가 생겨나고,《난쏘공》의 기업가들이 한 말 "지금은 분배할 때가 아니고 축적할 때"를 여전히 이 나라의 기업가들은 반복해서 말하고 있다. "노조는 우리 전체의 구조를 약화시키는 악마의 도구"라고 생각하는《난쏘공》의 은강그룹 사장과 같은 생각은 여전히 이 나라의 최고 권력을 가진 자들의 머리를 지배하고 있다.

꿈속에서 그물을 쳤다. 나는 물안경을 쓰고 물속으로 들어가 내 그물로 오는 살찐 고기들이 그물코에 걸리는 것을 보려고 했다. 한 떼의 고기들이 내 그물을 향해 왔다. 그러나 그것은 살찐 고기들이 아니었다. 앙상한 뼈와 가시에 두 눈과 가슴지느러미만 단 큰 가시고기들이었다. 수백 수천 마리의 큰 가시고기들이 뼈와 가시 소리를 내며 와 내 그물에 걸렸다. 나는 무서웠다. 밖으로 나와 그물을 걷어 올렸다. 큰 가시고기들이 수없이 걸려 올라왔다. 그것들이 그물코에서 빠져나와 수천수만 줄기의 인광을 뿜어내며 나에게 뛰어 올랐다. 가시가 몸에 닿을 때마다 나의 살갗은 찢어졌다. 그렇게 가리가리 찢기는 아픔 속에서 살려달라고 외치다 깼다.

난쟁이의 아들 영수가 죽이려 했던 사장의 아들 경훈이 꾼 꿈이다. 난쟁이의 아들로 태어나 무엇을 선택할 기회를 한 번도 가져본 적이 없는 영수는, 노동자가 되어 노조를 만들고, 그들의 젊음과 삶을 갉아먹는 사측에 대응하다가 좌절하자 사장을 죽이려 한다. 그러나 그가 죽인 건 사장의 동생. 영수는 사형을 선고받는다. 결국 영수는 모든 것을 잃었고, 은수저를 물고 태어난 경훈은 또 다시 승리한 걸까. 경훈이 겪은 악몽은 뫼비우스의 띠 속에 결국은 우리 모두가 갇혀 있음을 말해준다.

예언처럼 지옥을 만나다

천국에 사는 사람들은 지옥을 생각할 필요가 없다. 그러나 우리 다섯 식구는 지옥에 살면서 천국을 생각했다. 단 하루라도 천국을 생각해보지 않은 날이 없다. 하루하루 생활이 지겨웠기 때문이다. 우리의 생활은 전쟁과 같았다. 그 전쟁에서 날마다 지기만 했다.

《난쏘공》을 읽었던 해 여름, 월경이 시작되었고, 처음으로 「아침이슬」이라는 노래를 불러보았으며, 훗날 전교조 교사로 맹활약하신 여운모 선생님을 만나 의식의 껍질이 와락 벗겨지는 찬란한 아픔을 겪었다. 동시에 크게 사기를 당한 부모님이 밤새 어깨를 들썩이며 울던 모습을 이불 속에서 목격하기도 했다. 소박한 중산층이던 우리 집은 급격한 경사 길에 들어섰다. 천지는 순식간에 뒤바뀌었고, 파랗기만 하던 하늘은 불안한 먹구름을 더 자주 머금고 있다는 사실을 그때 알게 되었다.

난 처음으로 천국을 꿈꾸기 시작했다. 현실을 견디게 해줄 아편이 필요했다. 지옥이 멀지 않은 곳으로 점점 다가가고 있음을 의미했다. 불안의 날들이 이어지던 끝에, 굴뚝 속으로 떨어져 죽었던 아버지 난쟁이처럼, 내 아버지는 갑작스럽게 돌아가셨고, 중·고등학교에 다니는 아이 셋을 둔 엄마는 봉제공장을 다니며 임금 20만 원을 받는 저임금 노동을 잠시나마 했다. 《난쏘공》이 알지 못했던 세계에 입문하게 해주자마자, 나의 삶은 그 안으로 돌진해 달려 들어갔다.

그리고 내가 살던 마을에도 대한민국 전역을 휩쓸던 개발의 열풍이 상륙한다. 거의 10여 년에 걸친 마을 사람들끼리의 전쟁. 누군가는 감옥에 들어가고, 누군가는 사기를 치고 도망가고, 개발업체는 수도 없이 바뀌어간 끝에, 마을은 깨끗하게 철거되고, 산도 들도 논도 학교도 우체국도 시장도…… 예전의 마을 풍경이라곤 풀 한 포기 남지 않은 완벽한 상전벽해가 이뤄진다. 입주권을 포기하느냐 지키느냐의 갈림길. 그것은 다시 천국으로 진입하는 길로 들어서는지, 아니면 영원히 저 지옥의 아찔한 나락에 머물러야 하는지를 의미했다. 지난 20~30년을 대한민국 땅에서 살았던 사람이라면 그 누구도 피해갈 수 없었을 개발, 재개발, 철거, 입주자, 원주민의 딜레마에, 그 그물에 우리도 여지없이 걸려들었다.

《난쏘공》을 통해 이미 보았던 그 미지의 세계는 마치 그의 소설이 예언이었던 것처럼 펼쳐졌다. 담담하게, 마치 이미 한 번 본 영화를 현실에서 체험해보는 것처럼 난 그 동굴을 통과했다. 다행히도 엄마는 입주권을 사기꾼에게 팔아넘기지 않았고, 따라서 나는 영희처럼 그를 찾아가 몸을 주면서까지 그것을 되찾아오지 않아도 되었다.

이 책이 약 40년간 꾸준히 팔렸던 것. 이 책이 지난 29년간 내 속에서 사라지지 않고 서서히 녹아 온몸에 퍼지는 거대한 알약처럼 머물러 왔던 것은 같은 이유다. 천국에 계속 머물러 있었다면 군이 지옥에 대해 궁금해하지 않았을지도 모른다. 이 울렁거리는 계층 이동의 곡예를 동반해준 난쟁이의 이야기는 외환 위기를 넘어서고, 시장에 권력을 넘겨버린 최고 권력자를 겪고, 저항하는 철거민들을 죽음으로 내몬 소위 '용산 참사'를 겪어내는 동안, 그림자처럼 우리 곁을 지켰다.

어느 페이지를 열어도, 거기엔 우리 얘기가 담겨 있었다. 40년 동안. 어쩌면 앞으로도 한동안.

사랑이 강요되는, 천국

아버지는 따뜻한 사람이었다. 아버지는 사랑에 기대를 걸었었다. 아버지가 꿈꾼 세상은 모두에게 할 일을 주고, 일한 대가로 먹고 입고, 누구나 다 자식을 공부시키며 이웃을 사랑하는 세계였다. 그 세계의 지배계층은 호화로운 생활을 하지 않을 것이라고 아버지는 말했었다. 인간이 갖는 고통에 대해 그들도 알 권리가 있기 때문이라는 것이었다. 그곳에서는 아무도 호화로운 생활을 하려고 하지 않을 것이다. 지나친 부의 축적을 사랑의 상실로 공인하고, 사랑을 갖지 않은 사람 집에 내리는 햇빛을 가려버리고, 바람도 막아버리고, 전깃줄도 잘라버리고, 수도선도 끊어버린다. 그런 집 뜰에서는 꽃나무가 자라지 못한다. 날아 들어갈 벌도 없다. 나비도 없다. 아버지가 꿈꾼 세상에서 '강요'되는 것은 사랑이다. 아버지가 나에게 사랑이라는 기반을 주었다.

갑자기 이 대목을 읽을 때, 햇살이 쏟아져 내리는 느낌에 휩싸였다. 조세희는 고단한 현실의 속살을 집요하게 드러내는 데 그치지 않고,

대안을 말하고자 했다.[*] 아버지로부터 사랑이라는 기반을 받았다고 말할 수 있는 사람은 세상에서 가장 부러운 사람 중 하나다. 그런 사람은 의외로 흔치 않으며 지난 40년 동안, 이 사실도 변하지 않았다. 그들이 꿈꾼 천국은 사랑이 강요되는 곳이었다. 난쟁이의 아들은 사랑이 '강요'되지 않고, 교육을 통해 자연스럽게 모두가 그것을 갖도록 하는 것이 옳다고 믿었다가 다시 아버지의 의견이 옳았음을 시인한다.

난쟁이의 아들은 은강그룹에서 일하는 사람들을 머릿속부터 변혁시키고 싶어 했다. 그들이 세상을 살아가는 사람이 갖는 기쁨, 평화, 공평, 행복에 대한 욕망을 갖기를, 그들이 위협을 받아야 할 사람은 자신들이 아니라는 것을 깨닫기를 바랐다. 그 자신은 아버지, 어머니로부터 사랑이라는 기반을 물려받았기에 적어도 기쁨과 행복, 평화에 대한 욕망, 그 인간이 갖는 기본적인 욕망을 가지고 있었고, 노조 활동을 통해 그러한 욕망을 모든 노동자에게 전하려 했고, 일부 성공했다. 그들이 같이 행동하게 했고, 가시고기가 되어 사장을 공격했다.

[*]
그 대안이 완결된 구조를 갖고 있지 않더라도,
난 대안까지 굳이 찾아보는 사람을 신뢰한다.
아픈 살을 후벼 파기만 하고 달아나버리는
그런 리얼리스트들에겐 돌을 던져주고 싶다.

그러나 그물은 완전히 해체되지 않았다. 자신이 놓은 그물에 잡혀 올라온 고기들에 공격당하며 울부짖는 꿈을 꾸는 자는 사랑을 거부한다. 사랑이 바로 그가 소유한 모든 것들을 녹여버리게 할 것임을 알기 때문이다. 그의 자본가 인생은 결코 사랑을 허락할 수도 인정할 수도 없다.

> 개밥그릇을 개집 앞에 놓아준 여자아이가 늙은 개의 목을 꼭 껴안았다. 난장이의 큰 아들이 끌려 나갈 때 난장이의 부인이 그런 몸짓을 했었다. 공원들은 밖으로 나가 울었다. (……) 사람들의 사랑이 나를 슬프게 했다. (……) 사랑으로 얻을 것은 하나도 없었다.

난쟁이에게, 계급투쟁은 생산수단을 소유하는 데 있지 않다. 사랑을 삶의 중심에 두느냐, 그 바깥으로 온전히 밀어내느냐에 달려 있다. 바로 이 대목에서 《난쏘공》이 갖는 각별한 생명력의 근원이 잉태되었다고 믿는다. 날카로운 발톱도, 매서운 부리도 갖지 않은 인간이 생태계의 맨 꼭대기에 올라서게 되었던 것은 그들이 가진 탁월한 잔혹성 때문이다. 이로 인해 인간은 지구 전체를 파괴해왔고, 자멸의 길로 성큼성큼 들어서고 있다. 이 끔찍한 운명을 가로막는 것, 그것은 인간이 지닌 또 다른 본능 '사랑'이기 때문이다.

다시, 뫼비우스의 띠

오랜 세월을 건너, 다시《난쏘공》을 떠올리게 된 것은 올봄이었다. 한국에 잠시 들렀을 때, 고교 시절 미술선생님을 찾아뵈었다. 퇴임 후 부암동 고택으로 이사하시고, 인왕산 중턱에 배추농사를 지으며 살고 계시는 선생님. 많은 제자들이 여전히 찾아뵙고, 나이 들어가지만 아직도 이리저리 머리를 부딪치며 길을 찾는 친구들이 각자의 인생을 고백하고, 품고 떠날 수 있는 한조각 달빛을 건네받는 대상이었다.

선생님은 뜻밖에 이꽃이란 친구가 얼마 전 다녀갔다는 이야기를 꺼내셨다. 중·고등학교를 같이 다녔지만 각별히 친하게 지냈던 기억은 없는 그 아이의 이름이 내게 얼마나 각별한 울림을 갖는지를 말씀드렸다.《난쏘공》을 만난 게 그 친구 덕이었다고. 그 책을 만난 것으로 진정한 나의 세계가 만들어지기 시작했다고. 그러자 선생님은 말씀하셨다.

"그건 네가 그 무렵, 갈구하던 것이 바로 그 책이었기 때문이었겠지. 그때 우연히 이꽃이 매개가 되어 너와 그 책을 만나게 해준 걸 거야."

아, 뫼비우스의 띠가 떠올랐다. 이제 내가 다시 그녀의 삶에 우연한 매개가 되어줄 차례가 아닐까. 선생님으로부터 친구의 전화번호를 받았다. 그녀는 경복궁 근처 어디에서 재즈카페를 열었다고 했다. 그 친구에게 지금 내가 건넬 수 있는 우연의 열쇠는 무엇일까.

얼굴에 대한
그 은밀한
도박

도서 | 크리스마스 캐럴/가면고
저자 | 최인훈
출판 | 문학과지성사

분명히 처음 보는데 언젠가 한 번 본 것만 같은 그런 얼굴이었다.

책장을 넘기니, 첫 문장에 밑줄이 쳐 있다. 그리고 또 저 멀리, 자를 대고 반듯하게 그은 밑줄들이 눈 안에 가득 차왔다. 순간, "아하……" 낮은 환희의 한숨이 터져나왔다. 멈춰서 있던 파도가, 감독의 사인이 떨어지자 갑자기 다시 밀려오기 시작한 것처럼, 내가 그리워하던 세상, 안타깝게 촉수를 뻗어 더듬어보아도 좀처럼 드러나지 않던 세계가 그 순간, 다시 작동하기 시작했던 것이다.

1989년 가을, 대학의 풍경

23년 전, 다니던 대학교의 도서관에서 〈가면고〉를 처음 만났다. 어느 날 도서관의 빈자리를 찾아 간만에 차분히 공부를 하고 있었다. 주인이 자리를 비운 듯한 옆자리에 잠시 후 누군가 나타나 앉는데, 지난 1년간 나를 줄곧 쫓아다니던 바로 그 칙칙한 얼굴의 남학생이었다. 속으로 '어머나!' 했지만, 자리를 피하는 것도 우스워 그냥 앉아 있었고, 그 남학생도 그러했다. 반나절을 내내 서로 말없이 나란히 앉아 각자의 공부를 했다. 그 남학생, 언제나 좀처럼 걷히지 않는 안개같이 침침한 낯빛을 하고, 조금 초조한 표정으로 나를 따라와 "저기요……" 하고 말을 건넸지만, 난 한 번도 그에게 대꾸하지 않고 휑하니 달아나버리곤 했다. 마치 낯선 남자와 서로 말이라도 주고받으면 내가 지켜야 할 그 어떤 마녀와의 약속을 어기기라도 하는 것처럼.

저녁 6시 무렵 그 남학생은 자리를 뜨면서 "〈가면고〉를 읽어보세요"라는 말만 내게 남기고 뒤끝 없이 사라졌다. '최인훈, 크리스마스 캐럴/가면고'라고 적힌 책 속에는 두 편의 소설이 담겨 있었다. 바로 옆에 앉게 된 인연을 핑계로 또 이 남학생이 나한테 커피라도 마시자고 하면 어쩌나 머리 한쪽이 지근거리던 차에, 홀연히 책만 남기고 가버린 의외의 태도에 날아갈 듯 홀가분해졌던 나는 순순히 그의 말대로, 손을 뻗어 〈가면고〉의 첫 장을 읽어가기 시작했다.

그 책 속에 가지런히 쳐 있던 밑줄들은 짐작건대 그 남학생이 내게 건네고 싶었던 말들을 가리키고 있었다. 몇 페이지 뒤에는 좀 더 구체적인 고백에 밑줄이 쳐 있었다.

> 얼굴에 대한 그의 미신은 뿌리가 있었다. 어떤 얼굴이냐고 묻는다면 정작 망설일 것이다. 둥글다든지, 갸름하다든지 하는 그런 형태적 기호를 말하는 것이 아니고, 얼굴이 통째로 풍기는 느낌이랄까. (……) 체면 없이 매달려보고 싶어지는 얼굴의 본을 그는 가지고 있었다.

가면고假面考. 말 그대로 가면에 대한 고찰 혹은 사람의 얼굴에 대한 고찰이다. 소설의 주인공 민, 그리고 내게 〈가면고〉를 건넨 남학생은 그러니까, 사람의 얼굴에 대한 고찰 혹은 도박을 하던 사람들이었다. 지금의 나처럼.

1989년 대학가는 87년 민주화 항쟁이 가져다준, 청년세대가 쟁취한 나름의 승리에 도취해 있었고, 그러면서도 결과적으로 직선제 개헌 끝에 전두환의 후계자 노태우에게 권력을 넘겨줘야 했던 뼈아픈 과오를 투쟁으로 극복하고 싶어 했다. 학교 안은 언제나 최루탄의 매캐한 분말들로 자욱했고, 우린 언제나 백골단과 한판 붙을 전투 모드를 장전한 상태였다. 학생운동은 그리하여 학교 안의 모든 지적 사고와 대화를 점령했다. 학교의 교지 · 신문 · 문학동아리 · 노래동아리들은 오로지 시대의 아픔과 노동자들의 투쟁, 미제와 독재를 향한 분노를 담아내지 않으면 안 되었다. 그렇지 않은 모든 것은 반동이었고 잉여였다.

나는 노래패에서 노래를 불렀지만, 내가 아직 느껴볼 틈도 없었던 시대의 아픔만을 먼저 노래부터 하고 보는 모순에 늘 서걱거렸다. 문학에 대한 이런한 소속감은 얼어붙은 파도처럼 잠시 멈춰 있었다. 살아보기도 전에 아픔부터 느낄 순 없는 거였다. 그렇지만 모두가 반동으로 몰리지 않기 위해, 입을 닫고 있었다. 그들이 저주하던 독재 세력을 똑같이 닮은 운동권 독재의 재갈에 저항할 자는 별로 없어 보였다.

그때나 지금이나 나는 여전히 같은 생각을 가지고 있다. 오로지 정치 부분에서의 개혁으로, 우린 결코 새로운 세상에 도달할 수 없다는 생각 말이다. 프랑스 초대 문화부장관이 되면서 문화부의 존재 이유와 철학적 기초를 스스로 작성했던 작가 앙드레 말로Andre Georges Malraux가 말했듯이, "문화가 여분의 무기가 아니라, 그 자체로 가장 강력한 무기"가 될 수 있는 것은, 우리가 투쟁가를 부를 수 있어서가 아니라 문화가 다양한 사고와 표현을 허락하기 때문이다.

생각과 표현의 다양성을 허락하지 않는 모든 독재의 최후는 그것이 좌건 우건 결국 같은 모순에 목을 조이고 만다. 마르크스가 아니라 니체를 손에 들고 있어도 개량주의자 소리를 감수해야 했던 시절의 대학가는 금서 목록을 만들어 돌리는 이명박 정권 하의 군대와 크게 다르지 않았다. 자본의 독재, 이데올로기의 독재, 군사 독재는 결국 같은 최후, 같은 뒷맛을 남기지 않던가. 광기와 공포 사이를 우왕좌왕하는 한 무리의 사람들을.

눈 뜬 장님처럼, 투명한 밧줄에 손발이 묶인 수인처럼 답답하게 대학 1년을 보내고 나서, 우연히 만난 〈가면고〉는 망망대해를 표류하던 배가 어둔 밤에 만난 불빛처럼, 파닥거리며 내게 다른 목소리의 생존을 알려왔다.

외면받은 이야기

평론가 김병익은 "왜 이 〈가면고〉가 소수의 독자 외에는 거의 알려지지 않았는가" 의문을 제기했다. "근래의 우리 문학이 현실의 아픔 때문에 그 현실의 현장으로 깊이 뛰어들기를 바라왔고, 그 현장성이 적나라하게 드러났을 때, 그것을 좋은 작품으로 보아온 경향이 지배적이었던 것이 사실"이며, 〈가면고〉는 이런 관점에서 "이 지배적 경향으로부터 벗어난 것도 사실"이라고 그는 적고 있다. 전쟁 직후에는 분단과 전쟁의 상처를, 80년대에는 광주와 독재, 노동 현장의 착취와 억압을 이야기하는 것이 의식이 깃든 현대소설의 기본 틀이다. 그런 데 〈가면고〉는 사랑을 통한 '구원' 혹은 '자아의 완성'을 다루고 있다. 그것은 60년대에 나온 이 소설이 작가의 다른 소설에 비해 덜 읽혔던 이유이자, 80년대 말에도 여전히 지극히 극소수의 문학도들만 읽었 던 이유이기도 하다.

소설은 전쟁에서 "남의 주검을 발돋움 삼아서 죽음의 골짜기를 빠져 나온" 생존 병사 민을 주인공으로 한다. 상이군인도 아니고 전쟁의 트라우마에 시달리는 가여운 영혼도 아닌 그는, 멀쩡한 사지로, 세상 에 다시 편입된다. 다만 "화약과 사람의 살점이 범벅이 돼서 몸부림 치던 저 도살장 속에서 보낸 자신의 청춘을 헛되게 해서는 안 된다" 는 다짐이 있다. 천금을 주고도 사지 못할 비싼 겪음으로, 이 시대를 살 수 있는 세금을 치른 것이라 자부한다.

민은 제대 직후, 파티에서 왈츠를 추다 만난 여인의 가면에 도박을 건 다. 모든 걸 바치고 싶어지는 그녀의 '순결한' 얼굴. 활달하면서도 단 정한 몸가짐. 그러다가 그녀의 가슴 사이에 있는 기미를 보고 휘청거 리고 만다. 전쟁 막바지. 밤길을 함께 행군하던 상사가 추위와 졸음을 이기기 위해, 꺼뜨리지 않고 바들바들 촛불처럼 밝혀들고 되뇌던 두 고 온 애인. 가슴골에 기미가 있던, 그리고 시를 쓰던. 바로 그녀였다.

철학자이기도 한 민은 현대무용단에 입단한다. 거기서 그는 무용 대본을 쓰고 안무에 참여한다. 냉랭한 어깨를 지닌 그의 애인은 화가. 밤길을 걷다 한국심령학회라는 간판을 보고 들어가 최면 상태에서 자신의 전생을 만난다. 마치 60년대, 흥청거리는 프랑스 항구 도시 마르세유에서 벌어지는 듯한 이 광경. 생존을 위한 아우성이 전쟁터에서만큼이나 처절했을 50년대의 서울에서 주인공 민은 우연히 전차에서 마주친 여인의 얼굴에서, 애인의 품에서, 춤에서 구원을 모색한다.

소설은 청년 민의 현실적 일상과 최면 상태에서 밝혀지는 그의 전생, 인도의 왕자, 그리고 민이 직접 구상하여 만들어낸 창작무용극 「신데렐라 공주」의 삼중 화음으로 엮어진다. 전쟁을 경험한 민이 자신의 젊음을 보상받기 위해 찾아 헤매는 것, 구도의 길을 걷던 인도의 다문고 왕자가 모든 학문을 두루 섭렵하고서 이후 성취하고자 하는 마지막 소원, 그리고 민이 대본을 쓰고 완성해가는 무용 속에서 가면을 쓴 왕자를 구원할 예술이라는 세계 속에서, 우리가 공통으로 찾아내야 할 해답은 오직 하나, 가장 높은 것과 가장 낮은 것이 하나 되어 이뤄지는 사랑. 그 사랑을 통해 완성하게 될 브라마^{Brahmā}의 얼굴이었음을 작가는 세 갈래의 실타래를 통해 풀어낸다. 그것은 다시 말하면, "지고의 지성과 순진무구함이 함께 어우러진 사랑, 갠지스 강변의 모래알처럼 많은 슬픔과 기쁨을 안고, 히말라야의 눈 덮인 언덕처럼 높고 맑은 슬기를 가졌으면서도, 마치 어느 바닷가 소금 굽는 어린 소녀와 같은 천진한 웃음을 지닌 얼굴"을 소유하는 일이기도 하다.

이는 지적 성취의 정점에서, 악마에게 자신의 영혼을 팔아 지상의 쾌락을 맛보고자 했던 파우스트적 모험에서, 그리고 놀랍게도 세계의 지성인들이 공통으로 최고의 걸작으로 꼽는 《롤리타》에서 블라디미르 나보코프가 거쳐갔던 주제이기도 하다.

내 삶이 내 얼굴을 빚어 가리라

파리 마레 지구 한가운데 버스는 멈춰 서 있다. 무슨 일인지 버스는 거의 15분째 움직이지 않는다. 마치 자신들의 장기인 관용의 미덕을 과시하기라도 하듯, 어지간한 일에는 느긋하게 참아주는 데 고수인 이곳 사람들도 클랙슨을 울리며 짜증난 이빨을 드러내기 시작한다. 비는 추적추적 내리고, 나는 느긋하게 〈가면고〉의 책장을 넘겼다.

전차에 몸을 실은 민은 거기서 가슴에 기미가 있는 여자를 연상시키는 또 다른 여자와 마주친다. 물빛 회상 속에서, 20여 년 전 이 소설이 내게 던져주었던 생경한 세계의 입자들이 스멀스멀 살아 기어 나오기 시작했다.

전장에서 살아 돌아온 민이 현대발레단으로부터 입단을 제의받은 건, 그가 잡지에 실은 '무용론'이 발레단 연출자의 눈에 띄었기 때문이다.

평소에 무용이라는 예술이, 사람의 몸이라는 원시의 수단을 가지고, 공간의 조형에다가 시간까지를 포함시킨 점에 예술 활동의 이상을 느껴오던 중, 그러한 무용의 상징성을 본으로 삼아 예술론을 펴보았다.

23년 전에 읽은 이 책의 내용 가운데서 가장 선명하게 살아 있던 대목은 책의 첫 문장과 함께 저자가 펼친 이 짤막한 무용론이다. '사람의 몸이라는 원시의 수단이 재료가 되는 예술'이란 점에서 무용은 그 순간부터 내게 각별한 예술로 대접받았고, 파리에서 돌아와 국립발레단의 기획자로 일했던 것, 그리고 독일의 현대무용가 피나 바우쉬Pina Bausch의 60대의 얼굴을 내가 60대에 갖기를 원하는 것의 리스트에 가장 먼저 올려놓게 한 것도 〈가면고〉의 한 문장이 뿌려놓은 씨앗에서 나온 것임은 의심의 여지가 없다.

그러나 발레단의 연출가가 낯선 청년의 무용평론을 읽고 그 사람에게 무용 대본과 안무를 부탁하여 창작 발레를 완성하는, 소설대로라면 50년대에 일어났어야 할 이 그럴듯한 일은, 50년이 지난 뒤의 한국 땅에서 여전히 이뤄지기 어려운 꿈같은 일이란 현실적인 쓰라림이 함께 스쳐간다.

2003년 국립발레단. 종종 직원들끼리 "우리 구립발레단 아닐까. 국립 맞아?"라며 농담하던 게 생각난다. 무용수의 역량을 말하는 것이 전혀 아니다. 그들은 오늘의 창작환경이 안쓰러울 만큼 훌륭한 기량을 갖추고 있었다. 창작 발레를 한 편 올리기 위해선, 그것이 탄생할 수 있는 복합적 환경이 필요하다. 모험을 허락해줄 예산, 예술적 실험을 기꺼이 즐겨줄 관객, 새로운 발레 대본을 만들고 안무를 할 역량 있는 안무가, 그리고 한 편의 평론을 보고 대본을 맡길 수 있는지를 가늠할 수 있는 대범한 판단력을 가진 예술감독……

2003년 국립발레단은 예술의전당에 공간을 세내어 지내고 있었고, 국고로부터 예산의 일부를 지원받았으나 공연을 올리기 위한 예산은 단원들이 스스로 벌어야 했다. 매진이 되는 공연만 해도 자립할 수 없는 구조 속에서 「호두까기 인형」, 「백조의 호수」 같은 고전 레퍼토리를 반복해서 올리는 것이 그나마 발레단의 안전한 생존을 보장해주었다. 간혹 외국에서 성공한 현대 창작 레퍼토리를 그 나라의 안무가를 모셔다가 무대에 올리는 일이 그나마 시도할 수 있는 모험이었고, 순수 창작 발레를 시도하는 것은 10년에 한 번 있을까 말까 한 일.

국내 최고의 발레리나들이 받아야 하는 월급은 간신히 최저 임금을 웃도는 수준인데다가 일주일이 멀다 하고 사 신어야 하는 토슈즈는 각자의 몫이었다. 발레단이 소장한 소품들은 녹이 슬고, 구멍이 나고, 떨어지고, 빛바랜 것들뿐. 신자유주의가 지배하는 또 다른 야만의 세월 속에서 예술은 그 허울만이라도 존재하는 데 감사해야 할 판이었다.

전쟁의 야만 뒤엔 독재의 야만이, 그 다음엔 개발의 야만, 자본의 야만이 줄지어 목덜미를 잡아채는데. 우린 언제쯤 이 〈가면고〉가 낯설지 않은, 구원을 향해 머리를 조아리는 일이 어색하지 않은 시대에 도달할 수 있을까. 투쟁을 통해 도달한 한 시절은 언제나 또 다른 구멍을 타고 허물어져갈 것이다. 우리가 마음 놓고 안착해도 좋을 시대 따위가 있을 리 없다. 그러니 언제고 손으로 허공을 맴도는 진실을 낚아채고, 스스로 길을 만드는 수밖에.

낯선 사람을 만날 때 얼굴에 대한 도박을 감행하고, 내 삶의 지향점에 하나의 얼굴을 두게 된 것도* 어쩌면 〈가면고〉에 빚지고 있는 나의 면모들이 아닐까, 빗속에 멈춰 있는 버스 안에서 생각을 이어가본다.

*
소녀 같은 떨림과
만개한 삶이 가져다주는 뽀얀 피부,
언제고 혁명을 일으킬 수 있는
단호한 자아가 투영되는
피나 바우쉬의 60대의 얼굴.

©Wilfried Krüge

피나 바우쉬

20세기 가장 위대한 현대 표현주의 무용의 대가. 연극과 무용의 경계를 넘나드는 '탄츠테아터
tanztheater'라는 혁신적인 장르를 발전시켰다. 독일 정부는 2008년 예술가에게 주는 최고의
영예인 괴테상을 수여했다. 1940년 7월 27일~2009년 6월 30일.

언젠가부터 사진 속 나의 모습이 분열되어 있다는 사실을 알게 되었다. 현재의 나와 이상 속의 내가 갖는 먼 괴리를 애써 외면하며 카메라를 직시하지 못하다가, 어정쩡한 순간의 불안이 늘 사진 속에 걸려들고 마는 것이다. 분열을 벗어나는 것, 불안에서 놓여나는 것, 카메라 뒤에 숨지 않고, 나를 조작하지 않고, 내가 아는 나의 얼굴과 사진 속의 얼굴에 어떤 괴리도 없는 지점에 이르는 것을 난 열렬히 희망해 왔다.

여덟아홉 살 무렵, 다락방에서 늘 삶의 위안과 재미를 함께 구하던 그 시절, 낡은 사진첩에서 고모부의 젊은 시절을 보았던 기억은 사람의 삶은 얼굴을 바꾼다는 내 믿음에 대한 원천인지도 모르겠다.

고모부는 의사였다. 전국 방방곡곡에서 소문을 듣고 찾아오는 그런 명의. 가난한 사람에게는 치료비를 받지 않기도 하는 탓에 고모부의 병원은 늘 환자들로 미어터졌다. 내가 아는 고모부는 살아 있는 성인^{聖人}의 모습 그대로였다. 그런 고모부의 사진 속 20대 모습은, 뜻밖에도 평범하기 이를 데 없는 더벅머리 동네 총각이었다. 그를 바라볼 때면 늘 주변을 맴돌곤 했던 밝고 온화한 빛, 고결한 인품을 지닌 성인일 뿐 아니라 뛰어난 의술을 지닌 현자이기도 한 그에게 걸맞은 외모는, 결국 그의 삶이 빚어낸 정직하고 고결한 결과물이었던 것이다.

그때 알아버린 분명한 한 가지. 내 삶이 내 얼굴을 빚어갈 거라는 사실이었다. 〈가면고〉는 그때의 기억을 20대에 이른 나에게 다시 다가와 일깨워주었고, 가면에 대한 고찰의 습관을 깊숙이 새겨놓았다.

사랑이라는 구원을 만나기 전, 다문고 왕자는 마술사의 재주를 빌려, 자신이 다다른 학문적인 높음과 정확히 같은 깊이의 낮음, 천진함을 가진 자의 얼굴 가죽을 벗겨 자신의 얼굴에 덧씌움으로써, 높음과 낮음이 하나 된 얼굴을 가지기를 시도한다. 왕자의 무자비한 노력은 반복되는 성형시술을 시도하며 인위적인 아름다움을 찾아 헤매는 현대 여성들의 분열적 행태를 예언하듯 보여준다.

결국 사람의 얼굴 속에는 모든 것이 다 들어 있지 않던가. 자신이 살아오며 베푼 것들, 내뱉은 말들, 저지른 업보들, 울고 웃었던 시간들, 낯모를 사람들에게 마음으로 베푼 연민들, 실천하지 않았어도 독하게 베어 물었던 복수의 칼날들까지. 턱을 깎고 코를 세우다가 결국 조화를 잃고 분열된 모습, 보톡스 중독으로 퉁퉁 불어버린 심통 맞은 아낙의 가면 역시 스스로가 선택한 자신의 모습이다.

결국 많은 현대인의 손에는 각자가 만든 가면이 들려 있고, 가면을 들고 사는 오랜 시간이 흐른 뒤에, 우린 실체를 완전히 잃게 되기도 한다.

스무 살 가을, 비로소 해방

전장에서 살아 돌아와 세상에 다시 발을 붙이고 살아가려는 민은 말한다.

사랑이란, 죽음의 선뜩한 냉기를 눈치 챈 자의 채난 작업이랄까. (……) 사랑이란 불씨는, 사람들이 어쩌지 못할 죽음의 냉기를 막기 위하여 만들어낸, 인간 자신의 재산이다. 온대에 사는 신의 나라에 사랑이 있었을 리 없다. (……) 그러나 사람들은 태우고 또 태웠다. 지구의 양 꼭지에만 남기고 대부분의 땅을 녹여버린다.

스승이 보여준, 사람의 모습으로 나타난 브라마의 얼굴 앞에서 왕자는 말한다.

그것을 들여다본 나는, 숨이 막혔다. 거룩한 아름다움. 그리고 무엇보다도 그 망설임을 넘어선 표정이었다. 모든 일을 따뜻이 끌어안으면서 그 만사에서 홀홀히 떨어진 영원의 얼굴.

최인훈이 구원을 위해 이끌어낸 두 개의 꼭짓점에서 아름다움과 사랑이 만난다.

〈가면고〉를 만났던 스무 살의 가을, 난 비로소 나를 조이던 투명한 속박에서 놓여났다. 이 석탑 안에 갇힌, 이데올로기의 포로가 된 학생들의 무리 가운데서도 수많은 곁가지는 뻗어가고, 수많은 씨앗들은 하늘로 날아가 또 다른 싹을 틔운다는 사실을 안 것만으로 난 자유를 얻은 듯했다. 〈가면고〉가 뿌린 수많은 씨앗들이 후드득 내 몸에 와 박혔다. 그리고 인생의 한자락을 함께 걸어갔던 맑은 얼굴의 한 남자가 내 손을 잡고 있었다.

그 안개를 휘감고 있는 듯한 남학생은? 그 후로 다시는 나를 쫓아오지 않았다. 그해 겨울 어느 카페에서 따스한 인상의 한 여학생과 웃는 낯으로 마주앉아 있는 걸 본 것이 마지막이다.

나의 여신

도서 | 이사도라 던컨
저자 | 이사도라 던컨
출판 | 민음사

이사도라 던컨을 만난 건 스무 살 때였다. 러시아문학에 대한 사랑과 열정을 별처럼 촉촉한 눈빛으로 전해주시던 석영중 선생님과 혁명 러시아를 즈음하여 쏟아진 시들을 섭렵하던 시간, 그날은 세르게이 예세닌의 세계로 들어갔다. 서른의 나이에 자살로 생을 마감한 이 시인의 짧은 삶에 전설적 무용가 이사도라 던컨과의 결혼이 들어 있다는 이야기가 화살촉처럼 귀에 꽂혔다. 살아 있는 자유의 여신 같은 이사도라 던컨과 불꽃처럼, 그리고 그들의 혁명처럼 불안하게 이글거리던 모순된 감수성의 결합! 예세닌의 보드라운 시어의 감촉에 애무

하다가 번갯불에라도 데인 듯, 마녀의 휘파람에 홀린 듯…… 수업이 끝난 후 정경대 후문에 있던 서점으로 달려갔다.

그렇게 해서 만난 책이 민음사의 '이데아총서'에서 나온 《이사도라 던컨$^{My\ life}$》이었다. 소련으로 변한 혁명 러시아가 무용학교를 마련해 주겠다는 제안에 모든 걸 버리고 떠나는 장면에서 끝을 맺는 그녀의 미완의 자서전에 예세닌의 이야기는 등장하지 않는다. 그러나 예기치 않게도, 난 거기서, 말이나 글을 통해서가 아니라 전 생애를 혁명적으로 살아낸 한 놀라운 인간을 만난다. 마르크스나 마오, 레닌 같은 수컷의 혁명과는 본질적으로 다른. 한 방울의 피도 흘리지 않고, 누구를 밟고 올라서거나 누군가가 몰락할 필요 없이, 모두가 해방되고 환희에 젖는 그런 혁명의 여전사를.

그날 이후 23년간 난 창백한 흰 표지에 이사도라 던컨의 사진이 구석에 박힌 이 책을 서울에서 파리로, 다시 파리에서 서울로, 또 다시 파리로 수없이 끌고 다녔고, 그러다가 어느새 그녀는 나의 여신이 되어 버렸다.

맹랑하고 우아한 소녀

　내가 아주 어렸을 때였다. 어머니가 뭔지 일이 잘 안 돼서 우시는 것을 보았다. 어머니는 가게에 팔려고 뜨개질을 했는데 가게에서 거절당한 것이다. 나는 어머니에게서 바구니를 뺏어 들고 엄마가 짠 모자를 한 개 집어 쓰고 집집마다 찾아다니며 행상을 했다. 나는 그 물건을 다 팔고 엄마가 가게에서 받는 돈의 두 배를 들고 돌아왔다.

이사도라 던컨을 생각할 때 어쩐지 가장 먼저 떠오르는 일화는 바로 이 장면이다. 추운 겨울, 어머니가 뜬 털모자를 쓰고 집집마다 문을 두드리며 털모자와 털장갑을 팔고 다니는 맹랑한 어린 소녀를 떠올릴 때면, 뭉클한 기쁨과 토실토실한 용기가 온 마음에 퍼진다.

어린 시절 그녀의 집은 가난했지만, 마치 태양의 딸, 바다의 손녀이기라도 한 것처럼 이사도라는 세상을 향해 한없이 당당했다. 이런 태도는 평생 그녀가 일궈간 혁명적 삶의 바탕이 되었다. 세상 사람들을 몸의 구속으로부터 해방시켜줄, 인간 육체의 아름다움과 성스러움을 전할 춤으로 새로운 르네상스를 일으키려 한다며 부자들을 설득하여, 뱃삯을 마련하고 온 가족을 이끌고 유럽으로 건너갔으며, 공연을 했던 나라의 왕, 관료, 관객들을 향해 무용학교의 필요를 역설하며 도움을 청했다.

물질의 여유는 없었지만 음악과 시가 깊이 스며들어 있는 풍요로운 환경 속에서 자랐기에 이사도라는 그 어떤 궁핍도 느끼지 않았다. 저녁이면 피아노 앞에 앉아 몇 시간이고 음악을 들려주시고, 시를 암송하시는 어머니가 계셨던 것이다. 몇 시에 일어나야 하고 자러 가야 한다는 식의 규칙도, 그 어떤 규율도 없었다. 어머니 스스로가 음악과 시에 파묻혀서 아이들의 존재를 잊곤 했으니. 자식들은 부모의 손가락 끝을 따르는 것이 아니라 그림자를 따른다고 했던가. 피아노 레슨을 하고 어머니가 늦게 귀가하는 동안, 이사도라는 오빠들과 함께 바닷가를 맘껏 뛰어다니며, 거대한 파도의 리듬과 로키 산맥을 타고 넘는 바람을 춤으로 노래했다.

이런 환경과 무한한 자유 속에서 누렸던 자연에 대한 탐험, 그 속에서 발견하는 자연의 우아하고 조화로운 아름다움은 그녀가 가졌던 자신의 존재에 대한 당당함과 자신이 새롭게 창조할 미의 세계에 대한 확신을 구축해준 바탕이었다. 그녀는 오히려 자식들의 평안을 위해 큰 재산을 남기려 하는 아버지들을 한심하게 여겼고, 부잣집 아이들이 가정교사와 보모의 울타리에 갇혀 세상에 대한 그 어떤 탐험도 하지 못한 채 양육되는 모습을 가엾게 여겼다.

강한 독립적 자아를 가졌던 이사도라 던컨에게 학교는 어리석고 굴욕적인 수용소 같았다. 일찌감치 학교를 그만두고, 공공도서관에서 전 시대의 사상과 철학과 문학을 접하는 독서광이 되었다. 거기서 만난 니체를 자신의 춤의 스승으로 삼았다. 열한 살의 나이에 학교를 그만두고 마을의 소녀들을 모아 춤을 가르친 그녀. 그 재능을 눈여겨보던 주변의 권유로 유명한 발레 선생에게 간 적도 있었다. 선생이 발끝으로 서보라고 말하자 이사도라는 왜 그렇게 하느냐고 (감히!) 물었다. 그건 아름답기 때문이라는 답이 돌아왔다. 이사도라는 "그건 오히려 추하고 자연에 위배되는 일"이라 반박하고 다신 발레학교에 가지 않았다.

> 아직 모르지만, 열쇠만 발견한다면 내가 거기 들어가도록 운명적으로 정해진 세계가 있다는 느낌만은 갖고 있었다. 나의 예술은 내가 어렸을 때부터 이미 내 속에 존재하고 있었다.

바로 그 속에 존재하던 예술적 천재를 말살하지 않고 키워나가게 도와준 사람은 어떤 상황에서도 모험 정신을 잃지 않은 그의 어머니였다.

이상이 이끄는 삶

세상은 강렬한 신념을 가진 자의 것이다. 단단한 신념을 가슴에 품고 살지 못하는 대부분의 사람들 사이에서 운명처럼 강한 신념을 가지고 그것을 향해 의심 없이 다가서는 사람은 주변 사람들을 자신 앞으로 모은다. 사람들은 그 알 수 없는 신념에 매료되고 그 사람의 신념은 모두의 신념이 되어버리는 것이다. 그것은 이 건조한 세상에서 종종 마술이 벌어지곤 하는 계기이기도 하다. 이사도라의 신념은 세상사람들에게 마술을 걸었고, 그녀의 춤은 인간의 몸을 해방시키는 현대무용의 신기원을 열었으며, 그녀의 이야기는 신화가 되었다.

프로메테우스가 인류에게 불을 가져다주었듯이, 이사도라는 그녀 자신만의 온전한 권위로, 그리고 새로운 자각에 따라 인류에게 춤을 가져다주었다.

당시(19세기 말~20세기 초) 서구사회에서, 무대에서 볼 수 있는 춤은 토슈즈에 발을 넣고 발끝으로 서는 것으로부터 시작되는 발레가 전부였다. 그것은 형식화된 틀 안에 신체를 종속시키는 일이며, 예술이라고 부를 수조차 없다고 이사도라는 생각했다. 그녀가 이 생각을 굳게 간직할 수 있었던 것은 제도와 교육 바깥에서 홀로 자신의 예술을 구축할 수 있었기 때문이며, 시집이나 잘 가서 살 것을 기도하는 헌신적인 어머니를 갖지 않은 덕이다. 주눅 들지 않고 눈치 보지 않는 야성의 힘을 간직한 자아의 힘이었다.

누군가가 춤이 무엇인지 말해주기도 전에, 자유로운 신체와 영혼을 지닌 인간으로서 바다의 파도의 리듬에 따라 춤추었던 그녀가 발레라는 정형적 틀을 만났을 때, 오싹하는 두려움까지 느꼈을 정도로, 그것이 자신이 꿈꿔왔던 것과 완전히 적대적인 것임을 알았다.

나는 최초의 순간에서부터 나의 인생만을 춤춰왔다. 어렸을 때는 성장하는 일에 대한 무의식적인 즐거움을 춤췄다. 젊은 시절에는 내면의 슬픔에 대한 최초의 인식에서 오는 불안, 사정없는 잔인함, 인생의 허물어져가는 과정에서 오는 불안을 표현하는 즐거움으로 춤을 췄다.

이사도라는 춤은 살아 있는 모든 자들이 자신의 기쁨과 슬픔을 표현하는 방식이라고 여기며 이를 모두가 누려야 한다고 생각했다. 유럽 사회의 지식인들이 그녀의 춤이 가진 혁명적 가치를 알아본 후 머지않아, 그녀는 폭발적인 환호에 휩싸였다. 이미 오래전부터 확신했던 그 모습 그대로. 전 세계 모든 공연에서 사람들은 눈물을 흘리며 고대 그리스식 튜닉을 입은 단순한 그녀의 독무에 열광했다. 심지어는 그녀의 춤을 본 환자들은 병이 낫는다는 풍문까지 돌아, 매 공연마다 들것에 실린 환자들이 들어오는 웃지 못할 풍경까지 연출되곤 했다. 왜였을까? 거기엔 문명의 잉여물들이 차곡차곡 쌓아온 장식들이 제거된, 자연과 소통하는 영혼이 뿜어내는 박력 넘치는 원초적 순수가 담겨 있었기 때문이다. 바로 이것이 이사도라가 영혼과 몸을 연결하여 춤으로 풀어내는 방식이었다.

어리고, 특별한 재능이 없는 아이들이라도 내가 정신을 집중해서 영혼의
귀로 음악을 들어요. 자, 듣는 동안 몸속 깊은 곳에 자리 잡고 있는 저 속에
있는 내가 깨어나는 것을 느낄 수 있죠? 하면 바로 이해한다. 그 힘에 의해
머리를 들고 그 힘으로 팔을 들어봐요. 그 힘으로 빛을 향해 천천히 걸어
가는 이 깨어남이 바로 춤의 최초 스텝이 되는 것이다. 일단 그것을 경험
하고 난 후부터는 일상의 걸음, 일상의 모든 몸짓 속에 영적인 힘과 우아
함이 깃들게 된다.

처음 유럽에 왔을 때, 이사도라는 자신이 만난 모든 사람들을 향해 춤
으로 인사를 건네고, 자신의 춤의 원리에 대해 온 정성을 다해 설명했
다. 명성을 얻고 나서도 그녀는 공연이 끝난 후, 왜 학교가 필요한지
를 온 힘을 다해 설명했다. 자신이 일생을 통해 발견한 것, "수천, 수
만의 사람들이 자신을 해방할 수 있는, 좀 더 큰 자유를 누릴 수 있도
록 하는 길을 밝혀주고자 하는 것"이 그가 학교를 세우려 하는 이유
였다. 그녀가 구상한 학교는 언제나 모든 계층의 아이들을 위한 것이
며, 완전한 무상교육이었다. 독일과 프랑스, 소련에 학교가 세워졌으
나, 자금난과 전쟁 등으로 번번이 문을 닫을 수밖에 없었다.

베를린에 세운 첫 번째 무용학교를 그녀는 아이들의 낙원으로 만들고자 했다. 학교 전체를 춤추는 아이들의 조각과 그림으로 꾸미고, 중앙 홀에는 용감한 아마존 여전사의 커다란 조각상을 세웠다. 잔뜩 움츠러든 세상에서, 자연과 호흡하는 만개한 자아를 무대 위에서 표현하는 일이, 아마존의 여전사들처럼 무한한 용기가 필요한 일임을 그녀는 잘 알고 있었다. 학교라기보다 차라리 고아원, 아이들 병원 같은 곳이라고 학교의 주치의가 말했을 정도로, 공짜로 먹여주고 가르쳐주는 그녀의 학교에는 병들고 부모가 보살필 수 없는 아이들이 모여들었다. 하지만 그녀는 이 모든 아이들에게 기회를 주기만 한다면 영혼을 투과해내는 아름다운 육체의 표현을 해낼 능력이 있음을 보여주었다.

단지 뛰어난 무용수로서의 삶에만 만족했다면 그녀의 삶은 훨씬 쉬웠을 것이다. 모든 걸 내던지고 동토의 땅으로 이주하는 모험을 감행할 필요도, 학생들을 먹이고 가르치고 치료하느라 번번이 파산할 필요도 없었을 터다. 그러나 그녀는 죽는 날까지 철저하게 이상이 이끄는 삶을 살았고, 바로 이 점에서 그 어떤 예술가와도 이사도라 덩컨은 달랐다. 그녀는, 자신의 예술이 가진 혁명적 이상을 거대하게 사회에서 구현해내길 희구했고, 그 과감한 시도를 멈추지 않았던 진지한 혁명가였다.

사랑하라, 불꽃처럼 혁명처럼

내 삶은 오직 두 개의 동기를 갖고 있다. 사랑과 예술이 그것인데 사랑은 때때로 예술을 파괴했고, 예술의 전제적 소명은 사랑에 비극적 종말을 가져왔다. 이들은 서로 전부를 요구하기 때문이다.

그 누구도 시대를 초월하여 온전히 홀로 존재할 순 없다. 그들의 사상이나 예술적 성취가 시대를 앞서갈 순 있지만, 일상의 삶에서조차 동시대인들의 사회적 코드를 완전히 벗어날 순 없다. 그랬다간 제 생애가 채 끝나기도 전에 온몸이 갈가리 찢기고 말 테니⋯⋯. 이사도라 던컨에게서 인류에게 새로운 개념의 춤을 가져다준 사실보다 내가 더 큰 놀라움을 갖고 주목했던 지점은, 그녀가 가진 사랑과 성, 결혼에 대한 솔직하고 명확한 태도다.

이사도라 던컨은 열한 살에 첫사랑을 시작한 후 죽는 날까지 미치도록 사랑하기를 멈추지 않았다. 모든 금욕을 말하는 자의 이면엔 언제나 긴 위선의 그림자가 따른다. 그는 현대무용의 창시자라는 전설을 위해 자신의 사생활에 위선의 휘장을 드리우지 않았다.

혁신적인 아동교육의 선구자이나 정작 본인은 혼외로 낳은 아이를 버렸던 몬테소리 여사, 하녀와 낳은 아이를 정적의 비난을 피해 감추고 모른 척했던 칼 마르크스, 기념비적인 교육론《에밀》을 집필했지만 정작 자신의 아이 다섯은 모두 고아원에 맡겼던 장 자크 루소. 거룩한 인간들에겐 자신의 거룩함을 위해 숨겨야 하는 진실의 질척이는 웅덩이가 있게 마련이다. 그러나 바로 그러한 모순을 가졌기에 그들은 피와 살을 가진 인간이기도 한 것이다.

이사도라 던컨은 아버지가 다른 두 아이를 결혼하지 않고 낳았다. 우연히 결혼하지 못한 것이 아니라 온 힘을 다해 결혼을 거부했다. 그녀가 임신한 채 공연했을 때, 그녀의 학교에 후원을 약속한 부르주와 귀부인들이 우수수 떨어져나갔고, 미국 감리교회는 그녀를 악녀로 응징하기 위한 결의문까지 채택한다.* 그 시절, 그녀의 행동은 실로 목숨을 내놓는 대범한 행동이었다. 감옥에 끌려가지 않은 것이 오히려 기적에 가까운 일이었다.

그녀는 이혼한 엄마, 주변 기혼녀들의 생기를 잃은 얼굴, 홀로 아이를 낳아 기르는 여자가 감당하는 사회적 비난 등을 지켜보며, 결혼제도

이사도라 던컨

육체의 해방을 주창한 미국 출신의 현대무용가. 전통발레처럼 엄격한 형식과 현란한 기술에 의존하는 무용에 반발하며 자유롭고 개성적인 표현력을 강조한 현대무용의 개척자. 예술이 특권층의 향유물이 아닌. 필요로 하는 모든 민중을 위해 존재해야 한다고 역설했다. 1878년 5월 26일~1927년 9월 14일.

에 뭔가 문제가 있다는 것을 일찌감치 감지했다. 이후 결혼 관련 법률을 들여다보면서 결혼제도가 노예제도와 다르지 않다는 사실을 알게되고, 여성의 해방과 여자 혼자 아이를 낳아 기를 권리를 위해 싸울것을 결심했다. 그리고 온갖 비난과 저주에도 불구하고 그 결심을 지켜나갔다.

그녀는 결혼도 아이들에 대한 세례도, 교회식 장례도 모두 거부했다. 예외적으로 그녀가 행했던 예세닌과의 결혼은 러시아 혁명이 기존의 결혼제를 폐지하고, 두 사람 상호간의 어떤 책임도 없으며 상호 동의하에 취소될 수 있게 한 간단하고 평등한 제도였다. 그녀는 소련이 그나마 잘한 일로 이 결혼제도의 개혁을 꼽기도 했다. 이사도라는 자신의 생각을 실천했을 뿐 아니라, "지성 있는 여성이라면 지금의 결혼제도를 거부해야 하며, 여자 혼자서 얼마든지 아이를 낳아 기를 수 있는 사회가 되어야 한다"는 주장을 강연을 통해 펼치기도 했다. 그 누구도 공개적으로 당신의 말이 옳다고 동의해줄 수 없었던 그 시절에 말이다.

육체를 갖고 태어난 사람들은 모두 고통을 겪게 마련이다. 이를 갈아내고 뽑아내고 다시 해 박는 식의 고통을 우리 모두 알고 있다. 그렇다면 어째서 그 육체가 최고의 즐거움을 맛 봐서는 안 된단 말인가? 하루 종일 머리를 썩혀가며 일한 사람, 어떤 때는 무겁고 괴로운 문제로 찢어질 것 같은 고통을 겪는 사람이 아름다운 팔 안에서 그의 고통을 식히고 아름다운 시간, 생각의 시간을 갖는 것이 왜 나쁘단 말인가?

이사도라는 육체의 해방을 주창한 무용가답게 육체의 즐거움에 대한 권리를 말한다. 에로틱한 사랑에서 오는 희열을 향한 뜨거운 가슴을 가지고 있었을 뿐 아니라, 넘치는 인류애를 가지고 있었다. 자신의 두 아이를 사망하게 한 운전사가 과실치사로 감옥에 가게 되자, 고의로 그런 것이 아니며, 그 또한 어린아이들의 아버지이니 석방해달라는 진심 어린 탄원서를 써서 그를 석방시키도 했다.

1905년 피의 일요일에 생페테르부르그에서 목격한 피 흘리며 쓰러져 간 민중들에 한없는 연민과 동정을 느꼈던 그녀는 러시아 혁명에 열광했고, 자본의 쾌락에 빠진 20년대의 미국에 분노하며, 공연의 마지막에 프랑스의 혁명가 「라 마르세이예즈La Marseillaise」에 맞춰 춤을 추는 저항적 태도로 이어지곤 했다.

내가 살았던 파리 4구 바스티유 광장 근처에 이사도라의 두 아이가 사고로 죽은 부르동 가가 있다. 가족과 함께 저녁식사 후 종종 나서는 산책길의 끝은 항상 부르동 가를 걷는 것으로 마무리하곤 했다. 센강으로 이어지는 이 길에서 이사도라의 두 아이를 실은 차는 강물로 추락했다. 세상에서 가장 사랑하던 두 아이를 잃은 후, 이사도라는 센강변을 정신없이 걷다가 아이들이 익사한 그 자리에 이르러 빨려들어갈 듯 하염없이 그곳을 바라보곤 했다. 내 딸아이와 함께 그곳을 지날 때마다 이사도라와 그녀의 장미꽃송이 같던 아이들을 생각하지 않은 적이 없다. 어떻게 아이들을 잃은 고통을 이겨냈을까. 어떻게 그 물속에 빠져들고 싶은 충동을 억제할 수 있었을까……

"춤이란 다시 살아나고자 죽는 모든 것들의 리듬"이라고 스스로 말했던 것처럼, 그녀의 학생들, 그리고 세상에 있는 무수한 생명들을 통해, 육체의 아름다움, 인간이 누릴 더 황홀하고 더 넓은 자유를 창조하고자 하는 의지가 결국 죽음을 초월하는 고통으로부터 그녀를 구해낼 수 있었다.

대중의, 대중에 의한, 대중을 위한 예술

이사도라 던컨은 일찌감치 문화민주주의의 필요를 인식하고 말하고 실천한 사람이기도 하다. 이건 좀 과장된 이야기가 아닐까 싶지만…… 그랬다. 처음엔 책을 읽고도 그 사실을 명확히 인식하지도 못했다. 이 책을 읽은 지 10년째 되던 해, 우여곡절 끝에 파리에 가서 문화정책을 공부하다가 문득, 내가 왜 이 알 수 없는 사명감에 몰입되어 이 길을 가는 건지 물었다. 그러다가 그녀의 책 한 귀퉁이에 있던 아래의 글귀가 내 것으로 체화되어 있다는 사실을 자각했던 것.

아이들에게 아름다움과 자유와 힘을 주십시오. 예술도 정말 필요한 사람들
에게 주십시오. 위대한 음악은 더 이상 소수 교양인의 점유물일 수는 없습니
다. 그것은 대중들에게 자유롭게 주어져야 합니다. 그들에게 있어서 공기나
빵과 같은 필수품인 것입니다. 그것은 인류의 정신을 황홀하게 하는 포도주
인 것입니다.

프랑스의 문화공공성 개념을 구체화하고 국립민중극장의 디렉터로
최초의 문화공공성 개념을 수립했다고 일컬어지는 장 빌라Jean Vilar는
연극(예술)은 가스, 전기처럼 모두에게 필요한 공공서비스가 되어야
한다고 규정했다. 이사도라의 생각은 장 빌라의 그것보다 시기적으
로뿐 아니라 의미에 있어서 선명하게 앞서 있었다. 장 빌라가 국립민
중극장을 문화 민주주의의 실험장 삼아 특별석이나 귀족적 분위기를
풍기는 장식 따위를 없앴던 것이 1950년대다. 이사도라는 이미 20년
대에 장식이 필요 없는 원형극장이야말로 극장의 민주주의를 실현하
는 방법이라고 주장했고 민중을 위한 극장의 필요성을 역설했다.

이사도라는 미국 공연 중 뉴욕의 흑인, 유대인 밀집 지대인 이스트사
이드에 가서 무료 공연을 했다. 그리고 아무것도 이해하지 못할 거라

는 주변의 예측을 뒤엎고, 감동의 눈물을 흘린 이곳 주민들을 위해 원형극장을 세울 것을 호소한다.

> 원형극장이야말로 극장의 민주주의입니다. 발코니나 특별석이 없는 원형극장은 모든 사람들이 똑같은 시야를 얻게 되는 것입니다. 극장 맨 위층 관람석을 보십시오. 인간을 파리처럼 천정에 매달아놓는 일이 옳다고 생각하십니까? 단순하고 아름다운 극장을 세우십시오. 번지르르한 장식품은 필요 없습니다. 인간의 영혼으로부터 나온 훌륭한 예술은 형식이 필요 없습니다. 영혼의 감동으로부터 나온 아름다움만이 있을 뿐. 그리고 육체는 그 상징입니다. 아름다움은 찾아내는 것입니다.

인류의 도달하지 못할 영원한 꿈인 것만 같은 '민주주의'. 20세기가 막 움트기 시작할 때, 극장의 민주주의를 주장하고 나선 이 여자. 나는 그녀에게서 내가 꿈꾸는 모든 이상을 발견했다.

이 인생은 비극일까

이사도라는 러시아 혁명이 성공하자 이상주의자의 완벽한 순진함으로 차르의 압제로부터의 해방을, 이상사회 건설을 찬양했다. 그녀는 당시 미국에서의 공연 말미에 붉은 스카프를 두르고 나타나서 "이것의 색은 붉다. 나 역시 그러하다"고 선언하면서, 혁명에 대한 지지의 입장을 밝혔다. 그리고 자신에게 완벽한 지원을 약속하는 소련으로 건너가 2년간 자신의 마지막 무용학교를 위해 헌신한다. 그러나 조지 오웰의 《동물농장》에서처럼, 하루가 지나면 또 하나의 원칙이 수정되고 사라지던 소련에 실망하며 프랑스로 돌아왔다.*

돌아온 프랑스에서 그녀가 맞이한 말년은 고독하고 고단하였다. 공연 끝에 언제나 힘차게 대중을 향해 연설하던 그녀는 모가도르 극장에서 가진 마지막 공연에서 열화와 같은 박수에도 잠시 나와 아무 말도 하지 않겠음을 표하며 눈물만 흘렸다.

그녀는 집세를 못 내 쫓겨나서 수십 마일을 걸어 불빛이 밝혀진 한 식당에 들어가 싼 포도주를 마셨다. 그리고 그곳에서 마지막 연애 상대를 찾았다. 끝까지 그녀를 살아 있게 했던 유일한 이유는 사랑. 다시 사랑하게 되었다고, 쉰 살의 그녀는 얼굴에 홍조를 띠며 스포츠카에 올라탔고, 그녀의 마지막 연인이 차에 시동을 거는 순간, 그녀의 스카프는 바퀴에 휘말려 그녀의 목을 조였다.

*
왜 예술가들의 영원한 고향은 프랑스일까?
그들은 왜 프랑스로 모이고,
먼 길을 떠났다가도 이리로 돌아오는 것일까?

사랑이 다시 시작되는 순간 멈춰버린 이 스토리. 이 인생은 비극일까? 죽음이 모든 삶의 종말이라면 비극이 아닌 인생은 없다. 자식도, 그토록 염원했던 학교도 남기지 못했지만, 그녀로 인해 현대무용이 싹텄고 온 세상에 퍼져갔으며, 결혼하지 않고 자유의지에 의해 사랑하고 아이를 낳는 여자들은 이제 세상에 부지기수로 늘어났다. 그 무엇보다, 열어볼 때마다 뜨거운 용기와 열정을 전해주는 이 책에 고스란히 담겨 있는 충만한 삶을 살아냈다. 그녀의 몸은 화장되어 페를라셰즈 묘지의 아이들 곁에 한줌의 재로 묻혀 있지만, 그녀의 영혼은 여전히 자유롭지 못한 영혼들을 뒤흔들어 깨우며 창공을 날고 있는 중이다.

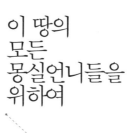

이 땅의
모든
몽실언니들을
위하여

도서 | 몽실언니
저자 | 권정생
출판 | 창비

"소설가는 자신의 생이라는 집을 허물어 그 벽돌로 다른 집을 짓는
사람"이라고 밀란 쿤데라는 말했다. 그렇다면 책을 읽는 사람들은 다
시 그 작가들이 지은 책들을 벽돌 삼아 자신의 집을 짓는다. 그리고
우리가 읽은 하나하나의 책들이 우리의 세계를 이루는 벽돌이라면,
그 벽돌들이 잘 붙어서 하나의 집이 되도록 해주는 시멘트는 우리가
삶에서 직접 마주하는 경험들이다. 한 권의 책은 우리가 책을 읽기 전
이나 후에 겪은 실제적 경험들을 통해 공명할 때, 비로소 견고한 내
정신세계의 한 벽돌로 굳건히 자리하는 것이다. 오래도록 내 현실의

삶 속에서 공명을 하지 못하는 책들은 곧 잊히고, 벽돌은 허물어진다. 스물두 살에 읽었던 《몽실언니》는 하나의 단단한 벽돌이 되어 내 안에 박혀 있다. 살다보면, 종종 그 단단하고 민틋해진 벽돌이 콩콩 느껴지는 순간들이 있다. 그럼 조용히 미소 지으며 다시 한 번 벽돌을 쓰다듬는다. 그러고 나면 쿤데라의 말이 떠오르고, 벽돌을 짓고, 허물고, 다시 짓는, 책을 통해 만들어지는 세상의 무수한 집들에 대해 생각한다.

대학시절 내게 이 책을 건네준 사람은, 지금은 러시아문학을 가르치는 교수가 된 당시의 남자친구였다. 우린 함께 《몽실언니》에 열광하며, 이 책을 많이 사서 모든 사람들에게 나눠주자고 다짐하기도 했다. 산더미처럼 사서 쌓아놓고 주변의 모든 사람에게 고루 나눠주고 싶었던 최초의 책. 그러나 이 책을 최근 떠올렸을 때, 한 권도 소유하고 있지 못했다. 이 사랑스런 책을 많은 사람에게 전파하고 싶은 마음 간절했으나 넉넉지 못한 주머니 사정에 그런 생각은 실천되지 못했고, 단 한 권 가지고 있던 책마저 누군가에게 빌려주었다가 영영 돌려받지 못했던 것이다.

이번에 책을 새롭게 주문하여, 이철수 선생의 그림이 곁들여진, 다정한 표지의 《몽실언니》가 비행기를 타고 내 품으로 날아왔을 때, 어린 시절 손때 묻히며 놀던 장난감을 되찾기라도 한 것처럼, 돌아가신 할머니의 무명옷이라도 받아든 것처럼 감개무량하였다.《몽실언니》속엔 우리가 잊고 살아온 정겹고 포근한 것들이 차곡차곡 담겨 있기 때문이다.

누구의 잘못도 아닌

《몽실언니》는 권선징악을 말하지도, 새로운 세상의 건설을 역설하지도 않으며, 우리의 눈물샘을 자극하기 위해 슬픈 사연을 구구절절 엮어놓지도 않는다. 우리가 줄기차게 이 책에서 마주치는 단순한 한조각 진리는 몽실을 통해 드러나는 '측은지심'과 '인간애'다. 그것은 이념과 가치관, 풍습과 도덕 따위를 모두 초월하여 인간이 공존하게 해주는 숭고한 태도다.

돈 벌러 떠난 가난한 남편을 버리고 돈 많은 남자에게로 떠나온 엄마를 따라 어느 날 새아버지의 집으로 온 몽실. 이듬해 친아버지가 돌아오고, 몽실은 엄마를 떠나 다시 친아버지에게로 간다. 새아버지 밑에서 이미 구박덩이가 되어버린 딸. 자식을 찾는 전남편. 엄마에게는 다른 선택권이 이미 없다. 엄마의 가슴이 찢어지고, 골짜기는 엄마의 울음으로 메워지는데, 골짜기를 넘어 엄마를 떠나는 여덟 살 어린 몽실이 속으로 되뇌는 말은, "엄마 미워"가 아니라 "엄마 잘못이 아니야"다.

멀쩡히 살아 있는 남편이 제대로 돈벌이를 못해 아이를 데리고 돈 많은 남자에게로 도망간 여자를 향해, 우린 전후 사정을 살필 겨를 없이 냅다 돌멩이를 던져야 한다. 그것이 이런 경우에 작동되는 사회적 코드다. 여자의 사연 따위를 헤아려볼라치면 나까지 돌을 맞는다. 더 도덕적이고, 정조를 잘 지키며, 미풍양속을 따르는 정숙한 인간인 척하려면 한시라도 앞장서서 돌멩이를 들어야 한다.

그러나 작가는 그 여자의 잘못이 아니라고, 그녀는 그녀대로 살아야 했고, 또 그녀도 많이 아팠다고 다독인다. 이렇게 권정생 선생은 내내 관습과 편견, 혹은 사상의 차이로 죄를 뒤집어쓰고 있던 소시민들에게서 죄를 내려주고, 쓰다듬고 안아준다. 모든 윤리의 잣대들을 내려놓게 하고 우리를 단순한 인간애 앞에서 무장해제시킨다. 몽실을 떠나보내는 엄마도, 엄마를 떠나는 어린 몽실도, 그리고 엄마의 잘못이 아니라고 말해주는 몽실을 지켜보는 독자도 함께 눈물 흘릴 수밖에 없다. 슬픔의 눈물이 아니라 한없이 따사로운 위로에 기대어 흘리는 회한과 감격의 눈물을.

삶의 흔적과의 화해

가난한 몽실의 집에도 새어머니가 들어왔다. 새어머니 북촌댁이 밤이
늦도록 몽실의 설빔을 지어주었다. 분홍치마에 노랑저고리. 몽실이 그
예쁜 때때옷을 입고 널을 뛰다가 넘어져, 옷이 흙투성이가 되고 만다.

 "널뛰다가 넘어졌어요. 그래서 옷을 버렸어……."
 북촌댁은 꾸지람하지 않았다.
 "별로 버린 것 같지 않은데, 넘어졌으면 다친 덴 없니?"
 "다치진 않았어요."
 "그럼 됐지. 옷은 입으면 더러워지는 거니까."
 북촌댁은 흙 묻은 저고리를 깨끗이 걸레로 닦아주었다. 몽실은 가만히 들
 여다보다가 처음으로 북촌댁에게 왼쪽 다리를 다친 얘기를 했다.

처음《몽실언니》를 읽었을 때, 남자친구와 함께 감동의 물결에 사로
잡힌 대목이다. 우린 서로에게 반복해서 말하곤 했다. "옷은 입으면
더러워지고, 더러워지면 빨면 되는 거야." 왜 이 대목에서 우리는 그
토록 뭉클해졌던지……. 옷이 더러워지지 않게 하기 위해 조심조심
살 필요는 없는 거다. 그럼 옷이 삶을 지배하게 되는 거니까. 우린 보
여주기 위해 사는 것이 아니며, 내 삶이 내 옷에 묻어나는 건 부끄러

운 일이 아니다!

이 구절은 내 안에서 계속해서 재해석되고 확대 생산되어 커다란 울림이 되어 퍼져갔다. 얌전하고 차분한 새어머니에게 좀처럼 마음을 열지 못하던 몽실의 마음이 사르르 녹아들던 그 장면에서 나는 평생을 가져갈 반짝이는 진리 하나를 건져올렸다.

엄마들은 아이들이 옷을 더럽혀오면 거의 반사적으로 야단을 친다. 더구나 밤새 지은 때때옷을 진흙투성이로 만들었을 때, 그 어떤 엄마라도 의례적인 꾸지람을 하는 것은 당연해 보였다. 그런데 몽실의 새어머니는 다친 데가 없는지를 먼저 묻고, 더러워진 옷 따위는 관심도 두지 않았다. 이 사소한 듯하나 삶의 본질을 짚어주는 새어머니의 태도는 몽실의 마음을 활짝 열어젖히는 동시에, 내 마음에도 순간 커다란 창문 하나를 열어주었다.

나는 이후 커피를 마시다가 조금 옷에 흘려도, 비오는 날 바짓단에 흙탕물이 좀 튀어도 호들갑 떨며 당장 씻어내려 하지 않게 되었다. 심지어는 너무 오래 입어 옷단이 해어져도, 들고 다니던 천가방의 모퉁이가 닳아져도 그대로 다니기를 즐기게 되었다. 내 삶의 사소한 흔적들이 내가 지닌 사물에 남을 때마다, 그것들을 느긋하게 바라보며 몽실의 초연하던 새어머니를 떠올렸다. 난 깔끔함이라는 강박에서 나를 해방시켜주는 나의 새엄마가 되기로 한 것이다. 그리고 여자는 언제나 깔끔해야 한다는 수상쩍은 고정관념을 흘려보낸 이데올로기의 원천이 무엇인지, 왜 우리는 우리의 사소하고 자연스런 삶의 흔적들을 애써 감추려 하는지에 대해 의심하고 질문하곤 했다.

성자 권정생

결혼도 하지 않고, 작은 오두막에서, 평생 옷 한두 벌만을 지니고 살았던 권정생. 선생은 공식적으로는 기독교 쪽에 적을 두고 있었을지언정 실질적으로는 하늘에 계신 하나님 아버지 따위와 무관한, 종교 · 계급 · 성별 등의 모든 종류의 편 가르기로부터 자유로운, 진정한 의미에서의 성자聖子가 아니었을까. 이것은 오래전부터 내가 갖고 있던 심증이다.

> "화냥년 같은 에미가 무엇 땜에 보고 싶다는 거야? 보고 싶거든 당장 가버렷!"
> 정씨는 커다란 손으로 몽실의 뺨을 때렸다. 몽실은 빨갛게 달아오른 얼굴을 싸안고 큰 소리로 울었다. 정씨는 술에 취하는 날이 많았다. (……) 댓골 김씨를 생각했다. 정씨와 비교를 해보기도 했다. 어느 쪽이 김씨 아버지인지 어느 쪽이 정씨 아버지인지 잘 가려내지 못할 때가 있었다. 어쩌면

둘은 닮은 데가 많았다. 어머니 밀양댁도 정씨 남편에게 죽도록 얻어맞았다. 술 취하고 때리는 것이 둘이 꼭 같았다.

권정생 선생이 조곤조곤 들려주는 이야기들은 놀랍도록 매번 지배 이데올로기를 배반한다. 유일신 하나님 아버지 앞에 머리를 조아리는 자라면 감히 이럴 수는 없다는 것. 그 점이 나의 심증을 점점 굳게 했다.

가난하지만 딸을 기꺼이 찾아와 키우려 하는 친부는 남의 아내를 데려와 사는 김씨와는 인격적으로 차별되는 인물이어야 했을 테다. 그래야 핏줄의 *끈끈함*이 입증될 테니! 그러나 이 두 남자를, 술에 취해 함부로 아내와 아이들에게 손찌검이나 하는, 약한 자 위에 군림하며 제멋대로 운신하는 족속들로 묶어버리는 이 시선은 지나치게 현실적이어서 매섭기까지 하다. 권정생 선생은 단지 가장 낮은 곳에 있었을 뿐이다. '강아지똥' 같은 것들이 잘 보이는. 그래서 저 아래 있는 사람들이 져야만 했던 부당한 삶의 무게 따위에 대해 가장 잘 느낄 수 있었던 것이다.

생명을 보듬는, 몽실언니들

> 식모가 된 몽실이 시장에 다녀오는 길에, 쓰레기 더미에 버려진 검둥이 아기를 발견한다.
>
> 한 남자가 침을 뱉으며 발길로 아기를 찬다. 아기가 자지러지게 울었다. 사람들은 "이런 건 짓밟아 죽어야 해!" "화냥년의 새끼" 하며 제각기 침을 뱉고 발로 쓰레기 더미를 찼다. 몽실은 얼른 아기를 치마 속에 감추고, 사람들의 틈을 비집고 빠져나왔다.
>
> "그러지 말아요. 누구라도, 누구라도 배고프면, 화냥년도 되고, 양공주도 되는 거여요."
>
> 사람들은 몽실이 하는 말에 잠시 입을 다물었다.

몽실의 말에 나도 발길질을 하던 사람들처럼 잠시 멈칫했다. 몽실은 생명 자체의 소중함을 역설하기에 앞서, 이 아이를 낳은 엄마가 한 태초의 행동을 변호한 것이다. 먹고 살기 위해 흑인병사와 몸을 섞은 소위 양공주에 대해. 결국, 살아가기 위해 김씨에게로 가버린 엄마와 미군들에게 몸을 파는 여자들의 선택은 같은 것이라는 데까지 그 논리는 이어진다.

브레히트의 《사천의 선인들》에서 창녀에 대한 새로운 시각을 충격적으로 발견한 이후 르 클레지오의 《황금 물고기》, 에밀 아자르의 《자기 앞의 생》에서도 창녀들에 대한 따사로운 측은지심이 아이들과 그들이 나누는 우정을 통해 그려지는 것을 끄덕이며 바라볼 수 있었다. 그러나 좀처럼 우리 문학에서 이처럼 적극적인 창녀에 대한 옹호의 발언을 찾기란 힘들다. 나의 멈칫함은 결국 바른 소리가 쨍그랑 하고 머리에 와서 부딪혀 편견을 부서뜨릴 때 나는 충격의 멈칫거림이었다.

결혼 자체가 어쩌면 공식적인 매춘제도라는 사실, 가부장제가 그들의 편의대로 씨를 보존하고 자신의 씨임을 확신하기 위해 마련해놓은 제도일 뿐, 그 제도 밖에서 태어난 아이라서 천시하고, 그 안에서 태어난 아이라서 더 소중해야 할 그 어떤 이유도 없다는 사실을 몽실은 역설한다. 몽실이 옳다. 아이를 발길로 차던 사람들, 자신도 모르게 체제 수호의 충실한 동반자 노릇을 하던 그들도 아이가 삶을 꿰뚫는 진실을 외쳤을 땐, 한마디도 반박할 수 없었다.

몽실이 가부장제가 원하는 큰딸의 모습 그대로 한없이 착하고 순종적이기만 했다면, 우린 몽실로부터 이토록 큰 위로를 얻지 못했을 것이다. 고개 한번 쳐들지 않고 무조건 체제에 순응하는 사람에게서 우린 아무런 기대도 할 수 없다. 그 사람은 결국 자발적 노예가 되어 체제를 부축하는 공모자에 불과하기 때문이다.

그러나 우리의 몽실은 사람들이 말하는 것처럼 인민군이라고 해서 모두 나쁜 것은 아니며, 어른이라고 해서 모두 옳은 말만 하는 건 아니란 사실을 알고 있다.

엄마가 죽은 후 새 아빠와 남은 두 의붓동생을 만나러 먼 길을 달려왔을 때, 두 의붓동생의 새어머니가 된 여자는 "그러고 보니, 네가 바로 죽은 년 의 의붓자식이구나" 하며 매몰차게 그들의 상봉을 거절한다. 피가 끓어 오 른 몽실은 쏘아보며 말한다.
"아주머니도 사람이어요? (……) 영순이랑 영득인 아주머니하곤 아무것도 되지 않아요. 우리는 틀림없는 남매여요."

그럴듯한 집안의 허우대를 위해, 죽은 전부인의 아이가 의붓동생들을 보러 집을 드나드는 건 그닥 이상적인 그림이 아닐 수 있다. 그러나 서 로 부둥켜안고 자라온 사랑하는 형제자매들을 그런 명분으로, 이제 막 새엄마 타이틀을 받아든 여자가 끼어들어 뜯어놓는다는 것. 이는 제도가 사람들 사이의 순리를 제압할 수 있다고 믿는 어리석은 자의 만용이다. 작가는 몽실의 입을 빌려 이 같은 만용을 향해 단단한 비수 를 던진다. "당신도 사람이냐"고. 힘이 더 있는 자가 내 오른 뺨을 후 려칠 때, 내 왼쪽 뺨을 대주는 대신, 그 어처구니없는 손모가지를 잡아 뿌리치는 태도. 거기에 우리의 언니 몽실의 힘이 있다.

언뜻 몽실은 세 동생들을 위해 자기를 '희생'하며 살아온 언니처럼 보일 수 있다. 그러나 몽실은 그들이 자기 핏줄이어서 몸 바쳐 희생한 것이 아니라, 자기 앞에 놓인 꺼져가는 소중한 생명들이었기 때문에 끝까지 어린 동생들을 사랑으로 보듬은 것이다. 쓰레기장에 흑인 혼혈아이가 버려졌을 때도 발길질당하는 그 아이를 들쳐 안고 내달렸고, 전장에서 돌아온 아버지가 아무 일도 하지 못하자 구걸을 하여 아버지를 먹여 살렸다. 생명을 구해내기 위한 것이라면 그 무엇도 부끄러운 일은 없으며, 그것은 살아 있는 자들이 기꺼이 언제나 짊어져야 하는 행복한 숙명이기 때문이다.

그러나 몽실은 자기 한 몸은 그 누구에게도 의탁하고자 하지 않았다. 남자에게 종속된 삶 속에서, 단지 생존하기 위해 그들의 학대와 횡포를 감내하는 여자의 비참한 삶을 목격하면서, 결코 결혼하지 않고 혼자 살겠다고 결심하는 몽실. 결심은 절반만 이뤄지지만, 작가는 여성이 질곡처럼 지녀온 굴종의 삶으로부터의 해방의 길을 넌지시 펼쳐 보인다.

전장에서 부상당하여 썩어가는 다리를 끌고 고통 속에 시간을 연명하는 아버지. 결국 빈민들을 위한 자선병원 앞의 끝없이 긴 행렬 속에서 16일 동안 차례를 기다리다가 길바닥에서 죽어간 아버지의 이야기는 전쟁의 부조리를 극명하게 서술한다. 고생 끝에도 낙은 오지 않았다. 삶이 언제나 할리우드 영화처럼 흘러가진 않음을 작가는 담담하게 서술한다. 그 누구도 무엇 때문에 그들이 전장에서 죽어가야 했으며, 전쟁이 끝난 후에도 치료 한 번 받지 못하고 참혹하게 죽어가야 했는지를 설명할 수 없다. 전쟁은 아무것도 바꾸어놓지 못했다. 서로 죽이고 죽었을 뿐이다.

돌아가신 아버지를 재로 날려 보낸 몽실은 다시 홀로 남은 동생에게로 돌아간다. 연약한 생명을 사랑으로 보듬어 튼실하게 키워내는 숨 가쁘면서도 가슴 벅찬 여정. 그것이 바로 몽실의 삶. 그리고 세상 많은 여인들의 삶이기도 하다. 살림. 자신을 비롯하여, 주변의 모든 생명을 끊임없이 사랑으로 살려내는 바로 그 일. 한 쪽에서는 끝없이 생명을 파괴하지만, 다른 한 쪽에서는 아랑곳하지 않고 생명을 보듬는 자들이 있다.

20여 년 만에 단숨에 다시 읽어간 《몽실언니》는 막 구워낸 벽돌 한 장처럼, 뜨겁고 격렬하게 내 가슴을 덮혔다. 온통 죽어나가고, 다리는 구부러지고, 등은 굽었어도 결국 남는 것은 사랑으로 덮혀진 충만한 기쁨, 훈훈한 가슴이다. 벽돌을 뒤집어본다. 그 아래 수많은 개미들이 곁에서 일어나는 일들과 무관하게 여전히 그들의 생명을 돌보고 있다.

삶의
진정한 혁명을
꿈꾸는
그대에게

도서 | 꽃들에게 희망을
저자 | 트리나 폴러스
출판 | 시공주니어

벌과 나비가 사라지면 인류도 함께 사라진다. 다소 과장된 듯한 이 문장은 한치의 오류도 없는 명백한 사실이다. 꽃들은 벌과 나비의 도움을 통해서 번식하므로, 벌과 나비가 식물들의 번식을 돕지 못한다면 식물들은 더 이상 열매를 맺지 못하고, 이들을 먹고 사는 동물들도 함께 멸종하게 되는 아주 간단한 자연의 법칙이다. 애벌레들을 주인공으로 하는 책의 제목이 '꽃들에게 희망을'이라고 붙여진 것을 보고 오랫동안 의아해하다가, 그것은 애벌레, 나비, 꽃, 열매, 사람, 우주 전체로 이어지는 순환의 흐름을 환기시키기 위한 작가의 의도가 아닐까 하는 데로 생각은 흘러간다.

작은 혁명이 필요해

애벌레가 나비가 되면 더 아름다운 모습을 가지게 되고, 기는 대신 날아다니며 더 넓은 세상을 볼 수 있을 뿐 아니라, 저자가 말하듯 '진정한 사랑' 또한 할 수 있다. 새로운 생명을 잉태하는 그런 사랑. 그리고 그들은 꽃들의 번식을 돕는 것으로 생태의 순환에 결정적인 역할을 한다. 다시 말하자면, 그들의 만개한 자아는 또 다른 건강한 생명체를 잉태하는 것으로 이어지는 것이다. 그러나 바닥을 기어다니는 애벌레의 삶이 나비로의 도약을 이루기 위해선, 환골탈태를 위한 작은 혁명이 필요하다. 그것은 우리 앞에 주어진 끝도 없는 경쟁의 레일을 탈피하는 것이다.

새 생명이 움트는 것보다 감동적인 사건이 이 우주에 또 있을까. 땅을 뚫고 올라오는 작은 새싹, 이제 막 피어오르기 직전인 꽃봉오리, 손을 꼼지락거리며 젖 냄새를 풍기는 아기의 존재는 순식간에 우리의 감탄을 자아낸다. 이 대목에서 인간은 생명체로서의 가장 원초적인 본능인 번식을 미학적 가치로까지 승화시켜낸 듯한 혐의가 포착된다.

막 피어나는 어린 생명체를 바라보며 우리가 가장 먼저 입에 떠올리는 형용사는 '예쁘다', '아름답다'니까. 생명의 연속성을 향해 바치는 그 절대 가치는 아름다움이라는 가장 보편적인 가치와 단단히 결합한다. 결국 '생生'을 유지하기 위한 모든 생명체들의 열망은 후대의 탄생을 아름답게 여기게 하며, 건강한 생이 존속되기 위한 모든 생명체들의 공모는 선순환의 원을 그린다.

그러나 세상으로 나온 애벌레들을 기다리는 것은 무한경쟁의 잔혹한 회오리. 그 회오리로부터 빠져나오는 것은 나비가 되기 위해 그들이 거쳐야 할 첫 번째 역경이다. 우리가 흔히 피할 수 없는 생존의 룰이라고 생각하는 바로 그. 내 옆의 동료가 내 적이 되지 않는, 경쟁이 아니라 상생이 삶의 룰이 되는 그런 세상. 그것은 가능할까?

무한경쟁은 결국 맹목적일 수밖에 없다. 종국에 가선, 결국 무엇을 얻기 위한 싸움이 아니라 이기기 위한 싸움이 될 수밖에 없기 때문이다. 그러나 많은 사람들은 달리 별수 없다는 이유로, 어차피 세상에 다른 존재 방식은 존재하지 않는다고 믿기 때문에, 맹목적인 경쟁의 공간에 숨을 허덕이며 머문다. 무리에서 이탈하여 자신만의 길을 가는 데는 그야말로 '혁명'적인 결단, 무수한 망설임과 회의를 막아줄 수 있는 강력한 동기가 필요하기 때문이다.

트리나 폴러스^{Trina Paulus}의 《꽃들에게 희망을^{Hope for the Flowers}》은 우리가 어떻게 그 혁명을 이룰 수 있는지, 그 혁명을 위해 우리가 만나야 할 사람들, 딛고 가야 할 징검다리는 무엇인지, 다정한 문체와 경이로운 그림으로 알려준다. 평생 고통과 허무에 허덕이다 죽을 수도, 아름다운 나비가 되어 꽃들을 번식시켜줄 수도 있는, 한때 꿈틀거리는 애벌레였던 우리들에게.

경쟁의 기억

> 그러던 어느 날, 호랑애벌레는 먹는 일을 멈추고 생각했습니다.
>
> "그저 먹고 자라는 것만이 삶의 전부는 아닐 거야. 이런 삶과는 다른 무언가가 있을 게 분명해. 그저 먹고 자라기만 하는 건 따분해."
>
> 그래서 호랑애벌레는 오랫동안 그늘과 먹이를 제공해준 정든 나무에서 기어 내려왔습니다.

엠마누엘 칸트는 나고, 자라고, 철학하던 그의 둥지를 한 번도 떠나지 않았지만 "해야만 한다는 건 할 수 있다"는 뜻임을 지적한 바 있다. 그렇다. 우리가 할 수 없는 것을 해야 할 리 없다. 우리 속에 어떤 욕망이 싹튼다는 건, 바로 우리에게 그것을 실현할 수 있는 능력과 지혜도 함께 자라고 있다는 걸 의미한다. 칸트는 앉은 자리에서 사유의 힘으로 이 진리를 터득했지만, 대부분의 사람들에겐 오래도록 익숙한 둥지를 떠나 세상과 그 속에 처한 자신을 여러 각도에서 바라볼 수 있을 때 비로소 세상의 수많은 진리에 눈 뜬다. 나를 안아주고 키워준 둥지의 안온함을 박차고 일어서서 세찬 비바람과 우연한 사건들이 기다리는 세상에 몸을 던지는 것. 거기서 다른 무언가를 찾을 수 있을 거라고 믿는다면 분명 우리에게 그럴 수 있는 힘이 충분히 있는 것이니.

정든 나무를 내려온 애벌레는 어느 날 바삐 어딘가를 향해 가는 애벌레들과 마주친다. 그들은 어디로 가는지를 말해줄 여유조차 없다. 그곳은 바로 애벌레들이 구름 위로 올라가기 위해 서로의 몸을 딛고 만든 애벌레 기둥이었다.

올라가느냐, 아니면 발밑에 깔리느냐……. 이런 상황에서 애벌레들은 더 이상 친구가 아니었습니다. 이제 그들은 위협과 장애물일 뿐이었습니다. (……) 어떤 날은 제자리를 지키고 있는 것만도 힘겨웠습니다. 그럴 때면 특히 불안의 어두운 그림자가 호랑애벌레의 마음을 괴롭혔습니다. 그림자는 이렇게 속삭이곤 했습니다.

"꼭대기에는 뭐가 있지? 우리는 어디로 가고 있는 거지?"

세상에 나서자마자 우린 걷잡을 수 없이 경쟁이라는 파도에 휩쓸린다. 자기를 키우는 정든 나무를 내려온 애벌레도 마찬가지였다. 그리고 모두를 딛고 구름까지 올라가야 한다는 그 마약 같은 경쟁의 신화에 빠진다. 그러나 우리의 초자아는 그렇게 쉽게 훼손되지 않는다. '삐리리' 신호를 보낸다. 질문들이 우리를 에워싼다. 계속해서 같은 질문들이 우리 안에서 들려온다면, 그건 길을 잘못 들어섰다는 신호이며, 그 답을 찾기 위해 다른 길을 찾아나서야 한다는 뜻이다. 물론 어려운 일이다.

'여기 이 수많은 애벌레들은 모두 바보라서 이러고 있는 걸까?'

'여기서 그만두면 난 결국 낙오자가 되는 게 아닐까?'

'모두 나를 비겁한 겁쟁이라고 놀리는 건 아닐까?'

"나가면 얼어 죽고, 안에서 버티면 말라 죽는다"는 말로 우리는 틀을 벗어나려는 사람들을 겁박한다. 오장육부가 부패해갈지언정 일순간 얼어 죽는 것보다는 낫다는 암시로 썩어가는 시스템은 언제나 생명을 연장해왔다. 그러나 과감하게 경계를 넘어서본 사람은 안다. 세상의 끝은 낭떠러지가 아니라는 걸.

내게 선명하게 남아 있는 경쟁에 대한 첫 인상은 초등학교 1학년 때 했던 100미터달리기를 통해 만들어졌다. 다섯 명씩 달린다. 있는 힘을 다해 달려도, 가장 먼저 도착하는 아이가 있고 꼴찌로 들어오는 아이가 있다. 죽어라 숨이 멎도록 20초 정도 달려야 할 이유를 알지 못했지만, 꼴등이라 놀림을 받는 건 불쾌한 일이었다. 그래서 목구멍이 막 아파오도록, 꼴등이 되지 않기 위해 달린다. 이전에 달리기는 즐거움 그 자체였다. 바람을 가르며, 사뿐사뿐 땅 위에 발을 내딛으면, 개나리며 사철나무들이 옆으로 휙휙 지나가고, 동네 강아지는 참견하느라 짖어대고, 난 바쁜 듯이 펄펄 날아가고……. 그런데 100미터달리기는 이 순수한 즐거움을 숨을 헐떡이게 하는 고역으로 탈바꿈시켰다. 경쟁이라는 극약이 한 방울 들어갔을 뿐인데.

출발선에 서서 빵 하는 총소리를 듣고 튕겨져 나가 죽어라 달리는 그 일은 굴욕스러웠다. 그 터질 듯한 순간의 긴장은 낯설었다. 서로의 발이 걸려서 둘 다 엎어지고, 무릎이 까지는 아이들도 많았다. 달리는 아이들의 얼굴을 보면 하나같이 괴물이 된다. 결승점에 와서는 다들 캑캑거리고 바닥에 주저앉는다. 그래서 이 육체적인 고통과 굴욕을 직접적으로 안기는 체육이라는 과목을 저주할 수밖에 없었다.

처음으로 체육시간에서 그런 육체가 느끼는 치욕과 긴장, 경쟁의 강박을 벗어날 수 있었던 때는 무용을 할 때였다. 우리는 조별로 나뉘어, 각자 조가 선택한 음악과 의상, 안무를 선보이며 소위 현대무용을 체육시간에 했다. 결과적으로 선생님이 각조가 선보인 무용을 보고 점수를 매겼지만, 적어도 너를 죽여야 내가 사는 것은 아니었다. 모두가 만점을 받을 수도 있는 절대평가였으니까. 어떤 점수를 받았는지, 그 점수가 좋은 편이었는지 나쁜 편이었는지도 기억나지 않는다. 다만 안무를 하고, 음악을 선곡하며 우리끼리 연습한 현대무용을 경험했다는 그 자체의 자부심과 그 모든 과정에서 우리가 주고받은 반짝이던 눈빛의 희열이 선명하게 기억에 남아 있다. 경쟁의 치욕적인 고통을 맛본 뒤 7년 만에 상생과 협력과 창조를 체육시간에서 배울 수도 있다는 걸 알았다.

애벌레 기둥 속에 끼어 번민하는 애벌레의 모습은 100미터달리기의 스트레스를 경험하고 난 뒤, 체육시간을 싫어하게 되었으면서도 경쟁을 두려워하는 자신에 대한 부끄러움 때문에 더 괴로웠던 지난 기억을 떠오르게 했다. 우리 인생은 어떤 결단이 스스로를 구해내지 못한다면, 끝도 없이 이어진 100미터달리기의 연장이란 사실을 그때는 알지 못했다.

너는 내 동지

"너 방금 뭐라고 했니?"

"혼자 말을 한 것뿐이야. 별로 중요한 건 아니야. 우리가 어디로 가고 있는

지 궁금했을 뿐이야."

"실은 나도 그게 궁금했어. 하지만 알아낼 방법이 없어서 그건 별로 중요
하지 않다고 생각하기로 했어."

(……)

"그날 혼자 말을 하는 너를 만나기 전에는 그래도 미래의 희망을 품고 이
삶을 견딜 수 있었어. 그런데 그날 이후로는 이런 생활을 계속할 마음이
사라졌어. 하지만 이제 어떡하면 좋을지 모르겠어."

동지同志. 나와 같은 뜻을 가진 사람을 우리는 가끔 만난다. 내 머릿속
에서만 맴돌던 생각이 동지를 만나 공명하게 되면, 내 생각은 마치 신
의 목소리처럼 강력한 힘을 얻는다. 생각이 행동으로 전환되는데, 동
지를 얻는 것만큼 강력한 촉매제는 없다.

그런 사람들을 만나기 위해 동우회에도 가고, 정당에도 가입하며, 이
런저런 소모임을 기웃거린다. 그러나 정작 진정한 동지를 만나는 건
아주 귀한 일이다. 내 가슴 가장 깊은 곳에 단단히 심어진 생각을 공
유하고 함께 실천해나갈 수 있는 동지를 만나는 것은 좀처럼 오기 힘
든 행운에 속한다. 누구를 만나도, 우리는 서로 사이에 벌어진 아주
작은 균열 때문에 불편해하고, 거리를 둔다. 그러니 내 속에서 신음처
럼 흘러나오는 혼잣말을 잡아채서 "그래, 바로 그거야. 나도 바로 그

걸 생각하고 있었어" 하고 말해주는 사람이 나타나거든, 그의 어깨를 마주 잡고 와락 그를 껴안아야 한다. 그리고 말해야 한다. 너는 내 동지라고. 뜻을 도모하자고. 서로를 완벽하게 신뢰하는 두 사람의 의지와 힘이 결합되었을 때 증폭되는 에너지는 무한하다. 칼 마르크스와 프리드리히 엥겔스는 바로 두 동지의 결합이 이뤄낼 수 있는 에너지의 극한을 보여준 하나의 전설이다.

호랑애벌레는 자신과 같은 질문을 품은 노랑애벌레를 만났고, 둘은 동지가 되었다. 그를 밟고 올라가야 할 만큼 기둥을 오르는 일이 가치 있는 일일 수 없다는 머릿속으로만 맴돌던 생각은, 단숨에 자명한 사실이 된다. 둘은 단숨에 기둥을 내려왔다.

그들은 곧 사랑을 시작했고, 그 다음엔 사랑이 시키는 대로 했다.

노랑애벌레가 말했습니다.

"내려가자."

"그래 좋아."

그래서 그들은 올라가는 것을 포기했습니다. 숨이 막혀서 답답했지만, 그들은 함께 있어서 행복했고, 눈과 배가 밟히지 않도록 서로 끌어안고 커다란 공처럼 몸을 둥글게 말았습니다. 둘은 풀밭에서 신나게 놀며 파릇한 풀을 마음껏 뜯어먹고 통통하게 살이 쪘습니다. 그리고 서로 사랑했습니다. 쉴 새 없이 남과 싸울 필요가 없는 것이 너무나 기뻤습니다.

사랑은 인간의 정신이 가장 높은 희열의 상태에 놓이는 순간이다. 사랑은 결국 생명을 잉태하고, 자연이 계속 재생되게 하기 위한 그 첫 심장 박동이다. 그래서 사랑은 현명하다. 온갖 맑게 고양된 에너지들이 자석처럼 두 사람을 휘감을 터. 그 사랑 에너지가 넘쳐나는 자장 속에 머무는 동안은, 먹지 않아도 배부르고, 지옥에 함께 간다 해도 재미있을 것만 같다. 세상은 의미로 가득 찬다. 그 시기에는 사랑이 시키는 대로 할 뿐. 인생의 얼마간 아무 걱정도 없이 파라다이스를 누릴 자격은 누구에게나 있는 것이니.

모든 살아 있는 것은 영원하지 않다

그러나 두 사람이 만나서 나눌 수 있는 사랑이 영원한 것은 아니다. 하지만 사랑이 영원하지 않다고 해서 그것이 덜 소중하고 그 의미가 퇴색되는 것은 아니다. 세상의 모든 살아 있는 것은 영원하지 않다. 고로 사랑이 언젠가는 사그라지거나 다른 모습으로 진화한다는 사실은 그것의 생명력을 반증하는 것이기도 하다. 죽는다는 것처럼 살아 있었다는 사실을 잘 입증하는 것은 없다.

사랑하는 사람들은 서로의 몸과 영혼 속에 깊숙이 결합한다. 그러나 사람은 서로 다른 방향으로 끝없이 진화하므로, 그 진화가 서로에게 틈을 가져다주고, 깊숙이 서로에게 침투해 있었던 사람들이었던 만큼 아주 작은 변화도 서로를 민감하게 건드린다. 그러므로 어느 순간 사람의 모습이 변하고 마는 것은 자연스런 일이다.

위대한 사랑의 경험을 나눈 두 사람일지라도 서로의 영혼이 다른 곳을 향하기 시작했다면, 그 가는 길에 서로 꽃을 뿌려주는 것이 우리가 할 수 있는 최선이다.

> 설명할 수도 없고 증명할 수도 없었지만, 노랑애벌레는 호랑애벌레를 사랑하면서도 함께 갈 수는 없었습니다. 노랑애벌레는 올라가는 것만이 꼭 높은 곳에 이르는 길은 아니라는 것을 깨달았습니다. 노랑애벌레가 안타까운 마음으로 말했습니다.
>
> "난 안 가겠어."
>
> 그러자 호랑애벌레는 위로 올라가기 위해 노랑애벌레를 떠났습니다.

호랑애벌레는 다시 애벌레 기둥을 타고 꼭대기까지 오르기 위해, 노랑애벌레는 잘 알 수 없지만, 보다 더 의미 있는 삶을 향해 각자 길을 떠났다. 그리고……. 다시 기둥에 도전한 호랑나비. 전력을 다하여, 다른 애벌레들을 잔인하게 짓밟으며 올라갔다. 누구와도 눈빛을 마주치지 않으려고 애썼다. 감상적인 생각에 빠지면 시간만 낭비할 뿐이니까. 정상에 거의 다가갔을 때 이런 소리가 들렸다.

"이곳에는 아무것도 없잖아!"

"조용히 해, 이 바보야! 밑에 있는 놈들이 다 듣겠어. 우린 지금 저들이 올
라오고 싶어 하는 곳에 와 있단 말야. 여기가 바로 거기야!"

그리고 그는 보았다. 그토록 그가 무자비하게 다른 이들을 짓밟으며
올라왔던 그 기둥은, 수천 개의 다른 기둥들 중 하나일 뿐이라는 사실
을. 책 양면으로 펼쳐진 수십 개의 애벌레 기둥. 그것은 실로 나를 전
율케 했다. 그것은 마치 곳곳에서 더 높을 곳에 오르려고 무한경쟁을
벌이는 자본주의 사회를 구름 위에서 바라본 그림 같았다. 뺏고 빼앗
기는 쌈박질, 그러나 결국 남을 이기는 것 이외에 그 어떤 궁극의 가
치도 얻지 못하는 무한경쟁의 부조리한 광경을 이보다 더 선명하게
보여준 그림을 나는 알지 못한다. 입을 떡 벌리고, 잠시 이 그림을 바
라보는 것만으로 모든 것이 분명해진다. 더 이상 비명만이 우글거리
는 애벌레의 기둥에서 머뭇거릴 필요가 없다는 사실. 호랑애벌레는
방향을 바꾸어 기둥을 내려가기 시작했다.

소명의 발견

이번에는 몸을 웅크리지 않았습니다. 온몸을 쭉 펴고, 모든 애벌레의 눈을

똑바로 쳐다보았습니다. 호랑애벌레는 그 눈들이 다양하고 아름다워 감탄했고, 옛날에는 그것을 알아보지 못한 것이 그저 놀라울 뿐이었습니다.

눈을 들어 내 주변을 둘러보았을 때 내가 밟고 지나가야 하는 적들, 장애물들만 내 주변에 있다면, 내 옆 사람의 모습이 괴물처럼 끔찍하다면, 아마도 그들의 눈에 비친 나의 모습도 그러할 것이다. 당연히 우리는 길을 잘못 들어선 거다. 주변을 찬찬히 둘러보면서 미소 지을 수 있고, 내 모든 이웃과 동료와 나를 둘러싼 환경들이 나를 촉촉하고 포근하게 감싸준다면, 우린 비로소 우리가 생명을 번식하고, 존재를 내려놓을 수 있는 나의 숲에 도달한 것이다.

호랑애벌레는 애벌레 기둥에 올라가 아찔한 허무와 사기에 뒤통수를 맞았다. 그때 날아와 사랑의 눈빛을 보내준, 나비가 된 노랑애벌레. 해야 할 일은 한 가지뿐이었다. 일단 그곳을 떠나는 것. 단지 방향을 바꾸어 올라가던 길을 내려왔을 뿐인데, 그의 마음이 달라지자 모든 것이 달라졌다. 그는 몸을 당당히 펴고, 눈을 들어 모든 애벌레들을 바라보았다. 모든 애벌레들이 그토록 다른 모습을 하고 있고, 아름다운 눈들을 가지고 있는 것에 감탄한다. 불과 몇 분 전에 그들은 단지 호랑애벌레가 밟고 올라가야 할 귀찮은 적들이었을 뿐이다.

호랑애벌레는 용기를 얻으려고 늙은 애벌레의 고치 바로 옆에 매달린 채, 실을 뽑아내어 고치를 만들기 시작했습니다.

욕망이여 입을 열어라, 사랑을 발견하겠다

"어머나, 나도 이런 일을 할 수 있다니! 이건 내가 제대로 하고 있다는 증거 야. 용기도 생기는걸. 내 속에 고치의 재료가 들어 있다면, 나비의 재료도 틀림없이 들어 있을 거야."

내 안의 욕망과 자질을 헤아리기 전에 우리는 대뜸, 앞에 주어진 길에 무작정 몸을 던지도록 훈련받는다. 내가 제대로 된 기차를 탄 건지, 방향을 잘못 잡은 것은 아닌지, 두리번거릴 여유를 세상은 우리에게 주지 않는다. 최대한, 전속력으로, 가능하면 최연소에 뭔가를 달성하 려고 달린다. 그렇게 헐떡거리는 삶이야말로 진정한 현대인의 삶이 라도 되는 것처럼. 그러다 보니 우리는 왜 이 길에 들어섰는지를, 이 미 열차가 들어선 다음에야 고민하기 시작한다.

호랑애벌레도 우리와 같았다. 그러나 시행착오 끝에 잘못을 깨닫는 다. 그는 나비가 되는 자신의 소명을 발견하고는, 고치를 짓고 그 속 에 조용히 들어앉는다. 고치를 지어야 한다면, 그는 고치를 지을 수 있을 것이다. 그렇다면 그는 나비도 될 수 있는 것이다.
고치는 바로 내가 쌓아 이룩하는 나의 성城이다. 내가 고요히 들어앉 아 나를 완성시킬 수 있는 그 성을 짓는 것. 삶의 진정한 혁명을 이루 고자 하는 이들에게 저자 트리나 폴러스가 건네는 과업이다. 성을 지 어야 한다면, 우리는 당연히 그것을 지을 수도 있을 것이다.

이토록
숨 막히는
아름다움

도서 | 참을 수 없는 존재의 가벼움
저자 | 밀란 쿤데라
출판 | 민음사

이 책을 처음 읽은 건 스무 살 때였다. 참을 수 없는/존재/가벼움. 마치 한 마리의 뱀이 나타나 우리의 몸을 한 바퀴 휙 감은 뒤 스르르 사라져간 듯, 우리의 입가에 맴돌던 이 신비스러운 제목은 어느새 그 시절의 청춘들을 밀란 쿤데라^{Milan Kundera}의 세계로 이끌고 갔다.

1989년. 독재를 향하여 저항하던 운동의 칼날이 무뎌진 그 무렵, 난데없이 나타난 이 체코 출신의 작가는 소리 없이 우리 안으로 파고들었다.

강남에, 혹은 그 비슷한 동네에 사는 부르주아들만은 이상하게도 이

흐름을 비껴갔다.*

밀란 쿤데라의 시절

이 책과의 첫 만남에서 나는 오로지 토마스와 테레사의 사랑에 집중했다. 토마스의 가장 친근한 정부情婦인 사비나, 그녀의 애인 프란츠에게 나누어줄 시선 같은 건 없었다. 소련의 침공으로 존엄을 상실해버린 연약한 나라 체코에서, 오로지 생존을 타협해야 했던 사람들의 운명 또한 이 두 연인을 둘러싼 음산한 배경일 뿐이었다.

그녀는 송진으로 칠해진 바구니에서 주워 올려 침대 머리맡에 내려놓은 아기였다.

'가벼운 존재'의 화신 토마스에게 시골마을의 바에서 일하는 테레사가 옆구리에 《안나 카레니나》를 입장권처럼 끼고 당도했을 때, 테레사는 결코 거부할 수 없는 존재, 바구니에 담긴 채 버려져 우연히 그

---

*
그들은 세심하게 진지한 질문들을 피해 다녔다.
그들이 철저히 삶의 표피에만 머무르고자 애썼던 이유를
나중에야 알았다. 그 표피를 조금만 파고 들어가면 그들이 딛고 선
달콤한 현실과 빚어질 갈등이 두려웠기 때문이다.

의 침대에 당도한 아이였다. 이렇게 한 인간의 존재가 메타포와 함께 우리 속에서 피어나기 시작할 때, 우리는 조심해야 한다는 사실. 그렇게 메타포와 함께 피어나는 사랑에서 우린 헤어날 수 없다는 사실을 머리에 아로새겼다.

토마스는 생각했다. 한 여자와 정사를 나누는 것과 함께 잔다는 것은 서로 다를 뿐 아니라 거의 상충되는 두 가지 열정이라고. 사랑은 정사를 나누고 싶다는 욕망이 아니라 동반 수면의 욕망으로 발현되는 것이다.

나이 어린 여자에게 정사는 누리는 것이 아니라 '감히' 허락하는 것이 었다. 사랑은 희열이 흘러넘치는 정사가 깊은 꿈으로 미끄러져 들어가는 밤을 보내고 난 뒤, 사각거리는 시트 아래서 햇살을 함께 받으며 일어나, 커피를 마시고, 따끈한 바게트에 버터와 산딸기잼을 발라먹는 순간 시작된다는 것을 알기까지는 긴 시간이 걸렸다. 사랑은 정사에 대한 욕망 그 자체가 아니라는 점에서 토마스가 내게 한수 가르쳐 주었다면, 여자에게서 사랑은 더욱 구체적인 일상을 함께 누리고 싶은 열망에서 싹트는 것이란 사실은 스스로 터득했다.

마술처럼 신비스런 것은 필연이 아니고 우연이다. 사랑이 잊을 수 없는 것이 되기 위해선, 처음 순간부터 우연들이 사랑 위에 내려앉아야 한다. 성

프란체스코의 어깨에 새들이 내려앉는 것처럼.

시골 병원으로 출장을 가야 했던 외과 과장이 좌골신경통을 앓게 되는 바람에 대신 토마스가 테레사가 살던 그 시골에 잠시 내려가야 했다. 갑자기 발생한 외과 과장의 좌골신경통은 이 둘을 이어준 첫 번째 우연이었다. 그녀가 토마스에게 꼬냑을 가져다주던 순간 울리던 베토벤의 음악은 테레사에게 토마스야말로 저 건너편 세상으로 자신을 데려다줄 그 남자라는 신호였다. 우연의 새가 여섯 번 그들의 어깨 위에 내려앉았고, 그들은 이 사랑을 공모하기 시작했다.

무릇 사랑이 시작되기 위해 우린 수많은 우연의 새들을 맞이해야 한다. 그리고 그것을 적어도 알아볼 수 있을 정도로는 눈을 뜨고 새가 날아 앉는 순간을 포착해야 한다. 사랑은 기다리는 사람에게만 찾아온다는 이야기는, 적어도 이 우연의 새들이 지나가는 순간을 알아차릴 수는 있어야 한다는 것을 의미한다.
누군가를 향해 가슴이 세게 뛰기 시작하면, 어깨에 내려앉은 우연의 새들을 세어보곤 했다. 무려 스물세 번이나 우연의 새가 어깨에 내려앉았을 때, 내가 나눈 가장 열정적인 사랑도 시작되었다. 그러나 우연의 새가 날아와 내려앉은 횟수와 사랑의 유효기간 사이에는 어떤 상관관계도 없다는 사실도 확인한다.

여자는 자기의 놀란 영혼을 표면으로 불러내는 목소리에 반항할 수 없다.

남자는 여자의 영혼이 그 목소리를 요구할 때, 이 여자에게 반항할 수 없다.

한 번 읽었을 뿐이지만 첫눈에 반박에 대한 의지를 무장해제시키는, 절대 진리처럼 머릿속에 스미는 말들이 있다. 쿤데라의 가장 아름다운 책《참을 수 없는 존재의 가벼움*L'Insoutenable légèreté de l'être*》은 이런 정언들로 가득 차 있다. 토마스가 여자들에게 "옷 벗으세요"라고 의사가 환자에게 말하듯 던지는 그 문장에 누구도 거역하기 힘들었던 것처럼. 사랑이 시작되는 순간을 정의하는 쿤데라의 말에 난 단 한 마디도 반박할 수 없다.

뇌 속에는 시적 기억이라 일컬을 수 있는 아주 특별한 지대가 존재하여 우리를 매료시키고, 감동시키고, 우리의 삶에 아름다움을 주는 것을 기록하는 모양이다. 토마스가 테레사를 알고 난 뒤부터 어떤 여자도 그의 뇌 속에 있는 이 지대에 아주 사소한 흔적조차도 남길 권리가 없었다. 테레사는 그의 시적 기억을 독재자처럼 점령하여 다른 여자들의 모든 흔적을 쓸어내려버렸다.

사랑은 분명 시와 은밀한 관계를 맺고 있다. 태초부터 시는 존재해왔고, 역사상 가장 천박하고 너절한 자본의 독재가 이뤄지는 지금도 여전히 먹고 사는 데 하등 도움 되지 않을 시들과 시인들이 존재한다는 사실. 자본과 성적과 스펙으로 서열화되는 인간들 사이에도 종종 시대적 맥락을 비켜가는 사랑이 피어나곤 한다는 사실 사이에는 끈질긴 상관관계가 있어 보인다. 산문적 성향의 인간도 사랑에 근접하게 되면 시적 영역이 작동을 시작한다. 메타포로 상황을 정의하고, 그것의 포로가 되며, 헤어나지 못한다. 시는 현실을 초월하며, 일상을 반격한다. 그리고 일상의 자잘한 키치들을 날려 보내고, 한 가지에 우리를 집중시킨다. 시는 본질적으로 음악이다. 우리는 그것을 노래한다. 영혼이 고양될 때, 우리는 시를 노래한다.

테레사는 토마스의 시적 기억의 영역을 독점했다. 그것으로 그들의 사랑은 보장되었다. 오직 이 한 가지만이 이 소설이 이어지는 동안 변하지 않는 사실이었다. 그것은 비바람과 폭풍이 몰아치는 가운데서도 아궁이 속에 꺼지지 않고 살아 있는 불씨처럼 이 이야기가 그 본질적 아름다움과 생명을 잃지 않게 해주었다. 두 사람이 죽었을 때, 아궁이 속의 불씨는 꺼졌고 소설은 끝을 맺는다. 스무 살 때 나는 사랑의 교본으로 《참을 수 없는 존재의 가벼움》을 읽었다.

환멸과 고통, 그리고 아름다움

두 번째로 이 책을 읽었던 때는 서른이었다. 사랑이라 부를 만한 경험을 서너 번 했고, 그 마지막 경험을 끝으로 한국을 떠났을 때. 쿤데라가 살고 있는 도시에 스튜디오 하나를 얻어 지내던 그 무렵, 나는 시를 읽거나 쓰기 시작했고, 더듬거리는 실력으로 이 책을 프랑스어 판으로 읽기 시작했다. 모든 유보되어왔던 (소박한) 욕망들을 차곡차곡 꺼내서 실현하던 시간이었다.

책을 읽는 데 거의 두 달이 걸렸다. 매일 울었다. 삼중당문고를 연상시키는 작은 문고판 책은 퉁퉁 불어갔고, 얼룩덜룩해졌다. 그 눈물의 정체는 분명치 않았다. 더 이상 내려갈 곳이 없을 만큼 추락해가는 주인공들의 삶에 대한 슬픔이었는지. 아니면 야만의 시절이 할퀴려 달려들어도 훼손되지 않았던 두 사람의 사랑 그 경이로운 관계의 아름다움에 대한 감동이었는지. 혹은 소설이 불러일으킨 나 자신의 삶에 대한 회한과 연민이었는지. 아니면 이 모두였는지. 매일 밤 책을 끌어안고 통곡을 했던 기억만이 분명할 뿐이다.

여전히 나는 토마스와 테레사의 이야기에 모든 관심을 집중한다. 테레사를 사랑하지만 여자 친구들과 벌여왔던 성적 탐구를 멈출 수 없었던 토마스의 이중성. 그러나 테레사가 다른 남자와 정사를 벌일 수도 있다는 상상만으로 질투에 사로잡히던 그의 이율배반을 단죄하고 분노했다. 얼치기 페미니스트적 시선으로 책이 읽혔다.

자신의 바람기가 테레사에게는 아무런 해도 끼치지 않는다는 것을 누구보다도 잘 아는 토마스는, 여성의 몸을 탐험하는 행위를 포기하는 것은 축구경기 관람을 포기하는 것만큼이나 어리석은 결정이라고 생각한다. 그러나 그의 그러한 행위는 테레사의 존재를 위협한다. 그녀의 불안은 악몽으로 나타나곤 했다. 그녀의 악몽을 함께 아파하지만 멈출 수는 없는 토마스. 고통스러워하지만 그것으로부터 탈출할 수 없는 테레사.

> 그녀는 모든 육체가 동일한 어머니의 세계를 탈출하기 위해 그에게로 왔었다. 그녀는 자신의 육체가 유일무이하며, 전혀 대체할 수 없는 것이 되려고 그에게로 왔다. 그런데 토마스 또한 그녀와 다른 여자들 간에 동일성의 표지를 두었다. 즉 그는 그들 모두에게 동일한 방식으로 키스하고, 그들을 모두 동일한 방식으로 쓰다듬는다. 그는 전혀 구분하지 않는다. 그는 테레사를 그녀가 탈출하려 했던 세계로 되돌려 보낸 셈이었다.

꿈에서 그는 그녀를 다른 여자들과 함께 맨몸으로 행진하게 했다. 테레사는 반복해서, 벌거벗고 다른 여자들과 수영장 주위를 맴도는 꿈을 꾼다. 수영장 한가운데서 수영장으로 투신할 것을 명령하는 사람은 토마스다. 이 꿈의 의미는 두 사람 모두에게 명백했다. 토마스의 가벼운 삶. 그것은 테레사에게는 참을 수 없는 고통이다. 그것은 그녀의 존재를 위협하기 때문이다.

무거움과 결별하고 오직 가벼움 속에서 부유하고자 했던 토마스는 테레사라는 예외적 무거움을 받아들였다. 그 순간 토마스는 자신이 유지해오던 가벼운 삶을 중단해야 했던 걸까. 자신의 행동이 테레사를 향한 사랑을 위협하지 않는다 해도, 테레사에게 큰 고통을 준다면 토마스는 자신의 가벼움을 중단했어야 했다. 그러나 토마스는 한 가지를 위해 다른 하나를 놓지 않았다.

쿤데라는 무거움과 가벼움 사이를 오가며 방황하는 인간의 모습을 그린다. 그러나 거기에는 어떤 가치 판단도 개입시키지 않는다. 테레사의 무거움을 비난하거나 찬양하지 않고, 토마스나 사비나의 가벼움을 단죄하거나 슬쩍 두둔하지도 아니한다.

두 가지를 공유하게 된 토마스의 삶은 예전의 질서를 잃고 만다. 그는 거짓말을 했고, 더 이상 같은 즐거움을 누리지 못했다. 거짓말은 때로 그들의 삶을 천박한 불안으로 밀어넣었다. 토마스의 사랑은 악몽으로 자신을 위협하는 테레사를 타박하는 대신, 테레사의 꿈이 지닌 고통스러운 아름다움과 최면적인 마술 아래서 살았다. 그녀의 아픔을 공유했고 서로 덜 아프면서 사랑할 수 있는 방법을 찾았다. 이 지점에서 토마스는 키치를 벗어난다.

소련군에 짓밟힌 프라하를 떠나 스위스로 탈출하여 취리히의 병원에서 일하던 토마스는, 테레사가 편지 한 장을 남기고 프라하로 돌아가자, 며칠 뒤 그녀의 뒤를 따른다. 돌아간 프라하에서, 토마스가 신문에 기고한 글이 권력을 가진 사람들의 심기를 건드리는 일이 생긴다. 그 사소하면서도 당연해 보였던 글에 대해 반성하기를 거부한 탓에, 바람둥이 외과의사는 저항하는 지식인의 명예로운 훈장을 얻는 대신, 외과의사직을 잃고 유리창 청소부가 된다. 테레사는 사진기자에서 다시 바의 여종업원이 되었다. 청소부가 된 토마스의 여성의 몸에 대한 탐험도 다시 시작되었다. 더불어 테레사의 악몽도.

> "내가 땅에 묻혀 있었어요. 오래전부터 당신은 일주일에 한 번만 나를 보러 왔어요. 당신이 지하 무덤의 문을 두드리면 내가 나갔지요. 내 눈 속에는 흙이 가득했어요. 당신이 말했어요. 당신은 아무것도 볼 수 없군, 이라고 하더니 내 눈에서 흙을 떼어주었어요. 그래서 제가 대답했지요. 어쨌거나 나는 아무것도 보지 못해요. 눈 대신 그 자리에 구멍만 있어요."

토마스는 자신의 취미 생활을 그만두지 못하고, 폐허가 되어가는 그녀의 아픔도 감당할 수 없다. 이윽고 둘은 시골로 떠난다. 거기에는 토마스가 애정행각을 벌이게 해줄 여자들도, 도청하고 미행하여 그들을 또 다른 함정에 빠뜨릴 경찰들도 없다. 소련이 점령해버린 도시에서 절망에 썩어나가는 육신을 힘겹게 끌고 다니는 사람들을 만나지 않아도 된다. 결국 무거움은 가벼움을 이끌고, 돌아올 수 없는 먼 길을 떠난다. 이제 테레사는 소를 몰고, 토마스는 트럭을 몬다. 슬픔은 그들이 함께하는 삶의 형식이었고 행복은 내용이었다. 행복은 슬픔의 공간을 채웠다. 아궁이의 불꽃이 꺼지는 그날까지.

서른에 만났던《참을 수 없는 존재의 가벼움》은 토마스 안에 깊게 스민 마초를 목격하게 했고, 사랑의 환멸과 고통 그럼에도 불구하고 그것을 지켜내는 일의 아름다움에 대해 뒤흔들어보게 했다.

가벼움 혹은 무거움으로 투항한 그들의 최후

이 책을 세 번째로 읽은 것은 바로 얼마 전이다. 마흔 셋. 낯설지만 이것은 내가 먹은 햇수를 기록하는 숫자다. 마치 반쯤 감았던 눈이 비로소 뜨인 것처럼, 모두가 눈에 들어왔다. 결국 쿤데라의 가장 강력한 분

밀란 쿤데라

1929년 4월 1일, 체코의 브륀에서 야나체크 음악원 교수의 아들로 태어났다. 작곡을 공부하고 시나리오 작가와 영화감독 수업을 받았다. 체코가 소련군에 점령당한 후 75년 프랑스로 망명했다. 거의 모든 문학 장르에서 창작활동을 하며, 세계적인 명성을 떨치고 있다.

신으로 살아남은 사비나, 남편에게 버림받고 짝짝이 신발을 신었는지도 모른 채 도시를 걸었던 어머니 옆에서 고통이 무엇인지를 깨달았던 프란츠, 그리고 이들의 운명을 뒤흔들던 무거운 시대의 숙명, 이데올로기의 간사한 둔갑 속에 위태한 곡예를 벌리려 했던 이들. 이 모두가.

네 주인공은 모두 각각 작가의 분신이다. 그들은 쿤데라가 우회해갔던 경계를 뛰어넘었다. 쿤데라는 체코가 소련의 침략을 당한 뒤 7년 만에 체코를 떠나 프랑스로 망명했다(1975년). 《참을 수 없는 존재의 가벼움》을 비롯한 그의 책들은 체코에서 판매가 금지되었다. 그가 프랑스어를 익혀 직접 프랑스어로 작품을 쓰기 전까지, 그는 오로지 번역본을 위해 책을 써야 했다. 체코를 떠난 쿤데라는 토마스처럼 청소부가 되는 대신, 사비나처럼 자신의 직업을 유지할 수 있었다. 체코 정부는 쿤데라의 국적을 박탈해버렸고, 그에게 프랑스 국적을 내준 것은 1981년 집권한 미테랑의 사회당 정부였다.

소련의 프라하 침공 이후 스위스로 떠났던 화가 사비나는 이후 파리를 거쳐 미국으로 건너간다. 사비나는 토마스가 포기한 가벼움을 끝까지 끌고 간다. 아버지와 조국을 그리고 자신에게 모든 삶을 바치러 다가오는 남자를 배반하는 그녀. 또다시 멀리서 울려오는 배반의 나팔소리는 그녀를 흥분으로 가득 채우고……. 소련에 짓밟힌 가련한 공산국가 체코에서 온 여류 화가의 타이틀은 그녀를 따라다녔고, 그녀는 공산주의에 저항하는 예술가라는 키치 속에 갇힌다. 그러나 마침내 그녀는 모든 저속한 구호들로부터 도망치는 데 성공한다.

소련군이 밀려든 프라하 거리. 그곳에서는 누구도 그 이상한 도취감을 이해하지 못하는 증오의 축제가 벌어졌다. 그러나 영원히 지속되는 축제는 없었다. 도취감이 증발해버린 자리에는 환멸과 절망이 내려앉았다. 그들의 대통령은 소련으로 끌려갔다가 돌아와 라디오에서 더듬거리며 고분고분 지내기로 하였음을 전했고, 체코 사람들은 이제 라디오에서 더듬거리던 그 남자처럼 살아가야 한다는 사실을 알게 되었다. 절망으로 곪아버린 사람들. 사망률은 그 어느 때보다 높았다. 사람들은 외국으로 떠나거나, 처형되거나, 병으로 죽어갔다.

소련의 키치 세계가 현실화될 수 있고 그곳에서 살 것을 강요받을 수도 있다는 생각만 해도 그녀(사비나)는 등골이 오싹해졌다. 단 일 초의 망설임도 없이 그녀는 온갖 박해가 있는, 정육점 문 앞에서 줄을 서야만 하는 공산주의 체제의 현실적 삶을 택했을 것이다. 현실의 공산주의 세계에서 사는 것은 가능했다. 공산주의 이상이 실현된 세계, 그녀가 단 한 마디의 대화도 건넬 수 없는, 멍청한 미소만 짓는 세계에서 아마 그녀는 일주일 만에 혐오감으로 죽었을 것이다.

세 번째 독서에서 나를 가장 오래 붙잡아 두었던 대목이다. 어릴 적 엄마 무릎 맡에서 듣던, 사후에 우리가 맞이하게 될 천국과 지옥에 대한 이야기. 영원히 기쁨과 노래와 아름다움이 이어진다는 천국에 대한 이야기를 듣고, 구토하고 싶은 울렁증이 밀려왔던 기억이 되살아났다. 영원하다는 것은 그것이 달콤하기만 한 천국일지라도, 결국 지옥일 것 같았다. 난 그런 천국은 좋아하지 않는다고 감히 말할 수도 없고, 그 천국에 들어갔다는 사실을 멍청한 미소로 감사하고 찬양만 해야 할 듯한 분위기를, 우리는 교회 언저리에서, 혹은 북한에서 나오는 선전용 사진들에서 본 기억이 있다. 사비나가 두려워한, 공산주의의 이상이 실현된 사회와 내가 어릴 적 두려워했던 영원히 지속되는 천국은 비슷한 것이다. 그것은 비참과 절망, 슬픔과 좌절이 가위로 자르듯 금지된 세계다.

마르크스가 했던 말 중 내가 가장 간결하게 동의를 표할 수 있는 말은 "종교는 인민의 아편이다"라는 문장이다. 그러나 아편이 종종 인류에게 필요했다면, 종교도 때로 고통스런 운명을 정면으로 버텨낼 힘이 없는 이들에게 피난처 노릇을 했으리라. 하지만 종교가 사회 전체의 질서를 장악하고 모두 위에 군림할 때, 우리는 뼈도 신경도 뇌도 갖지 않은 흐물흐물거리는 찐호박 같은 존재로 전락할 터.
혁명 이후, 권력을 장악한 스탈린을 비롯한 모든 독재자들은 결국 종교를 흉내 냈다. 종교만큼 간단하게 복종을 약속받고, 배타적 권위에 금테를 둘러 유지할 수 있는 시스템은 없기 때문이다. 스탈린 같은 어리석은 독재자가 약속하는 이상사회와 예수를 팔아 장사하는 교회가 약속하는 천국은 강요된 미소만이 허락되는 위선의 땅이 될 수밖에 없을 터였다.

토마스는 소련에 협력한 그들의 지도자들을 어머니와 동침했던 오이디푸스에 빗대어 글을 쓴다. 오이디푸스는 모르고 한 일이라 하더라도 자신의 과오를 알고는 스스로 눈을 찌르고 떠난다. 체코의 지도자들은 스탈린과 소련공산당에 속았기 때문에 그들의 국민들에게 비탄의 삶을 안겼다 해도, 그들은 그 과오에 대해 비난받아야 한다. 그러나 적어도 스스로의 잘못을 깨닫고 권좌에서 물러나야 했을 그들은 아무도 그리하지 않았다. 결국 그는 반성문을 쓸 것을 강요받았고, 그는 그것을 쓰지 않았다.

양심을 지키는 것. 그것은 때로 놀라운 결과를 초래한다. 단지 양심을 지키는 선택을 했다는 이유로 우리가 치러야 할 대가들은 우리가 속했던 그 사회가 강제수용소였음을 드러낸다. 쿤데라는 사비나의 입을 통해 이렇게 정의한다.

> 강제수용소는 기초적으로 주어진 것으로, 사람들은 그 속에서 태어나고,
> 대단한 노력을 해야 그 속에서 탈출할 수 있다.

자본의 독재가 지키고 선 이 수용소에서 탈출하는 방법은 무엇일까. 대단한 노력으로 우리는 이 수용소를 탈출할 수도 있을 것이고, 독재의 담장을 무너뜨릴 수도 있을 것이다. 그 담장이 무너진 후 들어설 권력은 새로운 감옥을 짓지는 않을까?

마흔셋의 나는 그들을, 삶을 옥죄며 다가오는 감옥을 피해 외국으로, 시골로, 혹은 안경 낀 여대생과의 천진한 사랑 속으로 망명한 네 주인공들의 탈출기를, 가벼움 혹은 무거움으로 투항한 이들의 최후를 《참을 수 없는 존재의 가벼움》에서 읽었다.

세 번째로 이 책을 읽은 직후, 나는 프라하를 닷새 동안 방문했다. 내가 머물렀던 숙소 근처에는 공산주의 박물관이, 순전히 옛 소련의 치하에 있던 공산국가에 대한 얄팍한 호기심을 가진 관광객들을 위해 영업 중이었다. 맥도날드 건물 2층, 카지노 맞은편. 그 박물관은 미국과 자본주의에 포위되어 있었고, 전단지에는 역겨운 스탈린의 미소와 함께 '꿈, 현실, 그리고 악몽'이라는 문구가 박혀 있었다. 악몽으로부터 탈출한 민족이 있는 힘을 다하여 달음질해간 곳은, 바로 그 맞은편에 아가리를 벌리고 서 있던 미국식 자본주의의 악랄한 덫이었다.

삶의 속임수에 놀아난 것을 뒤늦게 깨달았지만, 그래도 그 자리에서 살아가야만 하는 한 몰락한 귀족 집안의 늙은 여인의 모습으로 오늘의 프라하는 지친 듯 관광객들을 맞이하고 있었다. 속수무책으로 내려앉은 피로에 짓눌린 모습에도 한자락 우아함을 속내에 간직한 그 여인을 난 끝없는 연민의 눈으로 껴안았다.

이
낯선 땅은
어디인가

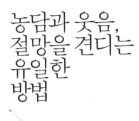

농담과 웃음,
절망을 견디는
유일한
방법

도서 | 페르세폴리스
저자 | 마르잔 사트라피
출판 | 새만화책

1999년, 파리에 처음 당도하던 날, 직행 에어프랑스 표를 끊어놨건
만, 조종사 파업으로 난데없이 네덜란드 항공에 올라탔다. 덕분에 예
정에 없이 암스테르담을 경유했고, 그 와중에 짐도 하나 없어졌다.*
나의 대범한 출발에 끼어든 먹구름 같았던 그날의 험난한 여정 끝에,
예정 시간보다 훨씬 늦게 샤를드골 공항에 도착했을 때, 나를 맞이해

*
바로 전기밥솥이었는데,
뚜껑이 조금 찌그러지긴 했지만,
다음날 집으로 배달되긴 했다.

준 사람은 지금은 대학에서 연극을 가르치는 친구와 낯모를 70대의
이란 할아버지였다.

화 성 에 서 온 파 리 의 택 시 운 전 사

흰 수염을 멋지게 기른 그 할아버지는, 연극을 하던 친구가 처음 파리
에 당도했을 때 머물렀던 집의 주인. 40년이 넘는 나이차에도 불구하
고 내 친구와 훈훈한 우정을 나누던 할아버지의 직업은 택시운전사였
다. 이란 은행의 파리 지점에서 근무하던 중 조국에 이슬람 근본주의
세력이 집권하자, 그 길로 파리에 눌러앉았다. 은행은 머지않아 문을
닫았고, 그리하여 그는 파리의 택시 운전사가 된 것이다, 누구처럼. 갱
년기의 위기를 극복하러 스위스로 떠난 아내는 10년이 넘어도 돌아오
지 않았고, 할아버지는 홀로 남아 일로 외로움을 달랬다. 가끔 나와 친
구에게 맛있는 저녁을 사주면서 자신의 인생 얘기를 들려주는 것이 할
아버지의 낙이었다. 자기처럼 젊은 날에 남의 나라에서 비빌 언덕도
없이 외로움에 부대끼며 살아가는 청춘들을 도닥여주고 싶었던 거다.

할아버지는 종종 이란에 대해 말했다. 이란 수박이 세상에서 가장 맛
있으니 죽기 전에 꼭 먹어봐야 한다거나, 이란에는 멋진 산이 많다거

나……. 그러나 낯선 사람들이 그에게 어디서 왔냐고 물으면, 그는 늘 화성에서 왔다고 대답했다. 상대의 말문을 막는 그의 수법이었다. 이곳 사람들에게 이란은 이라크와 지리한 전쟁을 벌이던 이슬람 국가일 뿐, 그 무엇도 아니었다. 그 편견과 싸우는 일은 무모했기에, 차라리 할아버지는 이란인이란 사실을 말하고 싶어 하지 않았다.

우연히 이란인 친구를 갖게 된 나 역시 이란에 대한 일반적인 편견을 전혀 벗어나지 못하고 있었다. '이'로 시작하는 대부분의 나라들처럼, 모래가 많이 날리고, 전쟁이 끊이지 않는 심란한 나라들 중 하나를 연상했을 뿐이다. 서구 사람들이 한국 하면, 한바탕 요란한 내전을 벌이고 나서 이 악물고 개미처럼 일해, 높은 빌딩을 곳곳에 올리고 사는 아시아 어딘가에 있는 나라를 연상하는 것처럼.

처 음 만 나 는 이 란

그러다 이란이란 나라가 1935년 이전까지는 수천 년 동안 '페르시아'라고 불렸으며, 이슬람 국가가 된 것도 80년대부터였다는 사실을 알게 되면서, 갑자기 모래바람 사이로 다른 것들이 보이기 시작했다. 페르시아 제국? 그리스와 그 유명한 마라톤 전투를 벌였던? 페르시아 고양이 할 때의 그 페르시아? 마치 모래바람 사이로 반짝이는 비취빛 성이 불현듯 솟아나는 느낌으로 이란이란 나라를 다가오게 해준 것은 《페르세폴리스*Persepolis*》였다.

두 권으로 된 이 책의 1권 표지에는 차도르를 둘러 쓴 야무진 어린 소녀 – 언뜻 '촛불소녀'를 닮았다 – 의 모습이 담겨 있다. 사랑하는 후배의 선물이었음에도, 난 차도르를 쓴 소녀의 칙칙할 게 빤한 이야기를 별로 읽고 싶지 않았다. 1년도 넘게 선물 받은 책을 건드리지도 않고 곱게 모셔두었다가, 어느 날 손을 뻗어 읽기 시작했을 때에야, 이 책이 만화였다는 것을 알 정도였다.

막상 읽기 시작한 이 책은 내게 즉각 전무후무한 경험으로 등재된다. 모든 면에서! 이토록 명민하고 재치 있고 솔직하며 발랄하게, 이토록 진지하고 비극적이며 고통스럽고 아픈 이야기 – 그러나 어쩌면 우리 모두의 이야기 – 를 이란 소녀의 목소리로 겪어본다는 건 확실히 전무후무한 경험이었다. 압바스 키아로스타미*Abbas Kiarostami* 감독의 영화들이 연이어 한국에 소개되었고*, 그 영화들을 통해 모래바람 날리는 이란의

1996년 「내 친구의 집은 어디인가」,
97년 「올리브나무 사이로」,
98년 「그래도 삶은 계속 된다」와 「체리향기」 등
90년대 말 매년 그의 작품이 국내에 상영되어
상당한 반향을 불러일으켰다.

낯선 풍경, 생경한 세계를 잠시 들여다볼 수 있었지만, 그 영화들은 지독한 검열을 통과해야 하는 세상에서 영화인이 만들어낸 은유와 압축, 상징의 극단적인 결과물이었다. 그것으로 페르시아 세계의 현재를 보았다 말할 수는 없는 노릇이었다.

우린 소위 극동이라 불리는, 그러니까 아시아의 끝자락에 서서 세상을 바라본다. 혹은 유럽 사람이나 북미 사람의 시선, 즉 지구촌의 보이지 않는 지배자들의 눈으로 세상을 바라보기도 한다. 모래바람 속에 늘 뿌옇게 가려진 이 동네, 여자들은 머리에 뭔가를 두르고 다니고, 석유가 많이 나는 이 동네는 그냥 지나쳐버리거나, 중동국가라고 뭉텅이로 불러주면서 그들의 전쟁, 그들의 갈등을 다루는 서구의 시선을 우린 알 뿐이다.

처음으로 모래바람 속에 들어앉아서, 그 역사적인 퇴행의 끔찍스런 등선을 밟아온 소녀의 시선을 가져본다. 거기서 바라본 세상은 내가 아는 세상과 비슷한 듯 다르다. 어디에서건 진실과 갈등의 핵심은 여전하다. 권력과 종교, 공포와 조작, 억압과 저항, 그리고 진보적이거나 반동적인 삶, 여성과 남성, 결혼……. 이 모든 인간사의 갈등이 품어온 오랜 질문들에 대한 통쾌한 해답들이 이란 소녀의 성장기를 통해 전해진다.

절망으로부터 도망친 소녀는 과연 행복했을까

열 살이 되자 갑자기 학교에서 차도르를 쓰라고 했고, 그걸 쓴다는
게 죽기보다 싫었던 한 소녀가 자기 심정을 털어놓는 것으로 이야기
는 시작한다. 육체에 대한 통제는 그것이 자신의 피부에 직접 와 닿
지 않는 한 그 위력을 실감하지 못한다. 특별히 그것이 어떤 고통을
동반하지 않는다 해도.

태어나서 10년간 자유를 누리며 살다가, 어느 날 학교에서 이제부터
여자들은 머리에 검은 두건을 두르라고 한다면. 심지어 초등학생들
도 머리에 차도르를 두르지 않으면 감옥에 가둔다면! 차도르를 두른
여자들로부터 이건 우리의 전통이며, 우린 오히려 이걸 쓰면 마음이
편해지며…… 등등 자신들의 차도르를 쓸 권리를 주장하는 목소리
를 종종 접할 때면, 그럴 수도 있겠거니 생각하기도 했다. 이것을 그
흔한 '문화적 차이'일 뿐이려니 생각하는 건 사실 가장 간편하게 논란
을 비켜가는 법이기도 했다.

그러나 어느 날 갑자기 검은 수건 속에 억눌리고 감춰야만 하는 존재
가 되었던 마르잔과 그 친구들의 차도르에 대한 맹렬한 거부, 거리에
서 차도르 착용을 반대하는 항의 집회에 나선 마르잔 엄마의 이야기
를 듣노라면 결국 세상의 모든 차도르는 억압을 위한 도구임을 알게
된다. 여성을 윤기 흐르는 머리로, 뱀처럼 남자를 끊임없이 유혹하는

사악한 존재로 취급하는 데서 유래된 이 검은 두건에 대한 생각은 차도르를 찬성하는 모든 여자들마저, 그저 선동에 속아 넘어간 어리석음이라고밖에 생각할 수 없다.

억압은, 일단 그것을 받아들이기 시작하면, 점점 그 강도를 더해간다. 결혼하지 않은 성인 남녀가 거리를 함께 거니는 것만으로 풍기문란으로 잡혀가고, 동성애자는 물어볼 것도 없이 사형. 모든 종류의 파티는 금지. 관공서에 드나들 땐 화장도 금지! 게다가 이것이 수많은 시민들이 피 흘려 얻은 혁명을 엉뚱한 인간이 나타나 가로챈 결과라면…….

어느 날, 그런 일이 일어난 것이다. 마르잔이라는 1969년생, 우리나라로 치면 소위 88학번쯤 되는 세대의 이란 여자의 삶에, 왕족이었다가 마르크시스트Marxist 혁명가가 되어 평생 감옥을 들락거린 할아버지, 그 기질을 고스란히 물려받아 이지적이고 비판적이며 자유로운 엄마, 합리적이고 온화한 아버지 사이에서 태어나, 진리와 자유 그리고 유머가 주렁주렁 열린 탐스런 과실수처럼 씩씩하게 자란 소녀에게.

부패한 팔레비 왕조에 반기를 든 시민들이 혁명을 일으켰으나(1979년) 혁명가들은 이슬람주의자들에 의해 하나둘 암살되어가고, 마침

내 이슬람 원리주의자들이 권력을 차지한다(1980년).

마치 어렵게 얻은 해방 이후, 임시정부를 지휘해가며 독립운동을 해오던 민족지도자 김구가 암살당하고, 이승만과 그가 등용한 친일파들이 다시 새 시대의 정권을 찬탈했던 것처럼. 혹은 이란 혁명이 벌어지던 것과 같은 시기, 박정희가 사라지고 나니 난데없이 나타난, 피에 굶주린 또 다른 군인이 권력을 차지한 것처럼. 그리곤 도대체 왜 서로 죽이고 함께 황폐해졌는지 알 수 없는 부조리의 극치였던 이라크와의 전쟁이 이어졌다—세상의 모든 전쟁이 그러하듯. 조국을 위해 죽은 순교자는 천국의 별 다섯 개짜리 특실로 가는 열쇠를 받는다고 선전하며 소년들을 전쟁에 끌어들였던 어리석은 정권 아래서, 100만 명이 전장에서 목숨을 잃었다.

마르잔의 부모는 14세의 딸을 오스트리아 빈으로 보내기로 결정한다. 전쟁과 이슬람 광신도 사이에서 그들의 탐스런 과실수가 제대로 커갈 수 없으리란 판단에서였다. 전장에 남겨진 사람들을 대신하여, 홀로 평화로운 빈에 떨어져 행복을 누려야 하는 마르잔. 과연 소녀는 행복할 수 있었을까.

존엄보다 생존

낯선 땅에 홀로 떨어진 이들에겐 한동안 한 다스의 미친 사람들이 스쳐간다. 그 시기를 잘 넘기고 나면 내 주변에 한두 명 나를 받아주는 사람들이 생겨나는데, 그때 내 존재를 잠시 내려놓고, 나를 받아주는 그룹으로 들어가, 그들의 비위를 어느 정도 맞춰가며 지낸다. 혼자 완전히 외톨이가 되지 않으려면.

마르잔도 그랬다. 이란. 이해할 수도, 궁금하지도 않은 나라에서 온 아이. 간혹 접근해온 아이들은 그녀에게 수학 숙제 도움을 받고자 하는 경우뿐. 어렵게 생긴 남자친구의 엄마로부터 오스트리아의 비자를 얻기 위해 자기 아들을 꼬드긴 더러운 년 취급을 받으며 쫓겨나고, 집주인 여자로부터는 도둑 취급을 받으며 짐을 빼앗긴다. 그녀가 겪은 전쟁과 혁명가 삼촌의 죽음, 차도르 등의 어두운 이미지들에 관심을 보이는 친구들이 있었고, 그들과 어울리기 위해 마리화나를 피우다가 끝내 마약 딜러가 되면서 학교로부터 경고를 받는다. 그러나 점점 마약에 빠져 자신이 그토록 경멸했던 물렁물렁한 야채 같은 존재로 전락하는 와중에서도, 끝내 자존은 저버리지 않았다.

마르잔이 머물던 가톨릭계의 기숙사에서 텔레비전을 보며 스파게티를 먹는 그녀에게, 수녀들이 "사람들이 이란인에 대해 하는 말이 사실이군요. 정말 무식하다니까!"라고 말하자, 그녀는 "사람들이 당신네들에 대해 하는 이야기가 역시 시실이군요! 수녀가 되기 전에는 모두 창녀였다더니!"라고 맞받아친다. 마르잔은 그 한마디로 쫓겨나지만, 나중에 이야기를 전해들은 그녀의 어머니는 "잘했다"며 맞장구쳐준다.

굴종을 거부하는 것은 세상 모든 부모들이 가장 자주 잊는, 그러나 반드시 잊지 말아야 할 중요한 덕목이다. 우리가 굴종하지 않는 법을 순종의 미덕만큼이나 열심히 배웠다면, 굴종에 직면해야 할 일들은 지금보다 훨씬 줄어들었을 것이다. 인류가 저지른 가장 참혹한 사건들은 불복종이 아니라 복종에 의해 이루어졌다는 하워드 진의 말처럼. 마르잔 모녀에게 박수를!

이란을 떠나는 손녀에게 그녀의 할머니는 "언제나 네 존엄을 잃지 말고, 너 자신에게 진실해라"고 말해주었다. 친구와 가족, 이웃들이 전쟁으로 죽어나가는 와중에, 모두를 대신해서 행복한 날들을 누려주어야 할 그녀는 대마초에 절어 시들어갔지만, 완전히 삶과 결별하기 직전, 할머니의 그 말씀을 떠올렸다. 유일하게 마음을 주고받았던 남자친구의 배신을 목격하고, 석 달 동안 거리에서 헤매다가 구사일생으로 살아난 그녀는 이란으로 돌아온다. 차도르를 머리에 둘러 쓰고. 존엄보다 더 중요한 것은 생존이었기 때문이다.

스스로 존엄을 지키는 자의 고귀함

돌아온 자. 그러나 금의환향하지 못한 자. 괴로움 속에서 고개를 주억거릴 수밖에 없다. 그사이 전쟁은 끝났지만, 전쟁과 다를 바 없는 이슬람 정권의 일상적 탄압이 있었다. 친구들은 죽거나 불구가 되거나, 한심한 미국여자들이 되어갔다. 왜 우리가 저항의 고삐를 놓치는 그 순간, 모든 세상은 미국이 되어버리는 건지!

남자들의 시선을 머물게 하는 모든 여자는 죄인이었다. 젊은 여자가 버스를 잡아타기 위해 달려가기만 해도, 당신이 달리면 엉덩이가 흔들려서 남자를 자극할 수 있다며 달리는 걸 금지시킨다. 빈에선 알 수 없는 이란 여자였지만, 이란에선 자신이 누군지 알 수 없었고, 왜 사는지도 알 수 없었던 그녀는, 부모님이 여행을 떠나신 사이 두 번의 자살 시도를 한다. 그러나 원인을 알 수 없는 실패 앞에서 살 수밖에 없는 운명의 주인이 되기로 하고 미술대학에 들어갈 준비를 한다. 그러나 이슬람 근본주의를 거스르는 자를 걸러내기 위한 면접시험이란 난관이 있었다.

면접관 오스트리아에서 살았다군요……. 그곳에서 베일을 썼나요?

마르잔 아니요. 하지만 저는 늘 이런 생각을 해왔어요. 만약 여자의 머리카락이 그렇게 많은 문젯거리가 된다면, 신은 여자를 대머리로 창조하셨을 거라고 말이죠.

면접관 기도는 어떻게 하는지 알아요?

마르잔 아니요.

면접관 그럼, 그 이유를 말해줄래요?

마르잔 모든 이란 사람처럼, 저는 아랍 말을 이해하지 못해요. 만약 기도하는 것이 신에게 말하는 것이라면 잘 아는 말로 하는 게 좋을 것 같아요. 저는 신을 믿지만, 페르시아 말로 신에게 이야기해요.

할머니의 말씀대로, 마르잔은 다시 한 번 존엄을 지켰고, 스스로에게 진실했다. 명백하게 불합격일 것 같았으나 합격이었다. 면접관은 그녀가 유일하게 정직하게 답한 학생이었다고까지 이야기했다.

세상은 온통 암흑이었다. 교조주의는 더 큰 어둠으로 어둠을 덮는 시스템이다. 그리고 끝없이 더 더 교리에 충실하기 위한 경쟁이 벌어진다. 그러나 어떤 어둠도 인간의 본성을 모두 덮지는 못한다. 교리보다 더 강한 것은 삶이다. 모든 종류의 쾌락은 금지되어 있었다. 그러나 사람들은 이 어둠을 뚫고 숨 쉬며 살기 위해, 양조장을 지하실에 몰래 만들어 술을 마셨고, 목숨을 걸고 파티를 열며, 금지된 사랑을 나누고 유머를 즐긴다. 그것은 막대한 양의 어둠을 투사하는 자들을 향해 빛을 제조해내는 행위였다.

전쟁으로 팔과 다리를 잃은 어린 시절의 친구를 만나고 와서 그녀는 적는다.

> 만약 참아낼 수 있는 불행이라면 우리는 스스로를 동정할 수 있다. 하지만 한계를 넘어버리면, 이 참을 수 없음을 견디는 유일한 방법은 농담과 웃음이다.

마르크시스트 혁명가 남편을 두었던 탓에 가난과 시련, 공포를 일상적으로 겪어왔던 그녀의 할머니는 언제나 아름답고 우아하며, 온화한 농담을 즐길 줄 아는 사람이었다. 어린 시절부터 마르잔은 할머니에게서 늘 알맞게 구워진 쿠키 같은 달콤하고 따뜻하며 재미있는 위로를 풍성하게 받아왔다.

이란을 떠나기 전, 할머니와 함께 밤을 보내던 마르잔은 할머니의 벗은 몸을 바라보았다. 좋은 향기를 풍기기 위해, 할머니는 매일 아침 재스민 꽃을 따다가 브래지어에 담았다. 할머니가 옷을 벗을 때면 꽃잎들이 가슴에서 떨어져 내렸다.

할머니의 가슴에선 재스민 꽃이 떨어져 내리고, 마르잔은 그것을 눈

부시게 바라보고. 시대가 사람을 어떻게 일그러뜨려도, 인간은 자신
만의 무기로 스스로의 향기와 존엄을 지킬 수 있다는 사실에 나는 안
도할 수 있었다.

전쟁도, 독재도, 이슬람 근본주의도…… 그 어떤 암흑도 아름다운 사
람들에게 절로 스미는 한줄기 빛을 막을 수 없다. 무엇도 스스로 존엄
을 지키는 자의 고귀함을 파괴할 수는 없다.

이란 소녀의 성장사

마르잔은 결혼도 했다. 전쟁으로부터 도망쳤던 자신의 결핍을 채우
기 위해, 답답한 현실로부터 탈출하고 싶었던 소심한 남자와. 그러나.

> 피로연은 눈물과 웃음, 그리고 지리함 속에서 이어졌다. 드디어, 새벽 두
> 시…… 우린 우리 집으로 왔다. (……) 아파트의 문이 닫힐 때, 이상한 느
> 낌이 들었다. 난 어느새 후회하고 있었다! 나는 갑자기 '결혼한 여자'가 돼
> 버렸다. 항상 소수자로 남으려고 했음에도 불구하고, 나는 사회제도를 따
> 랐다.

결혼한 그날 밤 후회하기 시작한 결혼.* 서로 사랑해서 결혼하고, 그 결혼 속에서 여전히 서로의 기대가 만족되는 결혼은, 결혼의 극히 일부일 뿐이라는 사실에 마르잔은 눈뜬다. 4년 뒤, 자청해 들어갔던 결혼이라는 그 이상한 감옥살이를 마감하고 프랑스로 건너가기로 결심했을 때, 그녀의 부모 그리고 할머니는 모두 기꺼이 찬성해주었다. 아버지는 "너의 이혼을 처음부터 짐작하고 있었으나, 해보지 않으면 스스로 판단할 수 없기에 결혼을 허락했었다"고 했고, 할머니는 첫 결혼은 두 번째를 위한 연습장일 뿐이라고, 다음엔 좀 더 나은 선택을 할 수 있을 거라며 어깨를 두드려주었다.

바로 이 대목에서, 가족들로부터 이토록 열렬하게 환호받는 이혼을 할 수 있는 여자라면 홀로 지구 끝까지 가는 것도 두렵지 않겠다고 생각했다. 마르잔은 지구 끝까지 가는 대신, 특유의 담대함과 솔직함 그리고 참을 수 없는 시대를 견디게 해준 유머를 듬뿍 곁들인 책을 세상에 내놓는다.

이란 소녀의 성장사를 담은 《페르세폴리스》가 전 세계에 번역·출간되면서 커다란 공감을 불러 일으켰던 것은 이 검은 베일 속에 갇혀 있던

*
세상의
얼마나 많은 결혼이
사실은
바로 그런 결혼일까.

소녀의 살아 꿈틀거리는 목소리가, 잊힌 한 세계를 완전히 입체적으로 재생시켜놓기 때문이다. 또한 안에서 펼쳐지는 소녀와 가족의 고통과 갈등, 좌절, 그것을 유쾌하게 떨치고 일어서는 삶의 역동이 끈끈한 보편성을 획득하기 때문이다.

《페르세폴리스》를 읽고서, 난 비로소 어릴 적 아빠의 입에서 흘러나오던, 국민의 피를 쪽쪽 빨아먹는 팔레비 국왕에 대한 이야기, 지지직거리는 텔레비전 화면에서도 너무 오버하며 무서운 척하는 게 눈에 보이던 호메이니^{Ayatollah Ruhollah Khomeini} 옹을 다시 기억해낼 수 있었다. 그리고 프랑스로 망명한 이란 친구들, 페르시아어에 대한 그들의 유별한 자긍심, 그들에게 스며 있던 각별한 우아함, 야릇하듯 쓸쓸했던 그들의 유머…… 이 모든 개별적인 기억의 조각들을 모자이크해낼 수 있었다. 최근에 있었던 아랍 혁명에서 왜 많은 이들이 이란 혁명의 전철을 밟게 될까봐 그토록 우려를 했는지도.

부패한 팔레비 국왕을 쫓아낸 위대한 시민들의 혁명. 그런데 반드시 그런 격동의 순간에 끼어들어 교묘하게 혁명의 열매를 가로채가고 마는 이슬람 근본주의 세력의 이야기는, 부정선거로 촉발된 시민, 학생들의 분노가 이승만 정권을 몰락시켰으나 1년 뒤, 키 작은 한 군인이 일으킨 쿠데타에 고스란히 나라를 내주었던 기억을 떠올리지 않을 수 없게 했다.

마르잔 사트라피

1969년 이란의 라슈트에서 태어났다. 자신만의 독특한 경지를 일구어낸 작가이자 《페르세폴리스》와 《자두치킨》을 영화화한 감독이기도 하다. 지금은 파리에 살며 〈뉴요커〉나 〈뉴욕타임스〉 등의 잡지와 신문에 기고를 하고 있다.

좁더 선명해진 페르시아의 지도 속으로 들어가 보니 옆에 있는 이라크와 아프가니스탄, 쿠웨이트, 사우디아라비아, 이스라엘 등의 나라들이 더 또렷하게 보였다. 그들은 더 이상 한 뭉텅이의 중동국가가 아니었다. 중국과 한국, 일본, 싱가포르가 모두 다 다른 색깔을 지녔듯이. 그 모든 나라들의 색깔이 더불어서 손에 잡혀왔다.

마르잔의 당찬 성장기를 공유하는 것만으로, 모래 속에 묻혀 있던 거대한 하나의 세계가 내 앞에서 의미를 갖고 드러났다. 내가 이해하는 세상이 늘어나는 것, 결국은 나를 확장하는 것. 나를 확장하는 것은 곧 내 행복의 지평을 넓히는 것.

모든
떠나온 자들을
위하여

도서 | 황금 물고기
저자 | 르 클레지오
출판 | 문학동네

파리 1구, 외규장각 도서가 그 지하에서 발견되었다는 리슐리외 국립
도서관의 정면에 매력적인 와인바가 있다. 스무 살에 와인의 마력에
이끌려 도버 해협을 건넜다는 와인바 주인 영국 남자에게 미국의 영
화배우 로버트 레드포드와 프랑스 소설가 르 클레지오 $^{Le Clezio}$ 를 반씩
섞어놓은 듯한 얼굴이라는 나의 인상 평을 전한 바 있다. 나로선 중년
의 남자에게 던질 수 있는 최고의 찬사였다. 그런데 어쩐지 그 말을
해놓고 부끄러워져서 그 와인바 앞을 지날 때면 종종걸음을 쳤던 건
또 뭔지.

아담과 라일라, 그리고 르 클레지오

르 클레지오. 차분한 금발머리를 단정히 깎고, 수줍어 차마 웃지 못하고 얼굴을 살짝 찡그리는 이 남자. 사하라 사막 근처 어딘가에서 태어났다는 그의 아내를 향해 질투심에 근거한 호기심이 일었던 걸 보면, 난 시리도록 맑은 눈을 가진 이 사람을 흠모했던 것 같다.

그(의 사진)를 보면 낮은 신음소리가 흘러나오곤 했다. 사진 속의 그는 언제나 지중해의 나른한 태양 아래 눈이 부신 듯한 표정으로, 이상의 향기를 품고 서 있었다. 오히려 그가 노벨문학상을 타고, '살아 있는 가장 위대한 프랑스 작가'라는 거북스런 수식을 휘감은 채 곳곳에 등장하면서, 그 세속적 수사는 그에게 속세의 금테 두른 옷을 입히며, 그를 평범한 야욕이라도 넘보는 듯한 범인凡人으로 만들었다.

스물세 살에 썼다는 첫 소설 〈조서Le Procès-Verbal〉와 쉰여섯 살에 쓴 〈황금 물고기Poisson d'or〉 사이에는 카뮈와 마크 트웨인 사이에 놓인 것만큼의 아득한 간격이 존재한다. 〈조서〉에 서늘한 시선으로 세상을 거부하고 유리벽 속에 스스로 갇힌 청년 아담이 있다면, 〈황금 물고기〉에는 철저하게 세상으로부터 착취당하지만, 어떤 편견도 보호망도 없이 마주 오는 바람을 맨몸으로 가르며 지혜와 용기를 터득해가는 파닥이는 어린 생명, 라일라가 있다.

두 소설은 모두 서구문명을 조소하고 가면 뒤에 숨긴 서구 문명사회의 야만을 폭로하지만 그 방식은 정반대다. 아담이 좁은 방의 문틈으로 세상을 바라보며 세상을 회피한다면, 유괴당한 뒤 자신을 산 할머니의 집에서 삶을 시작한 라일라는 점점 더 너른 세상으로 나아가며 뻘밭에서 진주를 캐내간다.

낯선 땅으로 한없이 나아가는 것은 흑인 소녀 라일라와 그를 탄생시킨 작가 르 클레지오의 삶을 관통하는 일관성이다. 모리셔스 섬에서 태어나 나이지리아로 니스로, 다시 런던, 멕시코, 파나마, 보스턴, 태국, 그리고 한국에 이르기까지 작가는 끊임없이 다른 세상으로 건너가 짐을 부려놓고 그곳에서 한동안 이웃들과 살을 붙이고 지낸다. 아무것도 가지지 않고 태어난 라일라에게서 그녀가 소유한 유일한 보물, 자유가 위협당할 때, 그녀는 언제나 다시 떠나지 않으면 안 되었다. 그렇다면 르 클레지오, 그는 또 왜 한없이 떠나야 했던가?

왜 언젠가는 도망치지 않을 수 없는가

모로코에서 파리로, 다시 니스로 떠나온 라일라는 쓰레기가 모이는 구제소에서 하루를 시작한다. 쓰레기가 부려지면, 죽은 짐승에 달려

들어 뼈만 남겨놓는 하이에나들처럼, 집시들은 거기에 달라붙어 쓸모 있는 물건을 챙겼다. 라일라는 거기서 쏟아지는 책들을 닥치는 대로 읽었다. 그러던 어느 날 "왜 언젠가는 도망치지 않을 수 없는가?"라고 써 있는 책 앞에 멈춰 선다. 그것은, 오래전부터 작가가 스스로에게 던져온 질문이기도 할 것이다.

모든 작가들의 문제의식은, 다시 말해서 한 인간이 작가라는 길을 가게 만드는 그 씨앗은, 그들의 내면에서 시작된 존재의 균열에서 흔히 비롯한다. 르 클레지오에게서 첫 번째 균열은 아프리카와 유럽이라는 이중의 정체성 이전에, 사촌 간이던 부모의 존재로부터 비롯한다. 그의 아버지와 어머니는 같은 할아버지 밑에서 태어났다. 소년 르 클레지오에게 이러한 부모의 비정상성은 한 줌의 균열의 씨앗을 심었다. 어린 시절 그는 외부와 그 어떤 접촉도 없이 어머니와 아버지 틈에서만 지냈다. 오로지 책과 사전만을 벗 삼아 지내던 안온하고 평화로운 세상은 감미로웠지만, 그곳을 벗어나는 일은 힘들었다. 그러나 부모의 울타리를 넘어선 후, 그는 낯선 세계로의 항해를 멈추지 않았고, 그의 여행은 그의 멈추지 않는 글쓰기와 궤적을 같이한다.

중국인과 아랍인, 그리고 가난한 유대인들이 모여 사는 파리의 빈민가 벨빌에 살던 시절(2002~2003년), 어느 날 집에 돌아와 보니 《황금

르 클레지오

1940년 영국계 의사 아버지와 프랑스인 어머니 사이에서 태어났다. 2008년 노벨문학상을 수
상했다. 한림원은 "새로운 출발과 시적 모험, 관능적 환희의 작가이자 지배적인 문명 너머와
그 아래에 있는 인간의 탐구자"라며 수여의 변을 남겼다.

물고기》가 소파 위에 던져져 있었다. 아파트를 나눠 쓰던 룸메이트가 파리 길상사에 갔다가 빌려왔던 책이다. 그 친구가 길상사에서 들고 오던 한 무더기의 책들 중엔 흥미를 끄는 책이 종종 있었다. 한국에서 간호사였던 그 친구는 몽마르트 언덕에서 그림을 그려 팔면서 지냈다. 무면허 화가였던 탓에 그림들을 몽땅 경찰에게 털리기도 하고*, 때론, 나의 중재로 집주인에게 집세 대신 그림을 주기도 했다.

한국으로 돌아간 뒤, 어느 날 국회도서관 앞에서 우연히 만난 그 친구는 내게 자신의 책과 옷들을 보내주고 싶다고 했다. 먼 길을 떠난다던 그녀는 결국 스님이 되었다. 그러나 수년 뒤 부암동에 있는 작은 절로 찾아갔을 때, 그녀는 거기에 없었다. 스님의 길을 가다가 또 다른 여정을 찾아 나선 듯했다. 어디론가 떠나지 않을 수 없는 라일라 혹은 르 클레지오처럼.

창녀와 공주

이층에는 처음 이곳에 왔을 때 보았던 젊은 여자들, 너무도 우아하고 아

*
몽마르트에서
그림을 그려 팔려면
경찰청으로부터
허가서를 받아야 한다.

름다워서 순진하게도 공주님들인 줄만 알았던 그 여자들이 살고 있었다. (……) 계단이 끝나는 곳에서 기다리고 있던 공주님들은 모두들 나를 쓰다 듬고 어루만지고 하면서 다정하게 맞이해주었다. (……) 그렇게 하여 나는 산파인 자밀라 아줌마와 그녀의 여섯 공주님이 사는 세계 속으로 발을 들이게 되었다. 여인숙에서의 내 삶은 더할 나위 없이 안락하게 자리 잡혀서, 그때가 내 삶의 가장 행복했던 시기였다고 해도 과언이 아니다.

유괴된 라일라를 산 할머니 랄라 아스마의 집에서 감금과도 같던, 그렇지만 평온했던 삶이 랄라 아스마의 죽음과 함께 깨진다. 라일라는 탐욕스런 랄라 아스마의 아들과 며느리가 자신을 모함하여 감옥에 넘기기 전에 그 집을 떠난다. 랄라 아스마가 쓰러졌을 때 무작정 의사를 찾아 나섰던 길에 만난 산파 자밀라 아줌마는 라일라가 아는 바깥세상의 유일한 사람이다.

무허가 산파인 자밀라가 창녀 여섯 명을 데리고 매춘을 하는 장소인 여인숙은 어린 라일라에게 가장 행복한 나날을 선사해준 천국이었고, 라일라에게 그 매춘부들은 세상에서 가장 아름답고 우아한 공주들이었다. 창녀들에 대한 의외의 포근한 시선에 나는 언제나 걷잡을 수 없이 홀리곤 했다.

파리 뷔트 쇼몽 공원 근처에서 연극배우 백은정과 룸메이트로 살 무렵, 연극배우 서주희가 물체극을 하는 이영란과 함께 찾아와 이런 말을 던졌다.

"우리 넷, 진짜 안 좋게 풀렸으면, 난 카바레에서 궁뎅이 까고 춤추는 여자가 됐을 거고, 영란이는 소매치기, 그리고 백은정은 식당에서 마늘 까는 아줌마, 목수정은 창녀가 됐을 거야."

연극판에 있는 사람들 대부분은 이 판으로 들어서지 않았으면 무당이 되었을 팔자라는 이야기를 흔히 하지만, 그중에서도 신기가 줄줄 흐르는 무당 같았던 서주희의 말에 다들 낄낄대며 수긍의 담배를 한 모금씩 내뿜었다. 오직 촌스러운 나만이 감히 반항을 시도했다.

"아니야. 난 아무리 안 풀렸어도 창녀는 되지 않았을 거야!"

그랬더니 서주희 왈.

"왜 혼자 반항해. 다 가만히 있는데. 목수정은 지하철 의자에 앉을 때도 우리처럼 덥석 안 앉아. 완전 흉내도 낼 수 없게 여자 냄새 팍 풍기면서 앉는단 말야!"

포토샵으로 부풀려놓은 몸매를 3D로 눈앞에서 보는 것 같은 충격을 주는 서주희. 망치도 없는 집에서 각목 몇 개를 구해오더니 나와 백은정 사이에 난 영토 분쟁을 막아줄 병풍을 순식간에 만들어줄 만큼 손재주가 눈부신 이영란. 겨울에 수정과를 해 먹어야 한다고 중국 시장에 가서 계피까지 미리 사다놓고 마늘, 양파를 사는 순간 다 까고 씻어서 팩에 깔끔하게 넣어놔야 직성이 풀리는 탓에 부엌에서 헤어나질 못하는 백은정.

서주희가 풀어놓는 우리들의 최악의 운명은, 네 여자들에게 제대로 들어맞는 최악의 운명 프로필이었던 거다. 그런데 난, 내가 지하철에 서마저 묘한 여자 냄새를 풍기며 앉는다는 사실을 꿈에도 몰랐던 거다. 그때부터 창녀에 대한 이야기가 나오면 난 어쩐지 숨겨놓은 과거를 들키기라도 한 듯, 숨죽이며 그들의 세계를 조심스럽게 엿본다. 가득한 연민을 가지고.

창녀는 위선의 세상을 뒤집어 털어낼 때, 가장 먼저 얼굴을 드러내는 존재다. 유사 이래 가장 오래된 직업으로, 그들은 언제나 존재해왔으며 동시에 언제나 멸시당하고 핍박받아왔다. 무엇이든 팔아서 돈을 버는 세상에, 자신의 몸을 파는 것이 자신의 영혼을 팔거나 기술을 파는 것에 비해 무시당해야 할 이유는 무엇일까. 그 직업을 가진 사람들이 당해왔던 당연한 듯한 수모는 그들의 존재 자체가 일부일처제의 영원한 위선을 폭로하기 때문이다. 일부일처제에 대한 금기가 강한 사회일수록 창녀들에 대한 모욕과 비판의 수위는 거셀 수밖에 없고, 매춘의 방식과 빈도는 거기에 비례하여 늘어날 수밖에 없다.

대학로에서 연극기획을 하던 시절, 브레히트가 내 숭배의 대상이 되었던 그 시발점도, 창녀 센첸이 가장 선한 인간의 표상으로 등장하는

〈사천의 선인^{The Good Woman of Setzuan}〉의 충격에서 비롯한 것이었다. 소녀 라일라가 자신을 쫓아오는 무서운 악당, 그러나 겉으로는 성공한 건설업자인 남자와 그의 고상한 아내를 피해 당도한 천국에는 천사나 공주가 아닌 창녀들이 있고, 벽난로 위로 보글보글 스프가 끓는 마음씨 착한 할머니의 오두막이 아닌 창녀들이 일하는 여인숙이 그녀의 안식처가 되는 것. 그것은 르 클레지오가 안내하는 전복된 세상의 서막이다.

완벽한 자유

파리에, 더 이상 남아 있는 희망은 한 조각도 없었다. 라일라는 니스에 친척이 있다는 한 친구와 함께 니스행 기차를 탄다. 니스, 지중해의 그 아름다운 휴양도시에 이른 첫날, 하루 종일 어슬렁거리다 해변에 누워 바닷가를 바라보던 라일라.

갑자기 주아니코는 정말로 어린아이가 되어버렸다. 그는 자유로웠고, 미래는 존재하지 않았다. 그리고 나 또한 앞으로 뭘 할 것인지, 어디서 잘 것인지, 오늘 저녁에 뭘 먹을 것인지에 대해 더 이상 생각하지 않았다. 나는 마지막 빵 덩어리를 갈매기들에게 던져주었다.

바로 이 대목에서 나는, 아무것도 소유하지 않는 자만이 누릴 수 있는 절대 자유를 목격한다. 자연 속에, 흐르는 시간 존재를 턱 걸쳐두고, 마음 가는 대로 공기 중에 부유할 수 있는 용기는, 소유가 아니라 무소유에서 오는 것이렷다. 나는 묻는다. 단 한 번이라도 저토록 완벽한 자유 위에 섰던 기억이 있는지.

라일라와 그녀의 친구들. 모로코의 창녀들, 루마니아에서 온 집시들, 서인도제도, 아이티에서 온 악사들, 거리의 뮤지션들, 카메룬의 옛 전사, 아프리카에서 온 어린 권투선수들, 아메리카인디언 출신의 간호사……. 그들은 모두 뿌리 뽑혀 외딴 남의 땅에 던져진 사람들이다. 그들은 어느 땅에도 깊이 뿌리내리지 못하고, 담벼락에 비스듬히 기대어 하루를 보내고 또 그 다음날을 넘긴다. 이러한 삶들은 무엇으로 지탱되는 걸까. 그 어떤 의무도, 세속적인 야욕도 그들을 채찍질하지 않을 때, 삶은 무엇으로 지탱되는가?

라일라는 처음 자유라는 것을 획득한 이후, 자유가 얼마나 소중한지를 알았고, 그것만큼은 반드시 지키려고 애쓰면서, 자신의 열정이 이끄는 대로 머리를 기댔다. 책과 음악이 그것이었다. 쓰레기장에서, 도서관에서 그리고 친구들의 집에서, 닥치는 대로 책을 읽어갔다. 책들은 자신이 맞닥뜨리는 잔혹한 현실들 위로 높이 들린 등불처럼, 더 넓고 깊은 시선을 선사했다.

지하철 입구, 호텔, 바에서 울려 퍼지는 뮤지션들의 음악에 언제나 귀를 기울였다. 멋진 음악이 들려오면 지긋이 음악에 모든 걸 맡겼다. 음악은 온몸에 가득 울려 퍼지고, 영혼을 위로했으며, 위로받고 싶은 영혼들을 연결해주었다. 음악을 통해 소중한 친구들을 만났고, 결국엔 자신만의 음악을 만들어 황금빛 비늘로 덮인 물고기로 거듭나는 라일라가 되게 해주었다.

자신을 아무 데고 내던지지 않았다. 우정을 소중히 가꾸었고, 사랑을 기다렸고, 그것이 다가왔을 때 주저 없이 알아보았다. 사랑을 알아보는 능력. 그것은 삶을 맞이하고 보듬어 꽃피우는 능력이다. 그녀에겐 바로 그런 능력이 있었다.

문득 이 대목에서 우리의 《몽실언니》가 떠오른다. '몽실'이 아니라 '몽실언니'라고 불리는 그녀의 호칭 속에 이미, 몽실이 짊어질 운명은 결정되어 있다. 자신이 아직 아이였을 때부터 동생들을 보살피고, 병들어 죽어가는 아버지, 꼽추인 남편에게 그녀는 차례로 구원의 손길을 내민다. 끝끝내 자신의 욕망과 자신의 삶 자체를 보살필 겨를은 갖지 못하는 희생과 박애의 화신 몽실. 죽어가는 유대인 할머니를 돌보고, 자신과 함께 모로코를 탈출한 후리야가 아기를 낳았을 때 옆에서 함께 아기를 돌보지만, 어느 순간에는 자신의 길을 홀로 찾아 나선 라일

라. 둘의 삶의 행로를 갈랐던 것은 자유에 대한 인식이다.

결혼한 여자들이 끌어안고야 마는 불행한 삶을 피하고자 독립적인 비혼의 삶을 결심하나 결국 꼽추인 남자를 만나 또 다른 구원을 행하는 몽실의 결말은 지극히 기독교적이며 또한 유교적이다. 라일라는 자신의 자유를 꺾어버리려는 사람들에겐 따끔한 자기 식의 응징을 하고 그들 곁을 떠났다. 그 누군가의 삶을 구원하기 위해 자신을 잊어버리는 일은 없었다. 도둑질도 했고, 야비한 인간들에겐 욕도 퍼부었다. 그리고 자신의 열정을 향해 조금씩 몸을 기울인다. 그녀의 긴 여행은 결국 자신을 찾아 나선 항해였다. 자신이 사랑하는 것을 향해 가는 자, 열정을 품고 사는 자, 그들은 언젠가 빛이 된다. 주변의 자잘한 암흑들은 단숨에 몰아내버리는.

떠나야 한다면

하늘이 두 조각 나는 듯했던 어처구니없던 2012년 말의 대통령선거 결과를 받아든 후, 뻥 뚫린 가슴이 더듬거리며 다시 집어든 책이 바로 《황금 물고기》였다.
라일라가 거친 대양을 항해하면서 펼쳐 보이는 그 비주류의 세계, 원시의 아마존 밀림처럼, 세상의 모든 가식과 제도 따위를 벗어던지고 맨발로, 눈빛으로, 오로지 따스한 체온으로, 그리고 원초적 욕망으로 살아내는 인류의 싱그러운 생명력을 느끼고 싶었다. 라일라의 거칠고도 세차게 생명력으로 파닥이는 삶은 내게 알 수 없는 미지의 땅을 향한 온전히 떨리는 삶에 대한 새로운 욕망을 충전시켜주었다.

아프리카 말리 본토를 제외하고 전 세계에서 말리인들이 가장 많이 살고 있다는 파리의 외곽 도시로 이사한 지 6개월. 언제나 조금 슬픈 듯한 내 이웃의 눈들. 그 눈 속에 담겨 있는 이야기들을 전해 듣는 것만 같았던 라일라의 항해. 3초 이상 서로 바라보다 보면, 언제나 씩 웃으며 그 선한 밑바닥을 드러내고 마는 내 이웃들의 모든 뿌리를 이제 알 것 같다. 떠나온 모든 자들이 쓸쓸한 눈으로 감추고 있던 그들의 거대한 뿌리를.

어디가 최종 종착지인지 알 수 없지만, 떠나야만 한다는 사실만은 알 때가 있다. 그럴 땐, 떠나는 수밖에. 어디서든지 눈을 부릅뜨고 킁킁대며 생을 향해 나아가면, 삶은 살아진다는 거. 열정을 놓치지 않고, 그것이 숨 쉬도록 펼쳐두면, 언젠가는 만개하고 만다는 거.

나를
깨우는
진실하고
낮은 목소리

도서 | 섬
저자 | 장 그르니에
출판 | 민음사

장 그르니에^{Jean Grenier}의 《섬^{Les Iles}》을 만난 건 스물한 살 때였다. 다시 스물한 해가 지나 이 책을 잡았을 때, 기억에 남아 있던 건 오로지 알베르 카뮈의 서문뿐.

　나는 아무런 회한도 없이, 부러워한다. 오늘 처음으로 이 《섬》을 열어보게 되는 저 낯모르는 젊은 사람을.

카뮈의 부러움을 온몸으로 느끼며 책장을 넘겼을 그날을 기억해낼 뿐, 이 책의 무엇이, 격렬한 환희가 빛살처럼 스며드는 느낌을 주었는지 흔적조차 찾을 수 없었다. 난 마치 기억상실증에 걸려 옛 애인을 알아보지 못하고 같은 사람과 새 연애를 시작하는 사람처럼, 뮌헨 행 기차에 《섬》과 함께 몸을 실었다.

타고난 철학자

노릿노릿해진 종이 위에, 한자가 간혹 섞인 오돌토돌한 활자들이 번역자 김화영 교수의 다정하고 촉촉한 문체를 입고 그르니에의 미혹迷惑의 세계로 인도한다. 떼제베 창 위로 빗방울들은 연신 미끄럼을 타며 내려가고, 그르니에는 공空의 매혹을 말하고 있었다.

> 예닐곱 살쯤이었다고 여겨진다. 어느 한 그루의 보리수 그늘 밑에 가만히 누워 구름 한 점 없는 하늘에 눈을 던지고 있다가 나는 문득 그 하늘이 기우뚱하더니 허공 속으로 송두리째 삼켜져버리는 것을 보았다. 그것이 내가 처음 느낀 무無의 인상이었다.

유년기 때부터 무와 공에 매혹된 이 남자. 의미와 사실, 스토리와 설득, 선동과 위로로 가득한 세계에 한 점, 구멍이 뚫리고, 그 구멍 속으로 유영하듯, 그르니에라는 나직한 음성의 남자와 함께 손을 잡고 날아간다. 그가 안내하는 세계는 알랭 드 보통의 5촌 당숙쯤 되고, 달리기를 열심히 하는 무라카미 하루키와는 가끔 산책길에서 마주치는 사이인 듯한 남자의 생경한 듯, 낯설지 않은 동네다.

그의 글은 프랑스 작곡가 가브리엘 포레^{Gabriel Fauré}의 음악 같기도 하고 폴 클레나 마르크 샤갈의 그림 같기도 했다. 맛깔스런 이국의 음식이 접시에 담겨 나올 때 모락모락 피워내는 연기 같기도 했다. 그것은 확실히 음식 자체가 아니라 음식이 피워내는 연기이며, 그 속에 감겨 있는 향기에 가까웠다. 상상력을 자극하고 정신을 고양시키지만, 결코 그 실체를 끝까지 드러내는 법이 없는.

내 앞에 나타난 것은 파멸이 아니라 공백이었다. 입을 딱 벌린 그 구멍 속으로 모든 것이, 송두리째 모든 것이 삼켜져버릴 판이었다. 그날부터 나는 사물들이 지니고 있는 현실성이란 실로 보잘 것 없다는 사실에 대하여 생각을 되씹어보기 시작했다. (……) 말없이 어떤 풍경을 고즈넉이 바라보고만 있어도 욕망은 입을 다물어버리게 된다. 내가 지나온 삶을 돌이켜보면, 그것은 다만 저 절묘한 순간들에 이르기 위한 노력이었을 뿐이라는 생각이 든다. 내가 그렇게 하기로 굳게 마음먹은 것은 저 투명한 하늘의 기억 때문이었을까?

그렇다면, 장 그르니에는 타고난 철학자다. 예닐곱 살에 벌써 세상의 사물들이 표방하는 현실의 허무와 그 이면에 간직된 진실들, 우리의 삶 속에서 바람처럼 밀려왔다가 흩어져버리는 작은 순간들에서 포착되는 경이들에 눈 뜰 수 있게 해주는 계시를 받았던 것이다. 그의 이 책이 스무 살의 카뮈에게 비밀스런 정원이 막 눈앞에서 열리는 것 같은 계시였던 것처럼.

카뮈의 친구

찬비가 내리는 을씨년스런 파리에서 여전히 찬비가 흩날리고 기온은 3~4도 더 낮은 뮌헨으로의 여행. 거기엔 남부 이탈리아나 모로코로 휴가를 떠나는 사람들이 입가에 머금고 있을 흥얼거림이 제거되어 있을 수밖에 없다. 이 꽃에서 저 꽃으로 향기를 두루 맡으러 다닐 뿐인, 그런 여행을 위한 여행일 수도 있건만, 뮌헨에 사는 아드레날린이 각별한 친구들을 찾아가는 길이란 점에서, 도착지에서 다가가는 우리의 기대치는 효모를 품은 빵처럼 따끈하게 부풀어 올랐다.

다큐멘터리영화 감독과 영화과 교수 커플인 친구들 집에 도착했다. 파리와 로잔, 뮌헨에 거점을 두고 사는 이 프랑스 커플은 마침 알제리 요리 타진^{Tajine}을 저녁식사로 내놓았다. 식사를 마친 후 내 손에 쥐어져 있는 책을 흘끔거리더니 친구가 묻는다. "장 그르니에가 누구더라?" 친구의 남편이 답한다. "카뮈의 친구." 친구는 이제야 기억났다는 듯이 "아~ 그렇지. 카뮈의 친구" 한다.

그르니에를 가장 잘 규명하는 단어는, 그러므로 '카뮈의 친구'라는 사실이, 우리의 작은 커뮤니티 안에서만큼은 분명해졌다. 그것은 지극히 그르니에다운 존재 방식이었다. 누군가와 나눈 진한 악수와 포옹의 흔적으로 존재하는 것은.

둘은 알제리대학교에서 스승과 제자 사이로 만났다. 그르니에는 철학과 교수였고 카뮈는 학생이었다. 카뮈는 그르니에의 글을, 정확히는 《섬》을 읽고 나서 글을 쓰기로 결심하게 되고, 《섬》을 평생에 걸쳐 계속 읽으면서 그 속의 문장들을 마치 자신의 생각인 양 말하고 쓰기도 했다고 고백한다. 카뮈는 "적어도 생애에 한 번은 열광에 찬 복종의 마음을 경험할 수 있었다는 것"을 오히려 행운이라 여기며 그르니에를 향한 열광적인 숭배의 마음을 감추지 않았다. 둘은 평생 편지를 통해 깊은 우정을 나누었다.[*]

*
지난 2012년 가을,
그르니에와 카뮈가 1932년부터 60년까지 주고받았던 편지
235통을 모은 책이 김화영 교수의 번역으로 국내에 소개되었다.
《카뮈-그르니에 서한집 1932~1960》(책세상).

카뮈의 친구 그르니에라는 말은 둘이 현실적으로 나누었던 농밀한 우정 이외에도, 이들이 나누어 가지는 철학적 사유와 문학적 감각의 동류성을 함께 지칭한다. 카뮈는 세상의 부조리에 냉소와 조소를 흠뻑 버무린 글을 날리는 매서운 참여작가였고, 그의 문체는 그르니에에 비할 바 없이 강력하고 선명했지만, 글쓰기의 세계로 발을 담기 전 머뭇거리던 카뮈에게 불덩이와도 같은 정열의 화살을 날려준 사람은 그르니에였다.

> 누군가가 나에게 신비와 성스러움과 인간의 유한성, 그리고 불가능한 사랑에 대하여 상기시켜줄 필요가 있었다. 그러므로, 내가 그르니에에게서 얻은 것은 확신들이 아니었다. 그는 나에게 확신을 줄 수도 주고자 원하지도 않았다. 그와 반대로 나는 그에게서 의혹을 얻었다. 그 의혹은 끝이 없을 것이다.

그르니에는 카뮈에게 길을 보여주지도, 답을 혹은 답에 대한 힌트를 제공하지도 않았다. 그르니에는 자신의 방식으로 존재했고, 그것을 글에 담았으며, 카뮈는 거기서 자신의 작가정신의 원천이 되는 무한한 의혹들을 제공받았던 것이다. 답이 아니라 질문을 내게 던져주는 사람, 혹은 그러한 상황. 그것은 작가에게뿐 아니라, 세상의 모든 불모의 땅에서 두리번거리는 존재들에게 비로소 열리는 축복의 땅이 아니던가. 평생 가슴 속에서 활활 타오를 질문을 만나는 순간, 우리의 인생은 비로소 날개를 달고 도약하는 것이 아니던가.

일상의 풍경과 불안

그르니에는 삶의 사소한 부분, 감춰진 구석에 지긋한 시선을 던졌고, 가벼운 듯하나, 한편으론 또 각별한 정성이 담긴 특유의 화법으로 그 것을 말했다. 바로 이런 식으로.

> 짐승들의 세계는 침묵과 도약으로 이루어져 있다. 나는 짐승들이 가만히 엎드려 있는 모습을 바라보는 것을 좋아한다. 그때 그들은 대자연과 다시 접촉하면서 자연 속에 푸근히 몸을 맡기는 보상으로 그들을 살찌게 하는 정기를 얻는 것이다. 그들의 휴식은 우리들의 노동만큼이나 골몰한 것이다. 그들의 잠은 우리들의 첫사랑만큼이나 믿음 가득한 것이다.

이 대목에서 나는 낮고 깊은 한숨을 내뱉는다. 무위와 정적으로 메워지는 고양이의 일상을 한 번이라도 골똘히 응시해본 사람이라면, 그르니에의 말에 전율하지 않을 수 없다.
인간이 노동에게 바치는 신성함, 부산하기 그지없는 인간의 삶에 대해 우리가 아무 의심도 없이 부여해왔던 우월감은 순간 허물어져 내린다. 이 주체할 수 없는 '의혹'을 뛰어넘기 위해서는 긴 세월 동안 수많은 증거들을 수집해야만 한다. 아니면, 다시 세상이 거리에 잔뜩 뿌려놓은 상투적 사고의 웅덩이에 다시 풍덩 몸을 던지거나.

> 당신은 자기가 인간이라고 생각하기 때문에 나를 고양이라고 여기는 거예요.

그리곤 고양이 물루의 목소리를 통해 이렇게 덧붙인다. 왜 아니겠는가. 그르니에는 일상의 풍경을 서정적인 시선으로 쓰다듬으면서도, 불가지한 삶에 대한 불안이 남겨놓은 작은 구멍을 천연덕스럽게 드러내 보인다. 그러면 독자는 그 구멍으로 들어오는 세찬 바람에 온통 전복되는 세상을 경험하고 마는 것이다.

자연 그대로의 상태

이 책의 원제는 '섬'이 아니라 '섬들Les Iles'이다. 어쩐지 복수로 단어를 써놓으면 촌스러워지는 난감함 때문에 역자는 굳이 섬이라고 단수로 표현해야 했겠지만. 그르니에는 눈에 보이지 않는 세계를 찾아 섬에서 또 다른 섬으로 찾아 떠난다. 케르겔렌 군도, 행운의 섬, 부활의 섬, 보로메 섬……. 그것들은 가상의 섬이기도 하고 현실의 섬이기도 하다. 그는 여행을 하기도 하고, 여행을 꿈꾸기도 하면서, 혹은 완전히 다른 세계에 봉착하는 또 다른 차원에서의 섬 기행을 하면서 순례기를 적어간다.

혼자서 아무것도 가진 것 없이 낯선 도시에 도착하는 공상을 나는 몇 번씩이나 해보았다.

그르니에는 겸허하고 남루하게 지내고 싶다는 욕망, 그리고 무엇보다 비밀을 간직하고 싶다는 의도로 이런 공상을 골똘히 이어간다. 그 누구도 나를 알지 못하고, 그리하여 사회가 내게 부여한 위치에 걸맞게 지녀야 할 태도 따위로부터 완전히 벗어나고, 나의 최소한의 위엄을 지켜줄 알량한 돈마저도 없을 때 '자연 그대로의 상태'로 되돌아가게 될 자신을 꿈꾼다.

13년 전 처음 독일에 갔을 때, 나 역시 진지하게 이 같은 공상에 봉착해본 적이 있었다. 거의 가진 것이 없었고, 파리에서 여덟 시간 버스를 타고 도착한 쾰른 버스터미널에 나와 있기로 한 언니는 보이지 않았다. 핸드폰 따위를 가지고 있을 리 없던 그때, 나는 언제까지 언니를 기다려야 할지 알 수 없었다. 15년 전에 만난 후, 한 번도 얼굴을 본 적이 없는 어릴 적 동네 언니가 굳이 나를 만나러 와주지 않아도, 나를 기꺼이 자신의 집에서 재워주지 않아도 딱히 원망할 수 없는 상황이었다.

생각이 거기에 이르자, 밀려오는 것은 불안이 아니라, 갑자기 아랫배로부터 솟아오르는 자신감이었다. 이 낯선 도시에서 인생을 다시 한번 백지에서 시작해볼까 하는 난데없는 모험심이 솟구쳤던 것이다.

방송으로 나오는 독일어가 하이톤의 찬가처럼 귓가에 울려 퍼지던 바로 그 순간, 쾰른대학에서 쳄발로 연주자 과정에 있던 그 동네 언니는 하나도 변하지 않은 모습으로 다가와 내 등짝을 퍽 치며 나의 몽상을 깨주었다. 그리고 1주일간 나를 자신이 맡기로 한 고양이라도 되는 듯 살뜰히 보살펴주기까지 하면서 상황은 정반대로 흘러갔다.

발아래 쿵 떨어지는 거대한 의혹이 때때로 평생을 지피고도 남을 촛불의 심지를 주기도 하는 것처럼, 이처럼 제때 등장해준 각별한 보살핌은 여행이 우리에게 마땅히 제공해야 할 불안과 모험, 불편함과 환상과 오해, 긴장이 뒤범벅된 전율을 얌전히 진압해주기도 한다.

뮌헨의 모든 박물관들을 다 꼼꼼히 들여다보고, 마지막으로 현대미술관에서 여지없이 진을 치고 있는 키치를 표방한 현대미술의 파렴치한 장사치들을 목격하는 것으로 넋다운 돼버린 무렵, 장 그르니에

장 그르니에와 알베르 카뮈

장 그르니에와 알베르 카뮈는 각각 34세, 19세일 때 스승과 제자로 처음 만났다. 둘은 나이차와 상관없이 평생의 교우를 나누었다. 1957년 "우리 시대 인간의 정의를 탁월한 통찰과 진지함으로 밝힌 작가"라 평가받으며 노벨문학상을 수상한 카뮈는 비록 짧은 생이었지만, 평생에 걸쳐 스승인 장 그르니에를 무한히 존경했다.

는 내게 이런 말을 들려준다.

여러 날 동안 바르셀로나에 머물면서 교회와 공원과 전람회를 구경하지만 그런 모든 것들로부터 남는 것이란 라 람블라 산 호세의 풍성한 꽃향기뿐이다. 기껏 그 정도의 것을 위하여 구태여 여행을 할 가치가 있을까? 물론 있다.

여행은 몇 가지 낯선 감각들을 체험해보는 것으로 내 안의 충동들을 일깨우고 나를 확인하는 과정이기 때문이다. 도피하기 위해서 떠나는 여행일지라도, 결국 그것은 우리 자신을 되찾기 위해서 하는 여행이기 때문이다. 낯선 도시에서 깜짝 놀라는 경험을 할 때, 우리가 바라보게 되는 것은 그 낯선 세상이 아니라, 바로 우리 자신의 진정한 모습이기 때문이다.

이 섬에서 저 섬으로 홀연히 발을 옮기며, 채움이 아니라 공백을 만들고, 한없이 낮아지는 일탈을 간절히 꿈꾸며 종종 시도하는 이 브르타뉴 남자*는 여행 자체가 갖는 의미에 대해서만은 우리를 의혹의 구덩이로

---

*
파리에 와서 내가 인연을 맺은 모든 남자는
브르타뉴 지방 출신이었다.
한반도에서 서해안에 가까운 동네에 살았던 내가
본능적으로 프랑스의 서해안 쪽 남자들에게서
비슷한 냄새를 맡기라도 한 걸까.
그렇다면 스물한 살 때 만났던 그르니에는 그 전조였던 걸까.

밀어넣지 않는다. 바로 손을 잡아준다. 노련하고 친절한 가이드처럼.

그 섬에 가고 싶다

슈바빙으로 갔다. 그르니에가 그랬던 것처럼, 많은 이들을 거대한 미혹의 세계로 끌어들이며, 타오르는 지적인 욕망을 한 움큼씩 퍼가게 해주었던 한 여자, 전혜린이 20대를 보낸 그 동네를 여전히 비가 쏟아지던 가을날 밟고 다녔다. "이곳에선 아직도 가난이 수치 대신에 어떤 로맨틱을 품고 있고, 흩어진 머리는 정신적 변태가 아니라 자유를 표시한 것으로 간주되며, 면밀한 계산과 부지런한 노력 대신에 무료로 인류를 구제할 계획이 심각히 토론된다"던 50년대 전혜린의 슈바빙 거리는, 뮌헨 전체를 칭칭 휘감은 넘쳐나는 자본의 힘에 무너져 내린 지 오래인 듯했다.

뮌헨에서 발견한 건, 자본은 자유의 반대말이란 사실이다. 파리에서와 하나도 다르지 않은 똑같은 상표들이 반복되는 번화가*, 대규모 콜렉터들이 사들이는 작품만을 전시하는 우아한 투기장이 된 미술

*
잠시, 그렇다면
우리는 왜 여행을 하는 건가
묻지 않을 수 없었다.

관, 다섯 시간의 긴 여행임에도 추가 운임을 내야만 좌석을 지정해주는 독일 철도. 자본으로 더 자신들을 무장하는 대신 자유도, 품위도, 그들 특유의 매끈한 소박함도 잃고 있는 독일의 씁쓸한 오늘을 목격한다.

그러나 여전히 격음이 강한 독일어는 뾰족하고 민감한 바늘처럼 잠자고 있던 내 모든 감각을 격렬하게 일깨워주었고, 식사 때마다 한 잔씩 목으로 넘기던 보리향 그득한 맥주는 다소 무뚝뚝하면서도 수줍은 독일 사람의 정서를 가장 정직하게 담은 술이라는 걸 알게 되었다. 세상에서 내가 제일 좋아하는 장소는 '낯선 도시의 카페'라는 것도. 카페는 세상의 모든 '섬' 속에 존재하는 햇살이며, 그 안에서 손에 쥘 수 있는 따뜻한 커피 한 잔은 그 햇살로 영근 통통하고 향긋한 열매라는 것을.

낯선 도시의 신선한 긴장을 손에 쥔 익숙한 커피를 관망하고, 곱씹으며, 음미할 수 있는 카페. 그것은 내가 또 다른 도시로 떠날 욕망을 충동할 충분한 이유다. 책의 마지막에 적고 있는 그르니에의 말처럼.

> 태양과 바다와 꽃들이 있는 곳이면 어디나 나에게는 보로메 섬들이 될 것 같다. 그리도 가냘프게 그리도 인간적으로 보호해주는 마른 돌담 하나만으로도 나를 격리시켜주기에 족할 것이고, 어느 농가의 문턱에 선 두 그루

의 씨프레 나무만으로도 나를 반겨 맞아주기에 족할 것이니…….

나를 둘러싼 모든 것들로부터 날 고립시켜주는, 그리하여 가장 진실하고 단순한 나를 마주하게 해주는 그 '섬'에 그르니에와 같은 낮은 목소리의 친구와 함께 가고 싶다.

.

멈춘다면,
일상은
금기들과
공모하여
우리를 덮치리니

도서 | 서울에서 보낸 3주일
저자 | 장정일
출판 | 청하

더 이상 시를 쓰지 않는 우리의 시인 장정일이 진정 이 순간 잘 살아

가고 있는지 궁금할 때가 있다. 더 이상 음악을 들고 나타나지 않는

서태지가 제정신으로 잘 버텨나가고 있는지 궁금한 것처럼.

1987년 12월. 그러니까 내가 학력고사를 치르고, 박종철 고문치사사

건 이후, 6월항쟁으로 얻은 대통령 직선을 통해, 노태우를 대통령으로

당선시키던 바로 그 시점. 시집《햄버거에 대한 명상》을 들고 나타난,

이 불길한 인상의 청년이 한국 시단에 남긴 충격은, 서태지가 한국대

중음악사에 남긴 아찔한 진동에 비견할 만한 것이었다. 비릿한 냄새가

풍기는 새로운 형태의 부패한 시절을, 주머니에 손 찔러 넣고, 옆 눈으로 사람들을 흘겨보며 질겅질겅 씹어주는 시인 장정일의 등장은, 우리가 접어든 이 몽롱하게 썩어 있는 시절에 대한 잔혹한 거울을 갖는 일이었다. 우린 당황했고, 혹은 환호했다.

이 만년 재수생 같은 몰골의 젊은 사내는 서태지와 마찬가지로 중졸이라는 학력으로, 대중의 뺨을 가볍게 갈겨주며 등장했다는 공통점도 가지고 있다. 둘 다 당연히 군대에 가지 않았고, 전형화되고 조직화된 어휘를 벗어던지려고 몸부림치지 않아도 그들이 구사하는 어휘와 그들이 보여주는 세계의 질서는 사람들의 옆구리와 뒤통수를 한 대씩 치면서, 혼돈의 수면제에 취해 있던 한국사회에 구름 같은 추종자들을 만들어냈다.

내 인생 가장 시적이던 시절

사람을 가르는 방법 중에, 그 어느 쪽으로 분류되어도 그다지 억울하지 않고 모욕적이지 않으며, 그 어느 쪽이라도 그럭저럭 고개를 끄덕이며 납득해줄 수 있는 한 가지는 '시적 인간' 혹은 '산문적 인간'이라는 분류다. 세상에는 시적 인간과 산문적 인간, 이렇게 두 부류의 인간이 있다는 그럴듯한 사실을 배운 건, 대학에서 만난 석영중 선생을 통해서였다.* 시집을 통해 만난 장정일은, 시가 하나의 예술적 작업의 산물이거나, 시인이 하나의 직업이라기보다, 오히려 하나의 정신의 상태, 사물과 사건을 접하고 소화해내는 방식이라는 사실을, 그는 전형적인 시적 인간임을 알게 했다.

시적 인간과 산문적 인간은 각각의 인간이 평생 지니고 사는 불변의 캐릭터는 아니다. 네 권의 시집을 낸 후, 아슬아슬한 소설의 시간을 거쳐 그는 산문적 인간, 혹은 산문밖에 쓰지 않는 인간으로 변신하기도 하니까. 그렇다면 우리의 인생 또한 한때는 한 편의 시이기도, 또 한 시절에는 한 편의 소설이 되기도 하는 걸까. 어릴 때는 대부분이 시적 인간에 가깝다. 압축과 은유, 초월이라는 기법들을 능수능란하게 구사하는 아이들의 어휘는 그 자체로 시가 된다. 그 능력을 잊거나 잃고, 점점 산문적으로 살아지는 인생이 대부분이다. 산문적 삶은 명료하고 구체적이다. 그러나 그 명료함이 상상력의 영역을 제압하고, 초월의 의지를 방해하기도 한다.

그런 삶이 무료해질 때, 시적 삶으로 갈아타는 방법을 구사해볼 수 있다. 그럴 때 글을 쓰면 시가 나오는 건 결코 마술이 아니다. 내 인생에

*
러시아문학을 배웠어야 할 그 시절에,
난주로그 옆길에 떨어져 있던 동전이나 실핀,
메모지 따위를 기웃거리고, 귀담아 들으며 시간을 보냈다.
그래도 그만하면 유익하게 보낸 4년이라 자부한다.

서 가장 시적이었던 시절은 바로 이 무렵. 그러니까 장정일의 시가 내 집 앞에 당도하여, 날 시적 인간의 세계로 끌고 들어갔을 때였다.

서울이여, 안녕

내 소원은 매독에 걸려 천천히 죽는 것

시집 《서울에서 보낸 3주일》의 서문을 대신한 한 줄이다. 그 누가 이런 서문을 읽고, 부르르 떨며 다음 책장을 넘기지 않을 수 있을까.

이 시집은 스물아홉이 되어 비로소 갖게 된 내 생애 첫 '자기만의 방'에서 받아본 선물이었다. 한국에서 친구가 위문품 삼아 보내준, 파리여인들의 거리 7번지* 다락방에서 받아든, 장정일의 과격한 불꽃이 튀는 시어들은 이방인의 신산한 삶으로 막 진입한 희열 속에 젖어 있던 나의 시적 자아를 발화시켜주었다. 마치 태어나서 처음 시집을 읽

*
여인들의 거리Rue des Dames.
이름이 암시하듯이 이 거리는 예전에 창녀촌이었다.
이상하게도 파리에서 내가 살았던 세 개의 거리 모두가
예전에 창녀촌이었던 전력을 가지고 있다.
물론, 파리에는 친근하고 정겨운 창녀촌들이 지천에 널려 있었다.
1945년, 나치의 손아귀에서 벗어난 프랑스가 사회 분위기를 쇄신하기 위해,
그 대부분을 폐쇄하기 전까지는.

은 것처럼. 그의 시어들은 하루하루를, 내게 새롭게 열린 이 불안으로 가득 찬 새로운 시대를 시시각각 찬미하게 만들었다. 시적 인간이 되지 않으면 우울증의 늪으로 빠져버리기 딱 좋았을, 반벙어리, 가난한 유학생 시절. 장정일의 시집은 매우 적절한 위문품이었던 것이다.

> 다른 사람이 소유하고 있는 것을
> 소유하고 있지 못하면, 금세 외로워지는 서울
> 그 욕망의 용광로 속에 짐을 풀고 창밖을 내다본다.
> (……)
> 고향에서 떨려난 서울 사람들이 다시
> 서울에서 떨려나지 않으려 안간힘 한다.
>
> 흠집 난 레코드처럼 내 마음은 대구 생각으로 튄다.
> _〈서울에서 보낸 3주일〉

자발적이건 아니건, 제 나라를 떠나온 사람들, 자신의 땅에서 뿌리 뽑힌 채 살아가는 사람들은 아무것도 하지 않아도, 단지 그 새로운 땅에 발을 붙이고 서 있는 것만으로도 엄청난 에너지를 소진한다. 하루하루 까무러칠 만큼.

내가 단지 말귀를 잘못 알아들은 건지, 아니면 방금 인종 차별을 당한 건지조차 구분할 수 없는 상태에서 하루가 간다. 상대가 나를 병신 취급하는 건지, 최소한 인간 취급은 하면서 이야기를 하는 건지 알 수 없지만, 최소한 공존하기 위해, 내 얼굴에 침은 못 뱉게 하기 위해 흐릿하게 미소 짓는다. 그러면서 같이 질주한다. 생존하는 것도 벅찬데, 논문을 쓰고 학위를 따고, 깨달음을 얻어야 하산한다.

그의 서울은 당시 나의 파리였다. 그렇다면 그의 대구는 나에게 서울이었을 터인데, 나의 마음은 한시도 서울로 튀지 않았다. 고향도 타향도 아닌, 이미 속내를 샅샅이 들춰보고 밟아본 그 빤한 도시는 한 번도 그리움의 대상이 된 적이 없었다.

부천에서 태어난 나는 열한 살 때부터 거의 20년을 아침마다 서울로 이동했다. 처음엔 구로구 오류동(오류초등학교)이 목적지였고, 그 다음엔 개봉동(오류여중), 고척동(고척고등학교), 그러다가 안암동(고려대)에서 정점을 찍고 다시 종각, 혜화동으로 아침마다 역곡역에서 1호선을 탔다. 열한 살이던 어느 날, 엄마가 오류동으로 이사하신 이모 집으로 우리 주소를 옮겨놓고 우리를 오류동의 한 초등학교로 전학시켰던 거다. 10대에 이미, 위장전입의 전력을 갖게 된 나. 혹여라도 정계 진출을 하려면 정적이 물고 늘어질 좋은 건수를 만들어주신 엄마 덕에, 일찌감치 정계 진출의 꿈을 접는다 — 이것은 물론 농담이다.

즈려밟고 건너가주어야만 하는 광활한 욕망의 도시 서울. "그립게 하지 않는 것"은 이 도시가 가진 미덕이다. 장정일은 "서울이여 안녕. 너희들은 지옥이었다"고 말하며 대구로 돌아간다. 고향에 발을 디뎌야 안도하는 것. 그것은 어쩜 수컷의 기질이기도 하다. 그는 부인할는지 모르지만.

저항과 연민의 동거

아버지로 대표되는 질서와 권위의 세계에 분노와 증오를 느끼는 장정일은 가장 자극적인 방법으로 금기를 건드리며, 그를 둘러싸온 권위의 세계에 대적한다. 아버지의 죽음을 기도하고, 그 기도의 효능인지, 아버지가 돌아가신 날 만세를 부르며 방에서 뛰쳐나왔던 사실을 글로 적은, 장정일은 아비의 심장에 정면으로 칼을 꽂은 우리나라 최초의 글쟁이기도 하다.

그런 장정일에게 묘한 공범 의식을 가져온 나의 실질적인 죄는, 열일곱 살에 아버지가 돌아가셨을 때 다른 형제들만큼 슬프게 울지 않았던 사실이다. 아들인 동생이 태어난 이후, 아빠의 무릎에 앉는 기회를 번번이 빼앗기면서 쌓아온 설움이 아버지에 대한 사랑을 점점 무디게 만들었고, 난 내가 왜 그들만큼 많이 서럽게 울지 않는지를 신경 써야 할 만큼, 아버지의 죽음이 사무치게 비통하지 않았다. 오히려 가장이라는 사람이 사라진 자리에 남겨진 미성년의 삼남매와 별다른 직업이 없는 엄마가 서게 된 그 황량한 벌판, 거기에 서서 바라보는 낯선 풍경에 더 깊게 살이 베인다.

아버지의 죽음에 땅을 치며 통곡하지 않은 나의 원죄는 내 안에서 점점 증폭되고……. 아버지의 죽음을 기도한 자를 통해 위로를 얻는 지경에까지 이르게 되었기에, 난 결코 《서울에서 보낸 3주일》이 내 방 안에 당도하기 전까진 장정일의 시를 읽을 수 없었다. 마침내 나의 죄를 그의 시 안에서 확인하게 될까봐 두려웠기 때문이다.

바구니에 담겨 강물에 떠내려온 아이처럼, 내 집 문 앞에 당도한 그의 시집에서 나는 생각보다 보드랍고 평범하며 어리숙한 자아를, 그러나 오로지 시적인 자아를 발견하며 안도한다. 글읽기와 글쓰기에 대한 사랑에 빠져버린, 그 안에서 새로운 세계를 건설하고, 창작을 지속하기 위해 아버지라는 세계로 대표되는 기존의 세계를 향해 칼을 휘두르고 화살을 겨누는 앳된 청년. 그러나 그가 직조해낸 매우 다른 듯한 세계에는 혼란과 저항만이 아니라 따사로운 연민과 안타까운 시선도 동거한다.

어떤 노여움

얼마만한 분노가

덮친 것일까.

혹은 주먹을 내민 것일까.

어두운 도시에 벌을 선

대개의 공중전화 박스는

박살이 나 있거나

미세한 금이 가 있다.

요즘 말은 왜 폭력적인가?

요즘 말은 왜 오선석인가?

사람들은 대화를 하면서

가죽장갑 낀 주먹이나 구둣발로

유리의 집을 쿵쿵 차거나

때려 부순다.

　_〈유리의 집〉

1999년. 당시 파리의 공중전화 부스는 참 멋진 유리집이었다. 그 투명하고 예쁜 공중전화 부스에 들어갈 때마다, 프랑스 영화 속의 한 장면으로 들어가는 기분이 들 만큼. 그러나 핸드폰이 빠르게 보급되면서 공중전화 부스의 몰골은 진화해간다. 21세기에 다가온 디지털 혁명은 무자비하게 세상의 풍경을 할퀴어놓는다. 그라피티로 뒤덮인 전화 부스들은 집시 가족들이 머무는 그들의 집이 되었다. 포스터들이 뒤덮여 있기도 하고, 치우지 않은 오물들이 남아 있을 때도 많다. 이제 아무도 거기서 전화를 할 생각을 하지 않는다. 그것은 온전히 또 다른 공간이 되었다. 21세기 파리에는 거리에서 온 가족이 야생하는 새로운 인류가 출현했으며, 마치 처음부터 유리집들은 그들의 거주지였던 것처럼 사람들은 여기게 되었다. 장정일이 '유리의 집'이라 명명한 공중전화 부스는 파리에서 진정으로 누군가의 집이 된다.

죄의 목록

장정일의 모든 사진에서 우리가 일관되게 받는 인상은, 적나라한 죄의식이다. 그는 누군가로부터 벌을 받는 사람 같고 세상과 어쩐지 마주하고 싶어 하지 않는 표정이다. 이제 오십 줄에 들어섰을 그에게서도 여전히 발견하고 싶은, 그러지 않을까봐 오히려 두려운.

나의 여자 애인에 대한 이야기를 하겠어요. 그녀는

옆집 아파트에 사는 여고생이죠.

(……)

그녀는 나에게 교습을 받으러 올 때 항상 맨발로 오곤 했는데

그 발가락이 감자알같이 희고 탐스러웠지요.

내가 아랍식 점을 보아주겠다고 유혹했죠. 그것은 항문이 갈라진 모양을

보고 그 여인의 운세를 알아내는 것이죠.

(……)

우리는 목욕을 같이 했어요. 그 후, 그녀의 집에 친척들이 많이 오는 제삿

날이 되면 그녀는

나의 아파트에서 잤고, 우리는 알게 되었지요. 용기를 지속시켜주는 것은,

바로 죄라는 것을.

_〈프로이트식 치료를 받는 여교사 2〉

그가 말하듯이, 용기를 지속시켜주는 것은 바로 죄이기 때문이다. 그는 시를 쓰고, 시적 인간으로서의 삶을 유지하는 용기를 갖기 위해 죄를 짓는다. 아버지의 죽음을 기도로 사주한 원죄를 지은 그가 이후 찾아낸 죄의 도구는 '노골적인 에로티즘'. 한국사회가 가장 질색하며 화들짝 달려들어 뜯어 말리는 척하며 곁눈질하는, 이 사회적 금기를 선택하여 아버지로 상징되는 세상에 대한 전쟁을 지속한다.

소설 《내게 거짓말을 해봐》가 판금되고, 이로 인해 실형을 선고받기까지, 금기를 넘어서지 않으면 우린 결국 금기에 갇히고 만다. 시인은, 결국 앞장서서 그 금기를 넘어서주는 사람이다. 세상은 그를 감옥에 다시 가둔다. 그러나 그의 시, 그의 도전, 그의 메시지는 파편이 되어 세상 곳곳에 흩어진다. 그 하나의 파편이 내 심장에 와서 꽂혔고, 나는 기꺼이 나만의 긴 죄의 목록을 만들어가기 시작했다. 그 낯선 땅을 즐겁게 살아갈 용기를 지속하기 위해.

나는 본다. 시골 기차역 대합실의 긴 나무의자 위에

누워 낮잠을 자고 있는 한 걸인 여자를.

그녀는 파리 떼가 얼굴에 들러붙는 것도 모르고 참 잘도 잔다.

어떻게 하면 저렇게 깊은 잠에 흠뻑 취해 잘 수 있을까?

그녀의 신발은 해어지고, 그녀가 입은 치마의 아랫단은 닳아졌다.

또 그녀의 윗옷 팔꿈치는 별빛이 드나든 것처럼 송송 구멍이 뚫려져 있다.

참 마음 편히도 자는구나. 나는 한참 동안, 그 여자 거지의 누워 자는 모습을 구경했다. 그러던 어느 사이, 자는 사람 구경을 하다가 나 또한 잠 속에 빠져들었고,

그 깊은 잠 속에서 꿈을 꾸게 되었는데, 정확히 말해, 그것이 내가 꾼 꿈인지 아니면 내가 구경했던 그 걸인 여자가 꾼 꿈인지 알 수는 없다. 어쩌면 그 꿈은 그녀와 내가 함께

꾼 꿈. 그러니까. 우리들 모두가 한 번씩은 꾼, 그런 꿈은 아닐는지* 모르 겠다. (……)

그녀와 함께 세상 속으로 떨어져 내리는 중에, 갑자기 꿈이 깨었다. 역의 관리인이 와서, 앉아 졸고 있던 내 이마를 그의 호루라기로 툭툭 쳤던 것 이다.

시계를 보니, 12시 5분. 개찰구 밖에는 내가 타야 할 기차가 서 있었다. 나 는 표도 없이 개찰구를 향해 내달렸다.

'나는 저 기차를 타고, 긴, 아주 긴, 여행을 할 거야!'

자기를 무시한다고 생각되어, 표정이 일그러질 대로 일그러진 관리인이 아무리 흔들어도, 그 걸인 여자는 깨어나지 않았다. 그녀야말로, 천국도 지옥도 없는 아주 긴 여행 속으로 떠난 것이다.

_〈긴 여행〉

장정일은 아직도 긴 여행을 하는 중이다. 시적 인간에서 출발하여 산 문적 인간의 시대로 넘어간 그가 다시 시적 인간의 시대로 넘어오는 지도. 걸인 여자처럼 혹은 차표도 없이 떠난 시인처럼, 우린 낯선 곳 을 찾아 다시 여행을 다시 떠나야만 한다. 멈춘다면, 일상은 금기들과 공모하여 우릴 덮칠 터이니.

* 맞을 것이다!

우주로부터의
아름다운
증언

도서 | 우주로부터의 귀환
저자 | 다치바나 다카시
출판 | 청어람미디어

대체 언제 이 책과 내가 만났을까. 기억 나질 않는다. 그러나 닐 암스트롱Neil Alden Armstrong의 죽음*으로 잠시 우주탐사에 대한 이야기가 회자될 때, 나는 이 신비로운 책이 남긴 각별한 기억을 떠올리지 않을 수 없었다. 과학을 너무 일관된 재미없음으로 인도해주신 내 학창시절

*
2012년 8월 25일, 아폴로 11호의 선장으로
1969년 7월 20일 인류 최초로 달을 밟았다고 알려진
닐 암스트롱이 일흔셋의 생을 마감했다. 죽음을 예감한 듯
그는 그해 3월 30일, 플로리다의 자택으로 기자들을 불러 '고백'을 했다.
"나는 달에 착륙한 적 없다!" 전 세계가 충격에 빠졌지만,
물론 나사는 전면 부인했다.

의 모든 과학 분야 선생님들 덕에, 과학과 담 쌓고 무식하게 살아온 지 40여 년. 그 와중에도 지구, 우주라고 하는, 굳이 구분하자면 과학 쪽 단어들이 내 눈에 걸려들어오기 시작한 시절이 있었다. 나이가 들면 쌓았던 담도 어느새 허물어지는 건지. 이 책은 아마도 그 바람을 타고 내 손으로 넘어 들어온 과학 분야의 희귀 소장본 중 하나가 아닐까 싶다.

어느 날, 서점에서 '결국은 아름다움이 우리를 구원할 거야'라는 제목의 책과 눈이 맞았다. 신학자 현경의 책이었다. 기독교를 공부하고 가르치는 사람이지만 스스로를 기독교인이자 불교도, 에콜로지스트, 페미니스트라 부르며, 자기 스스로가 여신이고 지구, 우주와 연애하는 사람이라고 정의한다. 어떤 말은, 듣자마자 그 어떤 필터도 없이 바로 흡수되어 일순간 온몸에 퍼지는데, 그녀의 책 제목을 보는 순간이 그랬다. 난 1초의 망설임도 없이 그 책의 제목에 100퍼센트 공감했고, 우주와 지구와 함께 춤추고 연애하는 그런 경지로 내 몸을 던지고 싶었다. 우주와 지구는 그렇게, 새로운 설렘의 대상으로 내 인생에 등장한 것이다. 그래서 그때부터 한동안 나의 화두는 우주, 지구, 땅, 여신이었다.

다치바나 다카시의 물음

현경의 책에 비하면,《우주로부터의 귀환》은 매우 정밀하고도 과학적이며 어찌 보면 건조하달 수 있는 책이다. 사람을 웃기려고도 감동시키려고도 하지 않고, 선동하거나 유도하지도 않는다. 일본인 특유의 집요함과 신념으로 채워진 언론인의 땀 냄새가 느껴지는 성실함으로, 투명한 그릇에 인터뷰들을 차곡차곡 담아놓기만 했을 뿐이다. 기계적 · 과학적인 부분에 대한 섬세한 설명들이 종종 소화해내기 힘들 때도 있었건만, 미사여구를 곁들이지 않은 이런 담백한 문체는 그의 인터뷰이인 우주비행사들이 술회해내는 우주 공간에 대한 기억들과 적절한 조화를 이루고 있었다.

170만 년에 이르는 인류 역사 속에서 지구 바깥으로 나가본 사람은 겨우 100명 남짓. 이들이 우주 공간에서 느꼈던 감정, 우주여행이 가져다준 생각의 변화 속에 인류가 공유해야 할 중요한 메시지가 담겨 있지 않을까? 다치바나 다카시立花隆는 이런 생각을 가졌고, 이 멋진 생각을 실현하기 위한 작업에 착수한다. 완벽한 인터뷰를 위해 우주항공 개발의 역사와 비행사 선발 과정, 우주선 내의 기계장치들에 이르기까지 철저하게 조사하고 습득한 후, 은퇴한 우주비행사들을 심층 인터뷰했고 그것을 성실하게 기록하여 한 권의 책으로 엮어낸다. 그 결과 지금까지 그 누구도 – 심지어는 우주비행사 자신들까지도 – 알 수 없었던, 우주에 다녀온 인류가 공통으로 경험한 심리적 · 정신적 변화, 철학적 성찰에 대한 리포트가 완성되었다.

물론 나사^{NASA}는 모든 우주비행이 끝나고 나면, 며칠에 걸쳐서 상세하게 그들이 체험한 모든 것을 각 분야의 전문가들을 통해 인터뷰하고 기록한다. 그러나 각 분야 전문가라고 해도 이는 전적으로 기술적 · 과학적 측면에 한정되어 있을 뿐, 심리적 · 정신적 측면에 관한 것은 아니다. 나사는 우주비행사 개개인의 심경 변화라거나 정신적인 경험에 조금도(!) 관심을 두지 않았다.

나사에는 나사의 역사를 기록하는 사학자 한 사람만이 오로지 인문학 분야의 공부를 했을 뿐, 전원이 기계와 공학, 과학에 관한 공부를 한 사람들의 집단이다. 이들 중엔 인문학적 깊이가 있는 공부를 한 사람도 없거니와 은근히 인문학, 문학, 예술, 철학 등의 분야에 대한 대화를 하는 것 자체가 금기시되는 분위기였다. 실제로 그런 성향을 가진 사람들이 간혹 있어도 이상한 놈 취급을 받기 때문에 드러내지 않는 것이 그들 간의 불문율이었다.

세상이 인문계와 자연계라는 이분법으로 나뉘어 있으며, 그 결과 우주 체험은 전적으로 자연계에 속한 인간들의 반쪽짜리 체험이 되어버린 사실에 대해 저자는 통탄한다. 시인이나 예술가, 작가의 눈으로 바라본 달과 그들에 의해 인지되고 표현되는 우주는 우주비행사들이 느끼고 포착해낸 그것과는 또 다른 모습일 수 있을 터이니 말이다. 이들은 모두 우주공간에서 지구를 바라보며, 혹은 달 위를 걸어보며, 그들만의 놀라운 체험들을 간직했지만, 그것을 털어놓을 기회도 없었고, 따라서 그들의 경험 속에 일정한 공통점이 있다는 사실 또한 알지 못하고 그때까지 살아왔다. 세상의 이분법 식으로 말하자면, 인문계적 인간에 속하는 이 용기 있는 아저씨 다치바나 다카시가 작정하고 이 부분을 파헤치지 않았다면, 인간의 우주비행은 그저 기술 진보의 극단을 상징하는 사건으로만 기록되었을 것이다.

스물세 살 때, 일본과 말레이시아에서 열리는 축제들에 참관하기 위해 출장을 갔던 게 나의 첫 해외여행이었다. 다녀오고 나서 1년 내내 좋은 생각들이 샘솟았다. 솟아나는 새로운 생각들의 근원을 따라가다 보면, 언제나 나의 첫 해외여행이 발견되었다. 삶의 반경이 넓어지고, 시야가 확장된다는 것이 어떤 의미인지를 알게 되었다. 단지 내가 본 새로운 문화가 내가 기존에 알고 있던 지식 위에 얹어지는 것이 아니라, 서로 다른 질료들이 섞이면서 풍부한 제3, 제4의 사고 영역을 생산해내는 것을 경험했다.

프랑스로 삶의 무대를 옮기는 시도를 하였을 땐, 단지 지리적인 의미에서의 여행이 아니라 시간 여행을 한 것 같은, 특히 파리 체류 초기에는 급속한 진화가 내 삶에서 진행되는 듯한 느낌을 갖기도 했다. 하물며…… 170만 년 동안 떠나지 못했던 지구라는 무대로부터 벗어나 우주 공간으로 진출한 사람들에게는 대체 얼마만한 정신적 충격과 변화가 다가왔을까?

우주로부터의 증언

모든 우주 비행사들이 이구동성으로 말한 첫마디는 이것이다.

> 지구는 눈을 뗄 수 없을 만큼 아름다웠다.

우주비행사들은 지구의 아름다움에 하나같이 큰 충격을 받는다. 그들은 냉철한 판단에 방해가 될 수 있는 감수성을 '닫는' 훈련을 받아왔고, 철저하게 이성적 논리만을 발전시켜온 사람들이다. 그러므로 지구가 갖는 아름다움은 그들의 본질적인 관심사나 임무와는 거리가 먼 것이다. 지구는 그들에게 과학적 · 수학적으로 분석되고 계산되는 대상이다. 그러나 이런 사람들을 압도한 첫 번째의 공통된 사실은 '아름다움'이었다. 마치 우리가 피하려 해도 결국 볼 수밖에 없는 지구가 갖는 본질이며, 동시에 생명이 갖는 본질인 것처럼. 아름다움이 결국은 모든 것을 통합하고, 위로하며, 구원하고, 끌어안을 것이라는 계시처럼. 지구의 아름다움, 그것은 생명의 아름다움이며, 그걸 바라보는 순간, 우리가 해야 하는 일이 무엇인지, 세상의 본질은 어디에 있는지가 자명해진다는 것이다. 신학자 현경이 한 말, 결국 아름다움이 우리를 구원할 거라는 생각이 이들의 머리를 관통한 것이다.

그리고 이 아름다움에 대한 충격은 "이토록 아름답고 조화로운 것이 결코 우연히 만들어질 수는 없다"는 사실을 공통적으로 이들에게서 도출해낸다. 빅뱅 이론에 의하여 탄생한 우주. 그 안에 떠 있는 수많은 별들 가운데 저토록 숨 막힐 듯한 아름다움을 지니고, 저 무한한 생명체를 키워내는 지구의 존재는 너무도 각별한 것이어서, 과학적으로 아무리 많은 우연과 우연이 거듭된다 해도 도저히 만들어질 수 있는 조합이 아니라는 것, 거기엔 분명 '어떤 의지'가 개입되었다는 것을 직관으로 느낀다는 것이다.

그건 내가 아기의 얼굴을 들여다볼 때나 꽃을 바라볼 때 종종 느끼는 감정이기도 하다. 이 경이롭고 향기로운 생명체가 단지 몇 개의 염색체가 조합되어 기계적으로 만들어진 존재일 수 있을까. 누군가 붓을 들고 혼신을 다해 아름답게 그려낸 작품인 것 같다고 생각하지 않을 수 없다.

인터뷰에 응한 우주비행사들 가운데 이 사실을 언급하지 않은 사람은 없었다. 그토록 강렬하고 충격적인 아름다움은, 곧바로 과학의 가설들을 넘어서는 어떤 절대적인 의지, 정신을 떠올리게 했다. 그걸 한마디로 말하자면, 신의 존재다. 여기서 "신이란 우주 영혼, 우주 정신이라고 해도 좋다. 우주 지성이라 해도 좋다. 그것은 하나의 거대한 사유이다. 우주의 본질은 물질이 아니라 영적 지성이다. 이것의 본질은 신"이라고 아폴로 14호를 타고 우주비행을 다녀온 에드가 미첼은 정의한다. 누군가는 신의 얼굴을 손으로 만졌다는 느낌이었다고 표현했고, 신이 바로 옆에서 바라보고 있는 것 같다고도 했다. 우주여행을 하고 온 사람들 중엔 적극적인 성직자가 된 사람도 있고, 불가지론자가 된 사람도 있지만 대부분은 이 단일 종교에 속하는 인격신이 아닌, 우주 지성이라 불릴 수 있는 영적인 기운으로서의 신, 우주 만물에 관통하는 우주 정신에 대한 광범위한 믿음을 갖게 된다. 무신론자가 된 사람은 한 사람도 없었다.

우주여행 그 후

우주 공간에서 바라보면 당연히 지구 위의 국경 따위는 보이지 않는다. 이성적으로 이미 알고 있는 사실이지만, 실제로 그것을 바라보노라면 국경을 나누고, 서로 총구를 겨누며 전쟁을 벌이는 것이 얼마나 어리석고 한심한 일인지를 느낀다고 그들은 입 모아 말한다.

우주에선 중요하지 않은 것들은 보이지 않고, 오직 본질만이 보인다. 표면적인 차이는 모두 날아가버린다. 차이는 현상이고 동질성은 본질이다. 우주비행사들은 우스개소리로, 당시 냉전 중인 미국과 소련의 지도자를 우주선에 태워서 지구를 바라보게 하면 당장 냉전이 멈추게 될 것이라고 말하곤 했다.

종교를 구분하고, 서로 분쟁을 벌이는 것도 마찬가지로 우스워진다. 모든 종교는 우주의 정신적 본질과 일체감을 경험하는 체험을 한 사람 – 예수, 석가모니, 마호메트 같은 – 이 각기 그것을 달리 표현하면서 만들어진 것이라는 결론에 이들은 대체로 도달한다.

우주비행사들은 모두 공식적으로는 기독교 신자들이다. 미국인들은 대부분이 기독교 신자이고, 이들은 정치적 판단에 따라 여러 가지 면에서 미국 국민들을 대표할 수 있는 모범적인 사람들로 선발되었다. 그래서 이들은 실제로 신앙을 전혀 가지고 있지 않더라도, 공식적으로는 주류 교파에 속하는 기독교 신자로 분류되어 있었다. 그러나 단한두 사람을 제외하곤, 우주로부터 귀환한 뒤에는 기독교란 좁은 울타리 안에 자신을 가두는 사람은 없게 되었다.

환경이 어떻게 파괴되어가고 있는지도 선명하게 보인다고 한다. 어느 도시가 지금 무참히 질식당하고 있는지, 어디서 지금 전쟁이 벌어지고 있는지도 보인다. 눈부시게 아름다운 지구의 곳곳에서 진행되는 탐욕과 무지로 빚어지는 지구에 대한 파괴, 그것에 대한 분노는 이들의 이후의 인생을 완전히 바꿔놓곤 했다. 이들 가운데는 평화운동가, 환경운동가가 된 사람도 있고 시인, 화가가 된 사람도 있다. 비즈니스계에 들어가 돈을 많이 번 사람, 우주인의 명성을 정치가가 되는 데 사용한 사람도 있지만, 분명한 또 하나의 사실은 이들은 우주여행 이후 모두 다른 삶, 보다 정신적인 삶을 살았다는 사실이다. 우주비행사 가운데 가장 세속적인 사람으로 여겨지는 앨런 셰퍼드조차 "떠나기 전에 나는 썩어빠진 개새끼였지만, 지금은 그냥 개새끼다"라는 말을 남겼다.

정신적 인간으로의 진화

> 우주에서 지구를 보았을 때 내가 받은 정신적 충격은 마치 인간의 체내에 있던 박테리아가 체외로 나가 처음으로 인간의 전체 모습을 보고, 그것이 살아서 움직이고 있다는 것을 알았을 때 받은 충격과 같은 것이다.

아폴로 9호에 탑승했던 러셀 슈아이카트는 우주여행의 충격을 이렇게 술회했다. 그의 생각은 지구로 돌아온 후, 제임스 러브록의 가이아 Gaia 이론을 만나면서 보다 분명해진다. 가이아는 그리스어로 대지의 여신에게 붙여진 이름이다. 고대 그리스에선 태양신이 인간의 아버지이며, 대지의 여신 가이아가 어머니였다. 제임스 러브록은 고대 희랍의 세계관이 현대 과학의 관찰과 일치하며, 지구 전체가 하나의 살아 있는 유기체라고 주장하면서, 살아 있는 하나의 생명체로서의 지구에 가이아라는 이름을 붙이게 된다.

슈아이카트는 인간이 지금까지 최고의 생물이라고 자부해왔지만, 인간의 체내에 있는 박테리아가 인간이라는 거대한 생물의 존재를 보지 못했기 때문에 인간의 육체를 단순한 물질적 순환에 지나지 않는다고 생각하며 했던 착각이라는 것이다. 그러나 처음으로 인간의 몸 밖으로 나와 인간의 실체를 자각한 박테리아, 그러니까 자신과 자신의 동료들이 처음으로 우주선을 타고 지구 밖으로 나온 그 사건은 지금까지 생물 진화사에 있어서 가장 큰 전환점이며, 인류 진화사의 일대 전환점이 눈앞에 와 있다고까지 주장한다.

우주비행을 계기로 인류의 새로운 진화가 시작되었다고 믿은 사람은 슈아이카트뿐이 아니었다. 에드가 미첼은 우주에서 거의 모든 우주비행사가 초능력에 가까운 능력을 발휘한다는 사실에 착안하여, 지구로 돌아와 초능력 연구에 몰두한다. 그는 지구에서 종교를 만든 모든 사람들이 가졌던 신비적 종교 체험의 특징에는 거기에 항상 '우주 감각'이 있다는 사실에 주목한다. 위대한 선각자들은 지상에서도 우주 감각을 얻을 수 있었지만, 우주 공간에서는 자신과 자신의 동료들 같은 평범한 사람이라도 즉각적으로 우주 감각을 지닐 수 있다고 말한다.

우주 공간으로 나가면 허무는 완전한 암흑으로, 존재는 빛으로, 즉물적으로 인식할 수가 있다. 존재와 무, 생명과 죽음, 무한과 유한, 우주의 질서와 조화라는 추상 개념이 즉물적으로, 감각적으로 이해된다.

이제 시작에 불과하지만, 지구인들이 우주로 진출하여 우주 감각을 획득함으로써 인류의 의식이 지금까지 몰랐던 새로운 정신적 공간을 획득하게 되면 고도로 정신적인 인간들로 진화하게 될 것이라는 것이다. 조금 비약하자면, 우주 감각을 획득하면서 예수나 석가모니 같은 사람들이 수행을 통해 다다를 수 있었던 경지에, 대부분의 인간들이 자연스럽게 이르게 되며, 물질에 매몰되어 어리석음 속에 허우적대던 인간들은 정신적인 차원으로의 진화를 이루게 될 거라는! 매우 고무적인 전망을 들려준다. 어쩌면 지금까지 들어온 인류의 미래에 대한 모든 전망 가운데 가장 희망적인 전망이랄 수도 있겠다.

우주식 치유법

언젠가부터 난 걱정거리가 생기면 우주로 탈출하는 치유법으로 걱정의 소용돌이에서 탈출해왔다. 머릿속으로 점점 멀리 시야를 이동하여 창공으로, 지구 밖으로, 우주 속으로 날아가는 상상을 하는 것이다. 광활한 우주 공간 속에서 지구를 바라본다. 그 속에 당연히 보이지도 않을 나를 응시하고, 나와 내 주변 사람들이 만들어낸 먼지만큼도 안 되는 사소한 갈등과 상처들을 헤아려본다. 저 지구라는 작은 별 그 어딘가에 갇힌 인간들 사이에서 벌어진 분노, 질투, 불안, 미움은 결국 아무것도 아닌 부질없는 감정의 낭비였음을 알게 된다. 그렇게 우주적 시각을 빌려 응시하다 보면, 자잘한 걱정들은 소멸된다. 콩알에서 먼지로 그리고 무無로……. 그러면 걱정에서 벗어난다. 순리에 맡겨버리고 난 후, 나의 간절한 욕망이 무엇인지만 헤아리고 보듬는 것이다. 그 순간, 일시적이나마 나는 우주와의 합일에 이르게 되는 걸까? 자신할 수 없지만, 걱정이 사라지는 순간, 무한 자유의 희열에 당도하곤 했다.

이 우주적 시선을 통한 마음의 치유는 상당히 오래전부터 시작되었고, 어느 순간 내게서 사라졌다. 언제 어떤 계기에 의해 시작되었는지, 또 왜 사라졌는지 알 수 없다. 한 가지 분명한 건, 난 더 이상 걱정의 소용돌이 자체에 빠지지도 않는다는 사실이다. 그 어떤 돌발사고가 발생해도 그다지 놀라지 않고 걱정하지 않게 되었다. 받아들이고, 판단하고, 순리대로 또 그다음 일이 발생할 거라고 생각하는 거다.

《우주로부터의 귀환》에 등장하는 우주비행사들의 증언을 들어보면서, 내가 해왔던 치유법의 효과 또한 '우연이 아니었음'을, 그리고 그 우주식 치유법이 어쩌면 더 이상 치유가 필요 없는 경지로 나를 이끌어주었을지도 모른다는 자각을 하게 된다.

재미있는 건, 내가 머릿속으로 아무리 멀리 자유롭게 우주를 날아도 시선은 항상 지구를 향한다는 거다. 우주비행사들이 틈만 나면 지구를 바라보았던 것처럼. 아무리 봐도 질리지 않는, 지금 저것을 혼자 보고 있다는 사실에 죄책감마저 드는 아름다운 엄마 지구를. 아직 우린 지구의 인력으로부터 도저히 독립할 수 없는 진화 단계에 있는 것일까.

숲에서 나오니 숲이 보이는 것처럼 지구에서 나와야 비로소 지구가, 그리고 우리를 담고 있던 그 전체의 틀이 보인다. 그것만으로 우린 쏟아져내려 우리 머리의 굳은살을 파고드는 우박들처럼 한꺼번에 많은 진리를 깨닫는다. 생각만 해도 멋진 일이다.

다치바나 다카시는 본인 스스로가 조종사가 아닌 승객이 되어 우주를 가보고 싶다는 간절한 욕망을 가지게 되었다고 한다. 나는 그 비좁은 우주여객선의 한 자리를 어떻게든 살아생전에 차지해보려고 애쓰고 싶은 마음은 없다. 콜린 세로의 영화 「뷰티풀 그린」(원제 'La belle verte')이 그려놓은 것처럼, 평화롭고 고도로 정신적이며, 물질의 속박에서 벗어나 행복하고 자유로운 인류의 미래가 기다리고 있다면, 그때까지 느긋한 마음으로 머릿속에서의 우주 비행을 즐겨보는 것으로 충분하다.

완벽한 암흑, 완전한 고요 속에서 떠다니는 나. 저 멀리 빛나는 초록별. 나를 지금껏 품어주고 길러준 어머니를 뒤로 한 채 아버지 우주의 광활한 품으로 다가가는 나.

심미적
이성으로
가는 길

도서 | 심미적 이성의 탐구
저자 | 김우창
출판 | 솔

인문학자 김우창에게선 차갑고 매끈한 콘크리트 벽의 견고함이 느껴진다. 단호한 우아함을 갖고 자신만의 완전한 우주를 구성하고 있는 듯한 안도 타다오安藤忠雄의 건축물처럼. 커피 원두를 듬뿍 담은 자루에서 날 법한 세상의 온갖 지식들이 쌓이고 농익으며 뿜어내는 그윽한 향기도 난다.

대학을 다니는 동안, 낡고 누추한 교양관 건물, 문과대 석조건물 안에서 그를 마주칠 때면, 지성으로 다듬어진 한 인간의 고결한 외피를 음미하며, 살아 있는 지혜의 조각상 같은 그가 머무는 이 숲에 마침내 당도하여 그와 같은 공간에서 숨 쉰다는 사실에 희열을 느끼곤 했다.

강철 같은 지성의 우물

그러나 난 4년간 그의 수업을 한 번도 듣지 않았다. 그는 영문과 교수였고 나는 노어노문학과 학생이었기 때문만은 아니었다. 철학과, 정외과, 사학과, 심지어는 희랍어까지, 내가 좋아하는 교수들의 강의를 듣기 위해 다른 학과의 전공 강의들을 신청해서 듣곤 했으니까. 마치 영화배우 안성기를 너무 좋아한 나머지 '차마' 그의 얼굴을 마주 바라볼 수 없어 그의 영화를 정작 한 편도 보지 못한 내 친구 옥남의 경우와 비슷하다고나 할까. 내가 그토록 흠모하는 그 선생님이 나라는 학생의 이토록 곤궁한 지성의 지경을 보시고 한심하게 여기실까봐 난 감히 그의 수업에 발을 딛지 못했던 것이다.

안성기 영화를 한 번도 안 보았지만, 안성기를 열렬히 좋아할 수 있듯이, 그의 수업을 한 번도 안 들었지만, 그를 흠모하는 일은 가능했다. 멀리서 잠깐 스쳐지나갔는데도, 사랑에 빠지는 일이 있는 것처럼. 그에게 붙여지곤 하던 '강철 같은 지성'이란 수식어는 나를 아찔하게 자극하고. 가수에게 열광하는 10대 소녀처럼, 단지 그의 칼럼 등을 읽으면서 난 황홀감에 젖곤 했다.

그러다가 처음으로 그가 쓴 책을 손에 들게 된 건 대학을 졸업한 후였다. 이사도라 던컨을 만날 때 러시아 시인 예세닌이 다리가 되어주었던 것처럼, 또 한 사람의 러시아 시인이 만남의 매개가 되어주었다. 친하게 지내던 학과 선배가 박사과정에 들어가면서 김우창 교수의 수업을 듣게 되었다. 문학비평 수업이었는데, 영문학자인 김우창은 마침 우리가 만났던 그날, 러시아 시인 오시프 만델슈탐^{Osip Emil'evich Mandel'shtam}의 시 세계에 대해서 논했다는 것이다. 그러면서 우린 만델슈탐에 대해 잠시 이야기했고, 난 다시 김우창이란 울창한 세계를 떠올렸다. 러시아 문학을 전공한 나는 만델슈탐의 시 한 편 제대로 기억해내지 못하는데 영문학자인 그는 대학원생들에게 만델슈탐에 대한 강의를 할 수 있다면, 과연 그가 품고 있는 지성의 우물이란 얼마나 깊고 넓은 것인가.

예세닌처럼 혁명을 즈음하여 시를 쓰고, 반스탈린적 정서를 가졌다는 죄로 수용소에 갇혀 마흔일곱의 나이에 숙청당하기까지, 러시아의 릴케로 불리며 꽃같이 수려한 시들을 쏟아내던 오시프 만델슈탐. 화려하게 창공을 날다가 추운 날 길에서 비를 맞으며 죽어간 한 마리 새처럼, '궁핍한 시대의 시인'을 대표하는 가슴 속 또 하나의 멍으로 남아 있던 그 시인에 대한 회상은 불현듯, 그의 시들을 다시 읽어보고 싶은 욕구를 충동했고, 서점에 갔으나 그의 시집은 번역 출간된 바 없

었다.* 대신 내 눈을 파고 들어온 책이 당시 막 출간된 김우창 교수의
《심미적 이성의 탐구》였다.

감각은 방향을, 의미를 가지고 있다

'심미적 이성의 탐구'라니. 하얀 표지 위에 선명하게 적힌 이 제목이
주는 설렘만으로도 며칠 동안 충만해졌던 기억이 또렷하다.** 그것은
내가 그동안 김우창 교수에게서 받았던 인상을 한마디로 집약하는
말이었으며, 그 자체로 가슴에 날아와 꽂히는 날카로운 질문이었고,
대학을 졸업하고 타협하듯 들어간 직장에서 탈출만을 꿈꾸며 방황하
던 내 발 앞에 툭 떨어진 하나의 열쇠이기도 했다.

그 후로 지금까지 난 심미 · 탐미 · 아름다움이란 단어들을 쓴맛과 단

---

*
마침 며칠 전,
그의 첫 시집이 출간된 것을 발견했다.
이럴 수가 있나!
《아무것도 말할 필요가 없다》(조주관 역, 문학의 숲)

**
그리하여
실제로 책장을 넘기지 않고,
마냥 이 책을 껴안고
오래 그 제목의 여운을 음미했다.

맛이 함께 우러나오는 인삼처럼 내내 곱씹으며 지내왔다. 그가 내게 던져준 이 열쇠 말들은 예술의 사회적 역할, 문화가 한 사회 속에서 차지하는 의미, 문학과 역사가 맺는 관계 같은 구조화된 질문들로 가지를 뻗고, 계속 내게 해야 할 일, 찾아나서야 할 질문의 꽃길을 열어주었다.

어찌 보면, 책읽기는 나에게 질문들과 만나는 과정이었다. 난 언제나 질문을 던져주는 사람에게 끌렸고, 질문들을 찾아다녔다. 삶을 신선하게 가꾸어가기 위해 우리가 찾아야 할 것은 답보다도 질문이라 믿으며. 답은 결국 내가 문제를 놓치지만 않는다면, 찾아지고 마는 것이다. 김우창은 이 생각을 이렇게 표현한 바 있다. "무의식 속에서 생각은 혼자 움직여 길을 찾는다"고. 그러나 하나의 질문을 던지고 그 질문에 나름 해답을 얻고 나서 더 이상 질문을 품지 않는다면? 그건 지루함을 짓이기며 살아내야 하는 삶을 의미할 터.

김우창의 평론집인 《심미적 이성의 탐구》가 다루고 있는 주된 질문은 문학, 예술이 사회와 인간의 삶 속에서 차지하는 의미에 관한 것이다. 우리 현대문학에서 명멸해간 작가들이 역사 속에서 담당한 위치, 그들의 시어들이 담아낸 문화사적 의미를 조명해내면서, 궁극적으로 예술과 삶이 맺는 관계의 의미를 탐구한다. 문학평론가이기 이전에 단단한 이성과 풍요로운 지식에 기반한 사유를 펼쳐내는 인문주의자로서, 김우창은 더 많은 사람들이 행복에 도달할 수 있는 방법에 대한 인문학적 모색을 계속해왔다. 그의 비평이 문학의 영역에만 머물지 않고 철학적·사회적·정치적·역사적 지평으로 넘나드는 것은 그러므로, 자연스런 일이었다.

이토록 광활한 사유의 지평을 획득한 자의 글쓰기에서 처음 와 닿는 느낌은 '자유' 그리고 '평화'였다. 세상의 그 어떤 독트린에도 포로가 되거나 신자가 되지 않은 전인^{全人}의 경지에 이른 자가 누리는 호젓한 자유가 싱그러운 바람처럼 우리를 휘감고, 왼쪽인지 오른쪽인지를 밝혀야만 하는 강박에서 벗어난, 그런 세상의 추궁으로부터 초월한 자의 태연함이 뜻밖의 평화를 전했다. 칼 마르크스를 인용할 때 그가 보이는, 우상도 적도 아닌, 귀담아 들을 가치가 있는 중요한 사상가 중 한 사람으로 취급하는 태도를 접할 때는 묘한 안도감을 느꼈다. 핏대 올리는 법이 결코 없고, 흥분하지도 선동하지도 않지만, 긴 모색과 논증을 통해 그가 내리고야 마는 가차 없는 판단에는 꼼짝없이 투항하게 하는 강력한 힘 또한 지니고 있었다. 그래서 그에게 붙는 '강철'이라는 수식어는 그토록 나무처럼 보드라워 보이는 외연에도 불구하고 그에게 딱 들어맞는 어휘였던 것이다.

김우창이 말하는 '심미적 이성'이란 프랑스의 철학자 메를로 퐁티의 "감각(sens)은 방향(sens)을 가지고 있고 의미(sens)를 가지고 있다"는 말에 함축되어 있다. 여기서 감각은 미의식, 심미적 감수성 혹은 아름다움을 창조하는 능력을 의미하며, 이 심미적 감수성은 아름다움을 위한 아름다움이라는 감각의 영역 안에만 닫혀 있는 것이 아니라 하나의 목적, 지향점, 즉 사회적 가치라는 방향성을 또렷이 지니고 있음을 뜻한다.

김우창은 메를로 퐁티의 이 함축적 문장을 여러 차례 인용하면서도 "그러나 지각의 일체성에 대한 깨우침에도 불구하고 그(메를로 퐁티)는 감각이 어떻게 사회와 역사의 의미에까지 이를 수 있는지를 분명하게 밝히지 못했다(그러한 밝힘이 가능하다고 생각하는 것이 문제일는지 모르기는 하다)"라고 적고 있다. 결국 그의 오랜 질문, 그리고 나의 오랜 질문에 대한 선명한 해답은 여전히 그의 손에 주어지지 않았음을 밝히는 대목이기도 하다. 길을 찾아 나섰고, 무수한 길에 들어서 기웃거렸으며 저 멀리 불빛을 확연히 감지했지만, 그는 아직 도달하지 못한 것이다. 메를로 퐁티도, 그 누구도.

조작된 욕망의 오작동에 대한 경고

좋은 책은, 첫 줄에서부터 마치 저자가 작정하고 나에게 들려주려고 준비한 얘기가 펼쳐지는 것 같은 인상을 준다. 그것은 바로 넓고 깊은 시야를 가진 저자들만이 도달할 수 있는 '보편성'이라는 경지가 펼치는 마술이다. 삶의 그 어떤 지점을 들춰내도, 그 사소한 지점이 관통하고 있는 깊숙한 진리를 꿰뚫어내는 균형감각과 깊이를 지니기 때문이다.

종소리가 풀밭 위로 넘쳐 내린다.
부드럽게, 하늘에서 부르는 목소리처럼.

저녁 무렵 문득 들려오는 종소리는 우리로 하여금 보다 맑고 아름다운 곳, 다른 또 하나의 세계를 생각하게 할 수 있다. 이것은 모든 예술이 지니는 한 매력이다. 그것은 잠시나마 일상생활의 지루함과 무게로부터 우리를 해방시켜준다. 해방은 종소리와 같은 예술의 암시가 주는 애틋한 향수의 순간일 수도 있고, 위대한 예술작품이 깨우쳐주는 새로운 행복과 광명의 압도적 체험일 수도 있다.

김우창은 예술이 어떻게 깃털처럼 가볍게 우리의 삶에 스며들어 우리를 고양시킬 수 있으며, 더 넓고 높은 행복의 경지로 이끌어갈 수 있는지에 대한 투명한 삽화를 그려 보인다. 하지만 예술과 생활의 거리는 산업문명에 의해 심화되었으며, 이것이 오늘의 삶이 불행해진 한 원인이라고 그는 지적한다. 그중에서도 오늘날 아름다움과 삶을 유리시키고 심지어는 적대적 관계에까지 들어서게 하는 가장 큰 요인으로 상업주의를 지목한다.

> 산업사회가 크게 바꾸어놓은 것은 인간의 욕망의 존재방식이다. 인간 욕망에 대한 끊임없는 조작은 단편화되고 불균형적이며, 강박적인 욕망에 시달리는 인간을 만들어낸다. (……) 예술의 두 상반된 동기, 욕망과 무욕망을 합쳐본다면, 예술은 욕망을 자극하되 그 충족보다는 그 지향성을 통하여 현상 세계에 대한 객관적 이해에 이르려고 하며, 예술에서 일어나는 것은 욕망의 이데아에의 전환……

자본주의가 과도한 힘을 발휘하는 사회에서, 조작된 욕망, 그로 인해 오작동되는 예술의 생산 과정에서는 이러한 선순환이 가능하지 않다. 이미 과정의 오작동은 이제 고정화되었고, 왜곡은 일상이 되어 그 원류를 기억하는 일조차 힘든 지경이 되었다. 독트린에 경도되지 않는 보편적 인문주의자 김우창에게도 과도하게 인간의 모든 조건을 규정해버리는 오늘의 자본주의 체계는 인간의 완성을 심각하게 방해하는 가장 치명적인 원인으로 명백히 드러나고 있는 것이다.

앙드레 말로가 꿈꾼 문화 민주주의

김우창은 쉴러^{Friedrich von Schiller}의 입을 빌려, 미학 교육이야말로 인간의 전인성을 회복하는 길임을 역설한다. 아름다움은 인간의 여러 능력을 종합하고 조화시켜 스스로 완전한 존재가 되게 한다는 것이다. 이것은 김우창이 생각하는 세상에 어떻게 도달할 수 있는가에 대해 그가 세상에 제안하는 구체적 해법이다. 김우창이 말하는 미적 능력이란 인간의 감각과 이성, 다양한 능력을 통합하는 것을 의미한다.

김우창과 같은 생각을 했고, 그것을 이미 하나의 문화정책의 기조로 삼아 실천한 사람이 있었다. 그는 1959년부터 10년간 프랑스 초대 문화부장관을 지냈던 작가 앙드레 말로다. 말로의 문화정책에 대해 공부했던 것은 2000년대 초였고, 김우창의 책을 읽었던 것은 90년대 초반이었으나, 이 두 사람이 같은 생각을 갖고 있다는 사실을 인식하게 된 것은《심미적 이성의 탐구》를 다시 읽게 된 최근의 일이다. 눈을 뜨고 있고 머리를 열어두고 있어도, 어떤 사실은 때가 되어야만 비로소 자각된다.

책을 읽고 또 현실의 삶을 한걸음씩 이어가면서 깨닫는 한 가지는, 결국 하나의 거대한 모자이크를 맞추고 있는 내 모습이다. 우연인 듯 집어들은 것 같지만, 기실 이 모든 조각들은 애초에 하나였던 그림을 누군가 조각내어 흩어놓았던 것. 나는 그것을 하나하나 주워 맞추면서, 내가 찾도록 운명 지어진 하나의 그림을 찾아간다. 질긴 운명과도 같은 모자이크 놀이의 판을 엎어버리고 싶은 충동을 느낄 때도 있지만, 충동이 잦아들고 나면 난 여전히 모자이크를 맞추고 있다.

쉴러의 미적 교육, 미적인 정부(Etat Esthétique)는 1959년 프랑스가 최초로 문화부를 설립할 때, 앙드레 말로가 직접 문화부의 존재 이유와 문화부의 철학적 초석으로 삼은 이론이었다. 좌파 지식인이면서 동시에 작가였고, 온건한 우파적 가치를 대변하는 드골과 돈독한 관계를 가졌던 미스터리한 인물, 앙드레 말로. 그를 내각에 두고 싶어 했던 드골은 앙드레 말로를 위해 문화부를 만들게 했고, 말로는 그 뜻을 받아들여, 직접, 프랑스 문화부가 가져야 할 철학적 토대를 닦는다. 무려 10년 동안이나. 20세기에 들어서면서 종교는 사회를 통합하는 가치로서의 수명을 다하며, 종교와 지식을 넘어서는 보다 보편적·초월적 가치인 아름다움을 통해 사회적 통합과 교화, 의식의 고양, 전인을 완성할 것을 앙드레 말로도 꿈꾸었다.
말로가 꿈꾼 미학적 정부라는 이상적 그림은 어떤 현실로 구체화되었을까. 일요일이면 성당에 가서 미사를 드리던 프랑스 사람들이 가족들과 박물관 · 미술관 · 공연장을 찾을 수 있도록 전국에 '문화의 전당(Maison de la Culture)'을 설립하던 것이, 이 아름다움에 기초한 세상을 꿈꾸던 사람이 실천한 주요한 일이었다. 파리에 모든 문화적 자산과 활동이 집중되어 있었으며 여전히 부르주아의 전유물이었던 문화를 사회적 · 지리적 장애물을 제거함으로써 모든 프랑스 사람들에게 접근 가능한 것으로 만들려는 것, 소위 접근 가능성을 극대화하는 방식으로 실천하려 했던 앙드레 말로의 '문화 민주주의'는 이후, 각각의 개인이 자신의 삶과 예술에서 '창조의 주체'가 되게 하는 방향으로 진화한다.

한용운, 김우창 그리고 메를로 퐁티

김우창이 추구한 전인도 창조의 주체이며, 자기 세계의 주체가 됨으로써 전체에 이르는 사람을 가리킨다. 그가 일제강점기로부터 지금까지 이어지는 우리의 궁핍한 시대에서 가장 굳건한 열매, 향기로운 꽃을 피워낸 시인으로 평가하는 한용운에게서, 김우창 교수의 전인이 포괄하는 의미는 구체화된다.

한용운은 시인이자 종교인이며 동시에 혁명가였다. 이 세 가지 소명은 분리되거나, 하나를 위해 다른 하나가 이용되지 않고, 서로 유기적인 공존 상태, 한용운이라는 전인을 이루는 완벽한 앙상블이었다. 그러나 김우창은 한용운의 현실 참여와 그 속에서 빚어낸 열매인 시를 정치적 성향으로 해석하지 않으며, 역사적·사회적 조건들이 부여한 현실과 정면으로 부딪치며 이루어낸 역동적인 삶의 보편성으로 바라보았다는 점에서, 전형적인 참여주의자들과 일정한 거리를 갖는다. "감각은 방향과 의미를 갖는다"는 말은 한용운의 활화산 같은 삶과, 모던한 형식미를 지니면서도 치열하게 삶과 역사적 질곡에서 맺혀오는 통한을 노래하던 시를 통해 뚜렷한 색깔을 드러낸다.

그에게 사랑은 곧 그가 파악한 바의 정치적 형이상학적 진리의 움직임이며 진리는 곧 사랑의 움직임이다. 〈님의 침묵〉에 있어서의 관능적인 내용이 그대로 관능적인 호소력을 가지면서 동시에 초월적인 의미를 암시할 수 있는 것도 그것이 한용운의 세계 이해, 그것의 깊은 곳에서 우러나오기 때문일 것이다.

예술은 삶 전체에, 그것의 내면적이고 외면적인, 욕망과 현실의 전체적인 변증법에 뿌리내리고 있는 것이어야 한다. 그럼으로써 비로소 그것은 우리의 삶에 불가결한, 그것을 깊고 높은 곳으로 끌어올리는 형성적 힘이 될 수 있다.

이제 김우창이라는 거인은 일흔일곱 해를 넘고 있다. 그는 여전히 심호흡 한 번 하고, 맑은 마음으로 읽어 내리고 싶은 칼럼을 쓰는 우리 시대의 귀한 지식인이다. 여전히 그가 밝혀들고 서 있는 등불 아래 서서 그의 시선을 빌어 세상을 바라보는 일은 즐겁다. 그렇지만 지금 그의 모습에선 만개하지 못하고 어느 순간 멈춰버린 사람의 아쉬운 그림자가 보인다. 내가 느끼는 아쉬움은 흠모해오던 사람에 대한 지나친 집착이고 기대일까.

혁명하고, 사랑하며, 시를 쓰고, 불가를 통해 영적인 세계를 도야하던 한용운이 도달한 심미적 이성을 찬미하였으나, 정작 본인은 균형 잡힌 지식인의 소임을 다하던 나머지 결국, 방향 속에서 의미를 찾는 메를로 퐁티의 그 심미적 이성을 비껴가버린 것은 아닐까.*

*
얼마 전, 최고 권력을 손에 쥔 독재자의 딸을
다른 원로학자들과 함께 만나고 왔다는 그.
보드라운 덕담들만이 그날의 식탁 위를 오고갔다면,
그의 '강철이 되지 못한 심미적 이성'은
이제 영영 헤어나올 수 없는 수렁에 발을 딛고 만 것일까.

길들지 말고
철들지 않길

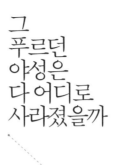

그
푸르던
야성은
다 어디로
사라졌을까

도서 | 늑대와 함께 달리는 여인들
저자 | 클라리사 P. 에스테스
출판 | 고려원

누군가 '야성'을 회복하려면 어떻게 해야 하냐고 내게 물은 적이 있다. 난 "먼저 달리기를 시작해야 한다"고 답해 질문한 사람을 당황하게 만든 기억이 난다. 무슨 계기로 그런 질문과 답변이 오갔는지 정확히 기억나지 않지만 오래전부터 내 무의식은 알고 있었던 것 같다. 야성이라는 단어를 손에 쥐기 위해서는 먼저 달려야 한다는 것을.
《늑대와 함께 달리는 여인들*Woman who run with the woulves*》은 내 손에 야성이라는 키워드를 쥐어준 책이다. 이 책이 건네준 한보따리의 충동을 동력삼아 책 한 권을 쓰기도 했고, 딸아이를 키울 때 그리고 살아가며 예기치 않은 바람을 만나 엉뚱한 곳에서 헤맬 때마다 이 야성의 나침반을 손에 쥐고 방향을 잡기도 했다.

늑대와 여우에 홀리다

우린 인터넷 서점에서 만났다. 언제부터인지 늑대와 여우에 강렬하게 매혹되어 있던 나는, 어느 날 인터넷 서점에서 '늑대', 그러니까 프랑스어로 'Loup'라고 두드려보았던 것이다. 그때 내 앞에 등장한 책이 바로 피카소의 「해변을 달리는 두 여인」을 표지로 달고 나타난 《늑대와 함께 달리는 여인들》이었다. 만나자마자 내 마음속으로 쏙 빨려 들어오는 사람이 있는 것처럼, 이 자극적인 제목과 함께 파란 물이 넘실거리는 바닷가를 환호하며 달리는 여인들의 모습을 보자 내 심장은 세차게 쿵쾅거렸고, 이 책은 단숨에 내 맘속으로 돌진해왔다. 그 밑에 달려 있던 몇 개의 서평에선, 옷이 흘러내리고 머리카락이 헝클어지는 것에 아랑곳하지 않고 흘러넘치는 야성의 발견에 환호하며 바람을 가르는 여자들이 모습이 보였다. 그녀들의 깔깔대는 웃음이 들려왔다. 오! 으흠……. 주문을 하고 기다려야 하는 며칠을 용납할 수 없어 바로 서점으로 달려갔다.

여우에 홀렸던 건 1990년대 중반 오태석의 연극 「여우와 사랑을」을 보고나서부터, 그리고 늑대에 마저 솔깃해진 건 10여 년 전 옆 지기를 만나면서부터인 것 같다. 코카서스 산産 여우를 한국에 들여오는 연변 조선족들의 이야기를 다룬 오태석의 연극 「여우와 사랑을」에는 그 이후로 어떤 연극무대에서도 다시 본 적 없는 파닥거리는 활력이 신들린 무당의 눈에 번득이는 광기처럼 흥건하게 넘쳤다. 여우라는 존재가 극으로 끼어들어가 기묘한 긴장감과 기상천외한 해학, 감칠맛 나는 상황들을 선사하고 있는 것이 분명했다. 무대에 여우를 끌어들여 생경함과 동시에 극적인 충격을 이끌어내는 그 상상력에 탄복하면서, 난 오태석이란 천재뿐 아니라 여우라는 존재 자체에 열광하게 되었다.

내 옆 지기는 처음 만났을 때부터 틈만 나면 늑대를 옹호하는 발언을 일삼았다. 그는 늑대와 마녀의 찬양자였다. 늑대와 마녀는 똑같이 억울한 누명을 쓰고, 이 허접한 문명세계로부터 밀려났다는 것이다. 숲에서 약초를 캐어 아픈 사람들을 고치는 여인들이, 바로 이들의 이 출중한 능력을 시기한 남자들 ─ 성직자, 의사, 권력자 등 ─ 에 의해 마녀의 누명을 쓰고 화형에 처해졌던 것처럼, 늑대는 영리하고 신실하며 사람에게 해를 끼치지 않는 동물인데도, 사냥꾼들은 그들을 마지막 총알 한 알까지 남김없이 쏘아버렸다. 그것은 인간이 완전히 통제할 수 없는 야성의 세계에 대한 악랄한 거부이자 부정이었던 것이다. 검증해보지 않고, 살짝 그 그림자만 보아도 진실은 그 실체를 단박에 드러내는 법.

이후 안도현 시인의 《그리운 여우》, 유고슬라비아 시인 바스코 포파 Vasco Popa의 《절름발이 늑대에게 경의를》, 그리고 마크 롤랜즈의 《철학자와 늑대》에 이르기까지 코를 킁킁거리며 여우와 늑대에게서 뭔가를 발견해낸 자들에게서 그들이 얻은 지혜의 열매를 탐문해가게 되었다. 그리고 마침내, 《늑대와 함께 달리는 여인들》에서 나는 내가 찾던 '그것'을 만났다.

우 리 안 의 늑 대

'그것'은 바로 늑대와 영혼을 훼손당하지 않은 여자들이 함께 지니고 있었던 건강한 야성이다.

> 야생동물과 여걸*은 둘 다 멸종 위기에 처해 있다. 그 동안 우리는 여성의
> 본능이 약탈, 추격, 매장 당하는 걸 목격해왔다. 여성의 본능도 야생동물이
> 나 미개지와 마찬가지로 아주 오랫동안 형편없는 취급을 받아왔으며, 수

---

*
원문은 'Wild woman'이라고 나와 있다.
한국어판은 이를 '여걸'이라 번역했다.

천 년 동안 우리가 한눈을 팔 때마다 인간 정신의 황무지로 내몰려왔다. 지나온 인류의 역사 동안 여걸의 정신적 고향은 약탈, 방화되었고, 그 굴은 파헤쳐져버렸으며, 여성들은 남들을 즐겁게 해주기 위해 본래 타고난 주기와는 무관한 부자연스런 리듬에 따라 생활해야 했다. 우리 자신 속에 야성적 본능이 있다는 의식이 사라지면서 지구의 처녀지 역시 파괴되어가고 있다는 건 우연이 아니다. 태고의 원시림과 나이 든 여성이 모두 쓸모없는 존재로 간주되는 연유는 뻔하다. 이들은 모두 인간의 본능을 상징하며, 그렇기 때문에 거칠고 철저히 그리고 천부적으로 위험하고 탐욕스런 존재로 간주되고 있는 것이다. (……) 여성해방은, 다름 아닌 우리 속에 이천 년 동안이나 갇혀 있었던 그 따스하고 지혜롭고 생명력에 넘치는 늑대를 해방시키는 일에 다름 아닌 것이다.

이 책의 첫 구절은 "하나의 유령이 유럽을 거닐고 있다—공산당이라는 유령이"라고 시작하는 공산당 선언을 떠올리게 했다. 그만큼 혁명적이었고, 전율이 느껴지는 확신에 찬 선언이었다. 다만 클라리사 P. 에스테스 Clarissa Pinkola Estés 는 사회적 혁명을 이야기하지 않고 자기 안의 심리적 혁명을 말하고 있으며, 적을 향해 창을 겨누는 폭력혁명론이 아니라, 저 벼랑 아래로 굴러 떨어지고 잊힌 우리 안의 야성을 되찾아내는 해방을 말하고 있었다.

20여 년간 정신분석학자로서 심리적으로 쇠약해진 사람들을 상담해

온 저자는 여성의 잠재의식을 파고 들어가면, 여성의 타고난 심성인 야성적인 여성을 찾아낼 수 있다고 믿는다. 또한 각자의 여성 속에 잠재된 야성을 불러오는 것이 그 여성을 온전한 삶으로 이끌어낼 뿐 아니라, 여성이 절반인 세상, 자기 파괴적인 사이클에 휘말려 병들어가는 세상에 생명을 불어넣는 일이라고 확신하고 있었다.

어쩌면 여기까지는 단지 대범한 생각에 지나지 않을 수 있다. 그런데 이 책이 맨손으로 흙 속에서 보석들을 주렁주렁 캐내는 것 같은 휘황한 아우라를 뿜어내는 건, 여느 정신분석학자의 책처럼 프로이트와 융의 말씀을 인용하는 대신, 늑대라는 즉물적 야성의 표상이 그 길고 근엄한 꼬리를 늘어뜨린 채 등장하기 때문이다. 그것은 마른 땅 위에 후드득 빗물이 떨어지고, 그 소리에 온 숲이 깨어나는 순간이 갖는 마력과도 같다. 지금 이 글을 쓰고 있는 나무집 2층 창가에 티티새와 까마귀들이 퍼덕거리며 내려앉을 때, 잠들어 있던 내 세포들이 하나둘 깨어나는 것과도…….

야성 잔혹사

숲과 과수원으로 둘러싸인 미시건 주 오대호 주변에서 어린 시절을 보낸 에스테스는 천둥과 번개를 벗 삼고, 밤이 되면 늑대들이 숲속 공터에 내려와 뛰놀거나 기도하는 모습을 지켜보았다. 사람이나 늑대나 아무런 두려움 없이 같은 시냇물을 마시고 살았던 그 시절 1950년대, 클라리사 P. 에스테스는 거기서 여성과 늑대가 가진 공통점들을 발견할 수 있었다.

> 건강한 늑대와 여성은 심리적으로 많은 공통점을 가지고 있다. 그들은 둘 다 예민하고, 장난스럽고, 호기심이 강하며 엄청난 힘과 지구력을 가지고 있다. 또한 아주 직관적이고 자식, 배우자, 가족을 끔찍이 아끼며 끊임없이 변하는 환경에 잘 적응하며 씩씩하고 용감하다.

에스테스는 이러한 늑대의 야성을 지닌 여성의 원형을 마녀재판, 마녀사냥으로 학살해온 그 결정적 원흉을 기독교라 지목한다. 이들의 수세기에 걸친 학살은, 생명력이 살아 넘치는 여성을 제거하고, 성모 이미지나 집안의 천사, 나이팅게일과 같은 간호사의 이미지를 대량생산해낸다. 그 결과 늑대의 야성을 가진 여성성은 저 깊은 동굴 속, 벼랑 아래 심연에 갇히게 된다.

나는 기독교만이 그 책임을 홀로 뒤집어써야 하는 건 아니라고 믿는다. 모계사회를 뒤엎고 등장한 가부장제, 그리고 그것과 결탁한 사유재산제는 모계로 자연스럽게 이어지는 가족을 단절시키고, 부계로 질서를 재정립하고 유지하기 위해, 여성의 자유를 철저하게 억압해야만 했다. 가부장제와 결탁한 세상의 모든 유일신을 섬기는 종교들은 남신을 절대 권력으로 삼았고, 여성을 동등한 파트너로 삼는 것이 아니라, 하등한 동물로, 머리카락 속에 악마를 숨기고 남자를 타락시키는 사악한 존재로 전락시킨다.

이유를 알 수 없이 날 때부터 저주받은 존재로 태어난 여성은 무한한 희생을 통하여 남자들을 부축하지 않는 한, 그 유용성을 인정받을 수 없는 존재가 된다. 개가 되어 인간의 종 혹은 반려자가 되는 삶에 투항하는 늑대들만이 종족을 보존할 수 있었던 것과 같다. 몸과 마음이 묶이고 입이 틀어 막힌 여자들은 칭송받고, 열녀비·효부상을 만들어 그녀들의 인종의 덕을 널리 전파하며, 그 족쇄에서 빠져나와 세상을 향해 자기를 드러내고 창조하는 여성들은 화형당하지 않으면, 부정한 여자로 매도당했다. 이사도라 던컨, 카미유 클로델, 조르주 상드가 그랬던 것처럼.

여성의 야성을 잃은 세상은 자연과 소통하는 직관을 잃기 시작하고, 전쟁과 정복, 착취, 파괴를 불가결한 삶의 법칙으로 삼기 시작한다. 절름발이가 된 인류가 다시 평화롭고 지혜로운 삶을 누리기 위해 해야 할 일이 무엇인지 까맣게 잊은 채. 모계사회가 아니더라도 여성과 남성의 에너지가 평등하게 조화를 이루던 모든 사회, 이를테면 아메리카 인디언, 이누이트^{inuit}의 사회를 들여다보면, 그들이 얼마나 호탕하고 자유로우며 동시에 세상의 모든 생명체에 깃든 존엄을 인정하고 공유하며 품위 있는 삶을 누려왔는지 알 수 있다.

마녀사냥은 끝났고, 세상 대부분의 정치체제는 적어도 평등을 '지향'한다. 그렇지만 야성의 그녀는 아직 우리에게 돌아오지 않았다. 그렇다면 이토록 멀리 돌아온 길을 되돌아갈 수 있는 방법, 과연 우린 저 깊은 심연에 잠들어 있는 내 안의 야성과 만날 수 있는 방법은 없단 말인가?

야성의 황홀한 기억

에스테스에 따르면 야성^{wild}은 '통제할 수 없는'이란 뜻이 아니라, '원래의 의미대로 자연스런 삶, 피조물이 본래의 건전한 한계를 온전히 지켜나갈 수 있는 생활방식'을 가리킨다.

자본이 우리의 삶을 움켜쥐고, 모든 우리의 삶을 자본을 축적하고 그것을 소비하는 행위로 전환시킨 이후, 우린 대부분 그 자연스러운 삶의 방식을 잃어버렸지만, 때때로 먼 곳에서 불어오는 바람에 실린 짭조름한 바다 냄새처럼, 야성이 우리의 코끝을 스치고 지나간다.

우리는 잠깐씩이지만 때때로 야성을 경험하는데, 그럴 때마다 그 느낌을 계속 누리고 싶은 욕망으로 불탄다. 임신 중이거나, 아기에게 젖을 줄 때, 또는 아이를 기르는 동안 기적적인 자기 변신을 체험하거나, 또는 아끼는 정원을 가꾸듯이 누군가와 연애를 해나가는 동안 이 생명력 넘치는 야성을 경험하는 여성들도 있다. 환상이나 아주 아름다운 광경을 볼 때도……

해질녘에 어부들이 등불을 켜들고 호수에서 올라오는 광경을 지켜볼 때나, 내가 낳은 아이의 발가락이 옥수수 알처럼 나란한 것을 바라볼 때 그녀가 내 안에서 움직이는 걸 느꼈다. 우리는 어디서나 그것을 볼 수 있다. 소리를 통해서도 그녀를 경험할 수 있다. 심금을 울리고 가슴을 뒤흔드는 음악, 북소리, 휘파람소리, 누군가를 부르는 소리, 울음소리가 야성을 불러내는 것이다. 또 놀라울 정도로 정확하고 분명한 글이나 말을 통해서도 마찬가지다. 어떤 문장이나 시, 이야기를 들으면 잠시나마 본연의 모습, 우리의 고향을 기억하게 된다.

클라리사 P. 에스테스가 영감에 가득 찬 어휘들로 친절하게 일러주는 이 순간들을 누구든지 맞이해본 경험이 있을 것이다. 진실을 얼떨결에 밝게 된 환희에 몸이 하늘로 붕 떠오르던 바로 그 순간!

마른 나무에 기름을 들이부은 듯, 겁 없이 타오르던 사랑의 용광로에 빠져들던 시절, 나 역시 야성이 넘쳐 거침없이 내달리던 내 존재를 느

껐다. 주말이면 새벽에 눈이 떠지고, 동쪽으로 난 창밖을 바라보며 해
가 뜨길 기다렸다가, 첫차를 타고 그의 집으로 찬바람을 가르며 달려
가곤 했다. 세상의 그 무엇도 두렵지 않았고, 축지법을 쓰는 것 같은
착각을 일으킬 만큼, 난 먼 길을 훨훨 날아다녔다. 날개가 돋아나는
듯했다. 허공에 대고 맘껏 웃음을 휘날렸다. 희열이 얼굴을 타고 흘러
내렸다.

그러나 그 순간을 일시적으로 맞이한 것으로 다시 우리의 야성을 되
찾게 되는 것은 아니다. 다만 그렇게 잠시 스치고 지나갔던 야성의 존
재를 우린 다시 만나고 싶고, 그때 우리의 팔과 다리에 스미던 그 놀
라운 힘들을 되찾고 싶어 하게 된다.

아이를 낳고 처음 젖을 물리던 시절에도, 맨발로 원시림 속에 들어가
면서도, 마치 익숙한 곳, 나의 원초적 고향에 다시 돌아온 것 같은 고
요한 환희를 맛보았다. 온몸을 차분히 적시고 위로하는 미지근한 생
명수에 몸을 담근 듯한, 그 감미롭고 종요롭던 시간은 다시 한 번 내
가 야성과 해후하던 시간이었다.

버지니아 울프의 문장처럼, 이사도라 던컨의 몸짓처럼

어렵게 해후한 야성의 여인이 나를 떠나지 않고 삶 속에 계속 머물게

하기 위해선, 우리의 사랑의 방식에서 그것을 받아들여야 한다. 사랑은 곧 사람이다. 제대로 사랑할 수 없다면 우린 제대로 살 수 없다. 늑대들은 본능적으로 서로에게 충실하며 평생 믿음과 헌신 속에서 살아가는데, 그들이 그처럼 좋은 관계를 누릴 수 있는 것은 삶-죽음(그리고 다시)-삶으로 이어지는 삶의 주기를 받아들였기 때문이라고, 저자는 말한다. 사랑을 시작하는 사람들이 쉽게 좌초하고 마는 것은 이러한 삶과 사랑의 당연한 주기를 거부하고 상승하는 삶으로 사랑이 그들을 이끌 것이라고 흔히 기대하기 때문이다.

사랑은 단순한 희롱이나 이기적인 향락 추구가 아니라, 끈기라는 심리적 힘줄로 이뤄진 확실한 연대, 또는 행운과 불행을 통해 면면히 이어지는 결합을 의미한다는 것이다. 가장 완전한 사랑은 일련의 죽음과 재생으로 이루어져 있으며, 사랑한다는 것은 한 사람과의 관계에 있어 동시에 수많은 종말과 시작을 포용하고 이겨냄을 뜻한다. 사랑을 하려면 죽음과 춤을 출 필요가 있다. 살다 보면 끊임없이 뭔가가 찼다 기울고, 태어났다 죽고, 다시 돌아오는 걸 느끼고 말 터이니. 사랑은 바로 이 주기를 배우는 과정인 것이다.

클라리사 P. 에스테스는 세계 각지에 퍼져 있는 신화·민담·동화들을 수집하고, 세월을 지나오면서 변형되고 왜곡된 이 이야기들의 원형을 복원하는 작업을 해왔다. 늑대가 모아놓은 뼈를 맞추듯이. 그 이야기들 속에는, 야성을 잃은 여자들이 빠지게 되는 어리석은 함정, 그리고 거기서 온갖 지혜를 동원하여 살아남은 여자들이 다시 그들의 야성을 회복하는 길들이 숨어 있다. 에스테스가 독자들에게 꺼내놓는 생각과 주장의 논거는 모두 수세기 동안 내려오는 설화와 민담들 속에 보물처럼 감춰져 있던 진리에서 나온 것이다.

어렵게 해후한 야성을 간직하기 위해선 창의적인 일들을 계속해야 하고, 지쳐 있을 때 영혼의 고향으로 돌아갈 수 있어야 한다고 저자는 간곡히 말한다. 버지니아 울프가 《자기만의 방》을 확보하라는 말로, 이사도라 던컨은 노예와 비슷한 조건에 처하게 되는 당시의 결혼 방식을 거부하는 것으로 자신들의 야성을 확보하고, 언제든 영혼의 고향으로 돌아갈 수 있는 권리를 지켜냈던 것처럼.

> 창조적인 일을 하면 이 야성적이고 신비로운 존재는 그 대가로 우리를 변화시키고 사랑으로 가득 채운다. (……) 창의력은 가만히 있으면서 우리가 먼저 찾아오기를 기다리는 고정적인 존재에서가 아니라, 솟아나고 구르고 밀려 오르고 흘러내리며 우리를 채우는, 역동적인 존재에서 비롯된다.

저자가 말하는 창조적인 일이 반드시 예술가들만이 할 수 있는 건 아니다. 글을 쓰거나, 같은 뜻을 나누는 작은 모임을 만들고, 케이크를 구워내고, 정원을 가꾸는 일 모두 생명을 보듬고 온기를 나누며, 삶을 기쁨으로 채우는 창의적인 일들인 것이다.

이 책이 내게 각별한 자리를 차지하게 된 연유의 절반은 이야기를 들려주는 저자의 매우 특별한 방식에 기인한다. 어린 시절 유일한 꿈은 정열적인 방랑자가 되는 것이었고, 신의 볼에 기대는 듯한 느낌 때문에 땅바닥, 나무, 동굴을 좋아하던 여자아이. 날이 저물면 언제나 강이 부르는 소리를 들었고, 버석거리는 들판을 걸어야 속이 편했으며, 밤에는 모닥불을 지펴야만 했던 소녀가 어른이 되어 쓴 책이어서일까. 이 글에선 정신분석가의 냉철함보다, 숲속 오두막에서 벽난로 앞에 커다란 솥을 달아놓고 수프를 끓이는 깊고 오묘한 눈동자의 할머니 냄새가 난다. 그 솥 안에선 헝가리식 수프 굴라쉬가 보글거리고, 할머니가 건네는 수프를 목구멍으로 넘기고 나면, 심장을 덥히는 온기와 울창한 에너지가 손끝까지 전해질 듯하다. 그리고 그 벽난로 가에서 하룻밤을 자고 나면, 다음날 집 앞에 당도한 늑대의 축축한 목덜미에 손을 깊숙이 집어넣으며, 우리의 위대한 우정의 역사를 함께 시작할 수 있을 것만 같다.

프랑스어판으로 책을 절반쯤 읽었을 때, 모국어로 이 글을 읽고 싶어

져서 다시 인터넷 서점을 뒤졌지만 절판된 지 오래였다.* 간신히 헌책방을 통해서 한글본을 찾아냈고, 정성껏 번역된 한글본으로 나머지 절반을 읽어갔다. 아마도 이 책을 시중에서 구할 수 있는 마지막 기회였던 것 같다. 이후 이 책을 어디 가면 구할 수 있는지를 묻는 안타까운 목소리들을 종종 인터넷에서 접했다. 1993년 미국에서 출간되어 『뉴욕타임스』 선정 최우수도서의 영광을 누린 후 지금까지 전 세계에서 끊임없이 사랑받는, 여성학 분야에서 중요한 레퍼런스로 간주되는 이 책이 유독 우리나라에서 거의 읽히지 못했다는 사실, 몹시 안타깝다.

<hr>

*
놀랍게도 이 책은
1994년 출간되자마자, 책을 펴낸,
당시로선 꽤 큰 출판사였던 고려원의 부도로
절판되고 마는 절망적 운명을 맞았다.

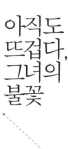

아직도
뜨겁다,
그녀의
불꽃

도서 | 시몬느 베이유, 불꽃의 여자
저자 | 시몬 베유
출판 | 사회평론

내가 다니던 대학의 도서관, 국내 최대 규모의 장서량을 자랑했건
만, 그때만 해도 개가식으로 된 서가는 극히 제한적이었다. 싸늘한
표정의 사서 학생들이 – 대체 왜 그들은! – 감옥에서 수인을 불러오듯,
쇠창살 너머로 책을 꺼내오는 폐가식의 책을 빌려보는 것보다, 작긴
하지만, 그 아담한 책의 숲을 거닐다, 반짝하고 눈이 맞는 책을 집어
드는 즐거움을 누릴 수 있는 개가식 도서관을 어슬렁거리는 걸 더
좋아했다.

유용하기보다 차라리 아름다운

그 작은 숲 안으로 난 좁은 골목을 걷다보면, 두 여자의 이름이 자꾸 눈에 걸려들었다. 시몬 드 보부아르^{Simone de Beauvoir}와 시몬 베유^{Simone Weil}. 한 쪽은 페미니즘계의 명망가, 사르트르의 연인이기도 한 그녀인 줄 알겠는데, 또 다른 시몬은 누굴까. 까치출판사에서 나온 이 하얀 책에는 불길에 살짝 그을려서 가장자리가 좀먹어 들어간 듯한 필체로 '불꽃의 여자'라는 소제목이 달려 있었다. 어쩐지, 가만있어도 귀에 천천히 다 걸려들 것만 같은 드 보부아르에 대해서는 나~중에 알아보기로 하고, 난 먼저 베유를 집어 들었다.

입시 강박에서 막 벗어나 세상을 다 삼킬 것 같았던 열아홉의 나에게 이 여자가 여전히 내뿜고 있던 불꽃은 파편처럼 날아와 박혔다. '유용하기보다 차라리 아름다운' 것으로 일컬어지는 그녀의 삶. 세상을 위해 순교하고 싶어 몸부림치는 이 여자의 기이한 삶은 마치 겨우내 앓고 난 몸살처럼, 온몸에 뻐근한 자취를 남겼다. 그녀는 혼자서 숲에 난 불을 끄려고 나뭇잎에 물을 담아 호수와 숲을 오가는 한 마리 새였다. 이런 삶을 존경해야 할까조차 난감해지는, 더 낮은 곳으로만 향하던 아프고 시렸던 짧은 생애. 고통을 선택해서 점점 더 좁은 길로만 들어가는 것 같은 위태로움을 차마 견딜 수 없어, 당시 나는 마지막까지 책을 읽지도 못했던 것 같다. 무려 25년 만에(4반세기!) 어렵게 구해서 다시 마주한 책. 거칠거칠한 종이 위에 유난히 가늘게 얹힌 명조체의 글자들은 어쩜 이렇게도 다른 이야기를 나에게 들려주는 것일까. 죽은 시몬 베유는 그대로건만, 변한 건 세월일까 아니면 나일까.

시몬 베유Veil와 시몬 베유Weil

그러고 보니 나는 누군가의 삶을 집요하게도 궁금해한다. 누군가가 가리키는 손끝의 달은 안 쳐다보고, 그 손의 주인만 바라보는 격이랄까. 시몬 베유는 사람들이 자기라는 인간 자체보다 자신의 사상에 관심을 가져주길 바랐다. 누군가는 그것에 성공했지만 그녀의 경우는 그다지 성공하지 못한 경우다. 시몬 베유에게서 정치적 순교를 갈망하다가 결국 굶어죽는 길을 택한 그녀의 삶보다 더 유명한 저작은 없었으니.

1999년 처음 파리에 왔을 때, 홍콩에 가면 성룡이나 여명을 만날 수 있을 거라 기대하는 것처럼, 나는 내 안에 아름다운 사람들로 등재된 이들을 만나야 – 그것도 우연히 길에서 – 다짐/기대했다. 내가 제일 좋아하는 소설을 쓴 밀란 쿤데라, 현대사회의 가장 아프고 민감한 구석을 가는 꼬챙이로 기어 올려 거대한 병풍 위에 펼쳐 보여준 피에르 부르디외^{Pierre Bourdieu}, 그리고 어쩐지 나를 – 나의 배우로서의 숨은 재능을! – 알아봐줄 것 같은 유일한 영화감독 자크 리베트^{Jacques Rivette}도 만나야 한다고 생각했다.

그중 내가 유일하게 길에서 만난 사람은 자크 리베트였다. 룩상부르그 공원에서. 호호백발 노인이 된 그는 가벼워 보이는 작은 몸을 움츠리고 걷고 있었고, 그가 더 이상 영화를 찍을 수 있을 거라고는 생각되지 않았다. 자기보다 키가 훨씬 큰, 부인인 듯한 여자와 공원을 산책하던 그는 나를 전혀 쳐다보지 않았다. 뭐…… 그러라지. 조금도 서운하지 않았다. 언제나 명성을 듣고, 누군가를 찾아 나서면, 명성이 그를 스쳐 지나간 지 오래된 때에 이르러서야 그 사람과 만나게 되는 운명이 다시 반복되는 듯했다.

그들을 직접 만날 순 없었지만, 내 속에 등재된 이러저러한 사람들의 흔적은 충분히 만날 수 있었다. "너 밀란 쿤데라* 좋아하니?" "너 시몬 베유 아니?" "부르디외 어떻게 생각해?" 마치 내 먼 친척이라도 되는 양, 나는 이곳 사람들과 대화를 나눌 때면, 나의 이 일방적인(!)

<hr />

*
체코 작가지만,
1975년부터 프랑스에 거주하면서
프랑스어로 작품을 쓴다.

지인들에 대해 이들에 동네 사람들의 반응을 묻곤 했고, 기대와는 다른 반응들에 자주 놀라곤 했다.

내가 시몬 베유에 대해 물을 때면, 열에 아홉은 "여성정치인 시몬 베유$^{Simone\ Veil}$?" 하고 되물었다. 그는 우리의 시몬 베유$^{Simone\ Weil}$ 보다 18년 늦게 태어났고, 마찬가지로 유대인이어서, 나치에 잡혀 수용소에 수감되었으나, 살아 돌아왔고 아직까지 살아 있다. 68혁명 이후 격렬하게 번진 낙태합법화 요구를 받아들여 보건부장관으로 재직하던 75년, 일명 '베유 법'을 통해 낙태를 합법화시킨 것으로 프랑스사에 영원히 이름을 남긴 사람이다.

반면 나치의 손아귀를 피해 런던으로 갔으나 프랑스에 가장 위험한 임무를 띤 밀사로 파견되길 희망하다 좌절되고, 전장에 남겨진 동포들을 생각하며 먹기를 거부하다 죽어간 시몬 베유의 존재감은 상대적으로 희미했다. 죽은 지 상당한 시간이 지나기도 했고, 철학자로서도 혹은 운동가로서도 그녀가 남긴 족적은 사후 60여 년이 지난 후에도 널리 회자될 만큼 뚜렷한 것이 아니었는지 모른다고 생각했다.

그러다가 결국 철학자 시몬 베유의 명성이 결정적으로 훼손되게 된 계기는 그녀가 생의 말미에 가톨릭에 머리를 기대고 위안을 찾았던 행위였다는 사실을 발견한다. 현대철학은 신에게 저항하는 인간들이 그들의 지혜를 모아 쌓아올린 재단 그 가장 높은 곳에 올려진 학문이었다.

그러니 신에게 투항한 철학자란, 자신의 직무를 유기하거나 심지어는 배신자이기까지 한 것이었다.

민주주의를 살려낼 불씨가 되기를 자처하며 사라져갔던 80년대와 90년 한국사회의 민주화운동 공간의 많은 투사들. 학생운동이 종교처럼 지배하던 당시 대학가에서, 이토록 철저하게 이타적이며 순교자적인 운동가의 생애는 더욱 극적으로 미화되었던 것일까. 우리는 어떻게 해서든 불씨를 살려내야 했고, 불길을 일으켜 숨 막히는 독재를 청산해야 했으며, 열사들이 그 불길을 이어주었던 건 분명한 사실이니.

분명 나뿐만은 아니었다. 그 시절, 이 특별한 불꽃에 데어 심장에 화인을 남긴 사람이. 당시 내가 빌려 읽었던 책이 손때에 절어서 퉁퉁 불어 있었던 것만 봐도. 소위 운동권과는 거리가 있었던, 가끔 궁금해지면 집회에 가서 뭔 얘기를 하나 들어보는 부류였던 나에게까지 따끔하게 튀어왔던 그녀의 저 강렬한 불꽃의 정체는 그럼 무엇이었을까?

노동자는 부르주아보다 아름답다

그녀를 뭐라고 부르면 좋을까. 철학교수였으니, 철학자라고 부를 수

시몬 베유

프랑스의 철학자. 1909년 2월 3일 유대인의 집안에서 태어나, 고등사범학교를 졸업한 후 지방 고등학교에서 교편을 잡았다. 34년에는 공장으로 들어가서 노동자의 생활을 체험했다. 제2차 세계대전 중 굶주리고 두려움에 떠는 프랑스 동포 대부분의 공포를 외면하지 못해 결국 식사를 거부하다 43년 8월 24일 눈을 감았다.

도 있지만, 그녀가 바친 열정의 밀도를 생각하면 노동운동가라고 불러주는 게 더 적절할듯하다.

다시 책을 펼치니, 떠올랐다.

> 안경에 반쯤 삼켜진 듯한 작고 갸름한 얼굴, 매끈한 콧날, 대담하게 쏘아보는 듯한 검은 눈, 끝없는 호기심에 의해 항상 앞으로 내밀어진 목, 부드러우면서도 선량해 보이는 큰 입…….

그녀의 눈에는 억압받는 자들을 향한 사랑과 세상의 진리를 향한 열망이 눈부시게 담겨 있었고, 마치 자기 앞에 너무도 휘황한 것들이 놓여 있어 눈을 똑바로 뜰 수 없다는 듯, 그녀의 맑은 눈은 안경 너머에서 시린 듯이 빛나고 있었다.

지적인 열정 못지않게 어린 시절부터 그녀에게서 두드러졌던 것은 가난한 자들에 대한 무한한 연민이었고, 병적으로 결핍되어 있던 것은 이기심이었다. 의사인 아버지와 의사의 길을 중도에 포기했지만, 다감하고 지적이던 어머니, 훗날 대수학자로 성장한 오빠 앙드레와 함께 애정 넘치는 가정에서 충만한 사랑을 받고 자란 그녀에게서는 개인적 욕망이나 야심은 전혀 찾아볼 수 없었다. 오직 인류 전체의 행복이나 투명한 진실의 추구, 소외된 자 없이 모두가 함께 누리는 평등에 대한 맹렬한 집착만이 그녀를 지배하고 있었다.

고등사범학교 선배였던 시몬 드 보부아르는 베유에 대한 인상을 '성자'와 같은 모습이라고 평했다. 많은 이들은 그녀에게서 순결하고 헌신적인 타고난 성자의 태도를 보았다. 마치 훗날, 그녀가 가톨릭에 마음을 기울이게 되는 놀라운 변화가 이미 그때부터 예정되어 있던 운명이기라도 한 듯.

오직 한없이 위로, 더 높이 올라가는 것만이 가능한 방향이라고 생각하는 세상에서 자발적으로 아래를 향하는 선택. 처음부터 남보다 높은 곳에서 시작했던 그녀. 그러나 시야를 자신의 발 앞이 아니라, 그늘에서 소외되고 고통받는 사람들을 향해 두었던 탓에 그녀가 세상을 알기 위해서 가야 할 곳은 더 높은 곳이 아니라 더 낮은 곳이었다. 그녀는 불행한 자들의 손을 잡기 위해, 그들과 기꺼이 나란히 서고자 했다.

그러나 그것이 고행에 대한 취향이라고는 말할 수는 없다. "내가 노동자들을 좋아하는 건 정의감 때문만이 아니야. 난 본능적으로 그들이 좋아. 노동자들은 부르주아보다 훨씬 아름답거든"이라고 말하곤 했다. 그녀는 어디를 가든 노동자들에게 끌렸다. 그들에게 다가갔고 금세 친해졌다. 시몬은 모든 프랑스의 지성인들이 대체로 그러하듯, 아름다움에 매우 민감했으며 부르주아들의 가시적인 미의식을 역겨워했다.

1909년 태어나 43년, 죽음을 선택하기까지, 그녀가 속한 세상은 두 전쟁 사이에서 신음했다. 지난 세기, 마르크스가 던져놓은 프롤레타리아 혁명 이론은 어디에서든 계급 모순을 뒤엎을 혁명이 일어나길 부추기고 있었다. 그러나 유럽에서 가장 잘 조직되고 진보적이던 독일 프롤레타리아가 결국 나치에 굴복하고, 유럽 전역이 온통 파시즘에 장악당하자, 유럽의 지식인들은 마르크스 혁명 이론에 대한 좌절과 혼돈에 빠졌다. 하지만 누구도 섣불리 마르크스의 이론에 적극적으로 반기를 들지 못했다. 잘못된 것은 이론이 아니라 그것을 잘못 해석하고, 잘못 실천한 자들에게 있다고 판단하거나, 혹은 아직 때가 무르익지 않았다고 판단하는 사람들이 주를 이루었다.

시몬 베유는 나치즘의 광기가 뻗어가기 시작한 독일을 방문하고, 혁명 이론 자체에 치명적 결함이 있다는 사실을 간파했다.

> 우리는 지금, 한 위대한 사람이 내세웠던 신념 밑에서 살고 있다. 그러나 그 위대한 사람은 이미 50년 전에 죽었다. 마르크스의 방법을 적용할 수 있었던 것은 마르크스 자신의 시대였을 뿐이며, 그 방법을 오늘날 이 시대에 적용시키는 것은 바로 우리 자신이다.

그녀의 단호한 마르크스 혁명 이론 비판은 당시 지식인들에게 충격적으로 받아들여졌다. 혁명 러시아에 대해서도 비난했다.

우리는 러시아를 사회 해방을 향해 나아가는 노동자들의 국가로 볼 수 없다. 볼셰비키의 규칙은 러시아 프롤레타리아에 계승되지 않고, 러시아 정치제도에 계승되었다. 러시아의 정치제도는 국가의 권력을 신장하는 데 이바지하고 있으며, 노동자들을 물질적인 노동 수단에 종속시키고 있다. 러시아는 국가에서 생산의 수단을 소유함으로써 노동자들을 국가자본에 예속시키고 있다.

레닌에 대한 배유의 비평은 더욱 준엄했다.

레닌의 사고방식에는 반박하기 위한 사고밖에는 없다. 그는 문제를 연구하기도 전에 이미 해답을 알고 있다. 이 해답을 주는 것은 누구인가? 바로 공산당이다. 이런 사고방식은 결코 자유인의 사고방식이라고 할 수 없다. 이미 오래 전에 러시아인들은 생각의 자유를 박탈당했으며, 볼셰비키는 자기들의 지도자의 생각의 자유를 박탈해버렸다.

가차 없이 혁명의 절대적 권위자들을 비판했다는 면에서 그녀는 로자 룩셈부르크^{Rosa Luxemburg}와 닮아 있기도 하다. 시몬 배유는 로자 룩셈부르크를 높이 평가했다. 어느 조직에도 메이지 않았기에 그 어떤 얄팍한 계산도 할 필요 없었던 자유로운 지성인 시몬 배유는 가차 없이 혁명 이데올로기의 성자들을 비판했고, 그녀는 극단적인 비판과 환호를 함께 누렸다.

정당·노조와 같이 권력을 향해 대항하는 조직들은, 개인들 간의 연대를 조직하면서도, 동시에 그들이 상대하는 조직의 속성을 체득하므로 세월이 지나 그들이 일정한 힘을 확보하는 순간 군림한다. 이 세상 그 어떤 정당에서도, 그 어떤 거대 노조에서도 예외를 찾아볼 수 없다. 끊임없이 쇄신하고, 조직에 축적되는 수직적 권력체계를 분쇄하지 않는다면 신화가 조작되도록 방치하고, 영웅을 만들어 그 아래 머리를 조아린다면 차르^{tsar}를 왕으로 대체한 꼴일 뿐이다.

그러나 당이 권력을 취득하고 권위로 둔중한 몸집을 휘감게 되는 순간, 그 사실을 지적하는 자들이 언제나 있어왔다. 그들은 로자 룩셈부르크처럼 암살되거나, 혹은 시몬 베유처럼 가볍게 무시되는 방식으로 제거되었다. 그것은 독일공산당이 결국 나치에게 먹히고, 러시아혁명이 스탈린 1당 독재로 일그러져가는 결말을 불러왔다.

사람들은 흔히 시몬 베유를 공산주의자로 오해했으나, 지역의 공산주의자들과 가깝게 지내고, 그들을 위해 강연을 하고 글을 썼을지언정, 한 번도 공산주의에 가입한 적은 없었고, 종국에 가서는 그들에게 가차 없는 비난을 가함으로써 그들의 적이 되었다. 노동자 집회에서 그녀가 연설을 하면 스탈린주의자들이 그녀를 단상에서 강제로 끌어

내리곤 했다.

고등사범학교에서 알랭의 제자로 공부한 뒤 철학교수가 된 그녀는 사회에 첫발을 내딛자마자, 학생들에게 철학을 가르치는 일 이외에 지역의 노동자단체를 찾아가 그들을 위한 자신의 역할을 찾는다. 그녀는 학교에서 학생들을 가르치는 일 외에도 지역 노동연맹운동을 도맡아했고, 노동자 학교에서 강의했으며, 노동지를 비롯한 여러 신문과 잡지에 글을 기고했다.

독일공산당이 나치에 굴복하고, 혁명 러시아는 당이 중심이 된 또 다른 군국주의로 나가는 조짐을 보이는 이때, 시몬은 막다른 골목에 부딪힌다. 마르크스 이론은 수정되어야 한다고 그녀는 굳게 믿었다. 심지어 혁명 자체에 대하여, 그것이 필연적으로 전쟁과 폭력을 동반한다면 결국 혁명은 민중들의 삶을 최악의 것으로 이끌고 갈 것이라는 판단 하에 반기를 들게 된다. 그렇다면 대체 노동자들의 곤궁하고 비인간적인 삶을 개선시킬 어떤 방법이 있을 수 있단 말인가. 이론이 벽에 부딪혔을 때는 현장으로 가야 한다고 믿었다.

인간의 노예화

운동하던 학생들이 80년대에 많이 그랬듯이, 그녀도 공장으로 갔다. 공장으로 갔던 우리의 선배들은 거기서 노조를 조직했고, 노동자들의 힘을 키우는 데 사력을 다한다. 그러나 시몬 베유는 제대로 된 노동자가 될 수 없었다. 기형적으로 작은 손, 끝없이 생각하기를 멈출 수 없는 머리, 점점 광폭해져가는 두통으로 그녀는 한 번도 작업할당량을 마감할 수 없었다. 해고의 두려움과 자괴감에 시달렸고, 일말의 동지애나 사회의식도 발견할 수 없는 노동자들 틈에서 절망했다.

그녀는 자신의 바람대로 노동자들의 노동 조건을 개선시킬 방법을 발견하지 못했다. 그녀는 고통과 두려움 속에서 그 시간들을 보냈다. 그녀가 본 노동자들은 2년 동안 한 번도 사회문제를 이야기하지 않았고, 불만은 많지만 모험심도 없는 노예들이었다. 그녀 자신의 삶도 노예 된 자의 그것이었다. 스승 알랭이 전쟁의 악은 육체적 괴로움이나 위험에 있는 것이 아니라 '인간이 노예화'된다는 데 있다고 지적했던 것처럼, 시몬 베유 역시 공장 생활의 괴로움은 다름 아닌 굴욕에 있다고 생각했다. 공장 생활에서 인간의 존엄성은 산산이 부서지고 말았다.

바로 이 무렵, 그녀가 감내해야 하는 자괴감이 너무 컸던 나머지 그녀는 신에게 기대기 시작했다. 두통이 사정없이 밀려올 때, 성당에 앉아 그레고리안 성가를 듣노라면 두통을 잊을 수 있기도 했다. 기독교는 노예들의 종교이며, 이들에게는 자신들의 비인간화된 존재를 위로해 줄 그들의 종교가 필요하다고 그녀는 말했다.

시몬은 이곳에서의 경험을 통해 '사람은 견딜 수 없는 억압을 받으면 저항하게 되는 것이 아니라 복종하게 된다'는 것을 알았다. 인간성이 상실되고, 그것을 회복할 수 있는 희망을 잃게 되면 인간은 급격히 노예상태로 전락하고 마는 것이다. 바로 그 지점에서부터 마르크스의 혁명 이론은 오류를 범하고 있다는 사실을 그녀는 알게 되었다. 이것은 혁명을 희구하고, 그것을 위한 이론서를 세상에 내놓으면서도 결코 부르주아의 삶을 포기할 수 없었던 칼 마르크스로서는 도저히 짐작할 수도 없는 일이었다.

그러나 비록 그들을 구할 수 있는 방법을 찾아내지 못했다 하더라도 공장에서 일하고 있다고 말할 수 있는 자신을 갖게 된 것, 비로소 실제의 구체적인 삶에 발을 딛게 된 것에 대해 기뻐했다. 그들을 노예의 삶에서 구하는 방법을 알지 못한다면, 그것을 함께 나누기라도 하고 싶어 했다. 시몬 베유는 비로소 진정한 기쁨과 고통 속으로 들어갔다는 사실에 안도하며, 자신의 지식과 열정, 시간 모든 것을 노동자들에게 바쳤다.

왼쪽으로, 아래로 향할 권리

가장 위험한 곳에 가장 위험한 미션을 짊어지고 당도하여 그곳에서 위대한 희생을 치르고 죽고 싶어 했던 시몬은 그 계획이 좌절되자, 곡기를 줄이기 시작한다. 드골을 중심으로 프랑스 레지스탕스들이 본부를 꾸리고 있던 런던에서 당연히 시몬 베유도 나치에 신음하는 프랑스를 위해 거들고 싶었다. 비굴하게 안전한 런던에 피신해 있는 것보다, 프랑스에 사는 대부분의 동포들이 굶주리고 공포에 떠는 순간 자신도 그 고통을 그들과 나누겠다는 의도였다. 결국 그녀는 식사를 거부한 끝에 죽어간다.

21세기. 더욱 가열되었을 뿐인, 만인의 만인을 향한 투쟁의 시대에서, 그녀의 이 눈물겨운 이타심은 아름답기보다 생경하게 보인다. 일체의 이기심과 최소한의 안락한 삶, 젊은 아가씨가 당연히 꿈꾸고 누릴 수 있는 애틋한 사랑마저도 그녀의 삶에서는 제거되어 있었다. 일체의 특권을 거부하고, 자신에게 붙어 있던 모든 황금 깃털을 하나씩 떼어 나눠주며 억압받는 자들과 같은 자리에 서고자 했던 이의 행동을 당시 사람들은 유용하기보다 아름다운 것이라고 불렀다.

그녀가 나온 파리고등사범학교는 프랑스 엘리트의 상징이었고, 그녀는 부유하고 사랑 넘치는 가정에서 자신이 선택하는 모든 것들을 묵묵히 인정해주고 도와주는 부모님과 함께 살아왔다. 그녀가 받은 고등교육들이 그녀에게 선사한 자유로운 사고, 그것이 그녀에게 허락하는 관습으로부터의 일탈은 아무리 자신의 깃털을 타인에게 다 떼어준다고 해도 여전히 거부할 수 없는 특권들로 남아 있었던 것이다. 일상의 쾌락이나 한줌의 권력 혹은 역사에 이름을 남기는 것 같은 세속의 욕망이 아니라 진리를 위해 바쳐진 순결함이란 이상에 의미를 둔 오롯한 인생이었다.

시몬 베유는 그녀의 오빠 앙드레 베유^{André Abraham Weil}가 감옥에 투옥되었을 때, 오히려 오빠를 질투했다. 자기보다 먼저 감옥에 대해 잘 알게 된 것을 용서할 수 없다며, 그가 계속 감옥에 있게 된다면 자기도 판사나 검사의 따귀라도 때려서라도 함께 들어가 있을 거라고 말했다. 이것은 오빠를 위로하기 위한 농담이면서 동시에 모든 인간의 극한 상황들을 두루 경험하고 싶어 하는 시몬을 잘 표현해주는 일화다. 이 대목을 읽으며 나는 비로소 시몬 베유를 제대로 이해할 수 있었다.

우리는 왜 위로만, 그리고 슬금슬금 오른쪽으로만 향하는가. 우리에게는 왼쪽으로 그리고 아래로도 세상을 탐험할 권리가 있으며, 바로 그러한 자기 확장을 통해서 더 높은 차원의 행복을 추구할 권리가 있는 것이다. 세상 사람들이 일관되게 추구하는 더 높은 곳으로만 향하는 지루하고 어리석은 경주를 거부하고, 상하좌우로 온전히 세상을 경험하며 자아를 확장할 수 있었던 사람들만이 진정한 자유를 누렸으며, 그들만이 애벌레에서 나비로 환골탈태하는 도약을 경험했으리라.

허물어지는 육체, 멈추지 않고 그녀를 공격했던 지독한 두통으로 그녀는 점점 신에게로 마음이 기울었지만, 시몬 베유는 끝내 종교를 택하지는 않았다. 그러나 대부분의 사람들은 심신이 허물어져 내려가는 그 마지막 순간까지 명징한 이성을 부여잡으며, 신에게 모든 것을 내맡기지 않으려 저항했다는 사실을 알지 못했다. 교회가 생각의 자유를 제한하는 한 결코 교회와 타협할 수는 없었기 때문이다. 고결하다고밖에 말할 수 없는, 진리와 선, 자유에 대한 추구로 성자라 오해받았던 시몬 베유. 그러나 그녀는 본질적으로 무한한 자유를 실험하고 누렸던 자유인이었다.

책을 다시 여는 순간, 여전히 강렬한 자유의 불꽃이 파닥이며 날아든다.

마르크시즘의 유쾌한 반전

도서 | 엥겔스 평전
저자 | 트리스트럼 헌트
출판 | 글항아리

지난 세기 동안, 저항의 피를 가진 젊은이들의 두목 노릇을 해온 19세기의 두 남자, 칼 마르크스^{Karl Heinrich Marx}와 프리드리히 엥겔스^{Friedrich Engels}. 이 두 이름에선 신을 능가하는 권위가 진하게 풍겼다. 감히 잘못 건드렸다가는 뼈도 못 추릴 정도로 많은 신도와 숭배자, 순교자들을 거느린 이들에 대해, 나 역시 기본적인 호감은 가지고 있었다. 은밀한 공모의 암호처럼 혹은 도발적인 신호처럼 이 이름들은 우리가 읽었던 이런저런 책들의 구석구석에서 반짝거렸다.

하지만 난 그들을 숭배하기는커녕, 그들의 말을 절반 정도만 수긍했다. 대학 시절, 전공과 전혀 상관없는 정치학과 강의를 수강할 때면 저명한 교수들의 입에서 "마르크스에 따르면", "엥겔스가 말하기를" 이런 말들이 마치 교회에서 목사님들이 하는 "예수께서 말씀하시기를"과 같은 무게, 방식으로 '그러니 당연히 이것은 의심할 수 없는 진리'라는 의미로 언급되는 것을 들으며, 그들에 대한 의구심은 더욱 커졌다. '종교는 인민의 아편'이라더니, "당신들은 또 당신들의 종교를 만들었나보군" 하는 의심이었다. 그들은 '단지' 치열하게 자신들이 처한 시대의 모순을 고민하고 해법을 제시하였을 뿐, 이들을 교주로 만든 건 후세의 징글징글한 추종자들이었을 테지만 말이다.

불온한 이름들

대학 입학과 동시에 모태신앙이라는 억지스런 굴레부터 간신히 탈출한 상태였다. 더 이상의 절대자는 사절이었다. 그럼에도 불구하고 그들에게 가졌던 상당한 호감은 주류 세계 속에서 그들은 여전히 탄압당하는 불온한 이름의 대명사였기 때문이었다.

처음 이 두 남자를 접한 것은 중학교 2학년 때였다. 대학에서 철학을 전공했고, 이후 열혈 전교조 투사가 된 도덕 선생님으로부터 난 제법 진하게 마르크시즘을 사사받았다. 인류의 역사는 계급투쟁의 역사였고, 자본주의는 인간을 자신으로부터 소외시켰으며, 자본주의는 스스로가 가진 모순으로 인해 붕괴될 것이고, 노동자 계급의 폭력 혁명으로 프롤레타리아 독재가 이뤄지고, 사유재산제가 폐지되면, 부르주아 계급의 이해를 조정하는 위원회일 뿐인 국가는 스스로 붕괴한다는……혹은 그래야만 한다는 이들의 이야기.

거기선 붉게 달아오른 무쇠의 간절함, 폭발적인 동시에 파괴적인 힘이 느껴졌다. 뼈대는 있으되 살이 없는. 설계도는 멀쩡하지만 이를 작동시킬 온기가 빠져 있는, 바로 그 부족함 때문에 결국 절반의 진리일 수밖에 없는 운명 같은 게 느껴졌달까. 그들이 말하는 혁명의 날은 교회에서 말하는 심판의 날처럼 들리기도 했다. 그날이 올 때까지는 진흙탕 같은 고난의 시간이 있으리라고 말하는 대목에선 특히.

지난 역사에 대한 그들의 분석은 탁월했다. 그들이 희구하는 혁명의 날들은 종종 다가왔지만 어떤 경우에도 국가는 붕괴하지 않았고, 노동자 계급을 대변하는 듯한 정당은 그들이 몰아낸 절대군주 못지않은 권력이 되어 민중 위에 군림했다. 혁명은 시도되었지만 완수되지 않았다. 자본주의의 자기파괴적 모순은 바오밥처럼 커져만 갔지만, 여전히 붕괴하진 않았다. 그들은 세상을 해석하기를 그만두고 변혁하기를 원했지만, 결국 '해석'에는 멋지게 성공하고, '변혁'이란 대목에 가선 서투른 도끼가 수많은 자들의 발등을 찍으면서도 여전히 목적지에 다다르지 못하고 있었던 것이다.

그럼에도 불구하고, 세상을 변혁하고픈 당위적 욕구에 직면한 모든 사람들이 아직도 마르크스주의를 떠나지 못하는 것은 왜일까. 예측할 수도 없었고, 인정할 수도 없는 황망한 역사적 현실에 처해 있는 지금, 전 시대 두목들의 코트 안자락이라도 들쳐보는 것. 어쩌면 그 속에서 찾을 수 있을지 모를 한두 개의 진주알을 구하는 마음에서였다.

모순과 매혹의 전략가

21세기에 접어들어 그들을 숭배하는 사람들이 하나둘 사방으로 흩어지던 무렵에 가서야 난 슬그머니 두 사내의 삶을 응시하기 시작했다. 내 옆 지기는 두 남자의 전기를 뒤적이는 날 보며, 이들의 '사상'이 아니라 '생애'에 관심 갖는 사람은 처음 본다고 말했다. 딴엔 아주 완곡하게 전달한 비난의 말이었다. 중요한 건 그들의 사상이지 그들의 사생활이 아니라는······. 그럴지도.

그러나 난 언제나 그랬다. 사람을 이해하지 못하면 그의 사상도 온전히 파악되지 않았다. 어떤 고민과 만남들이 어떻게 빚어낸 결과물인지를 파악하지 않으면, 그 무엇도 깊게 공감하기 어려웠다. 예술 작품도, 사상도, 그 무엇도. 마르크시즘이 태어난 후 겪어낸 진화의 과정은 이것을 잉태시킨 사람들의 삶과 필연적인 관계를 맺고 있을 터였다.

먼저 집어든 것은 마르크스의 전기였다. 마르크스 전기의 절반은 엥겔스와의 관계 속에서의 마르크스의 삶에 바쳐져 있었다. 이 둘의 저작 대부분이 공동의 것인 것처럼, 그들의 삶은 철저히 공유된 것이었다. 마르크스의 창문을 통해 보이는 엥겔스는 저항할 수 없는 매력을 지닌 남자였다.

여우사냥과 샴페인, 최고급 포도주 샤토 마고를 좋아하고 프록코트를 멋지게 걸치고 다니는 19세기의 가장 유명한 공산주의자 엥겔스—물론 마르크스 다음으로. 전통과 관습으로부터 스스로를 해방시키던 보헤미안적 기질과 잠시도 탐구를 멈추지 않는 지적 면모를 함께 지녔던 모순과 매혹의 캐릭터다. 그는 여자와 술과 유쾌한 농담, 아름다운 자연, 맛있는 음식 등 인생의 즐거움을 누구의 눈치도 보지 않고 마음껏 탐미하면서도 칼뱅주의적 성실함으로 마르크스 신화를 용의주도하게 구축해갔고, 정적들을 집요하게 제거해갔던 최고의 전략가이기도 했다. 혁명이 완수되는 그날까지, 자신의 삶이 한낱 역사의 불쏘시개가 되게 하지 않고, 그 자체로 충만하고 찬란한 하나의 완성품이 되게 만들었던, 삶에 대한 멈추지 않는 열정을 죽는 순간까지 지녔던 그는 내가 아는 가장 매력적인 인간이었다.

가지고 있던 주식만 (오늘날의 가치로) 50억 원에 이르렀던 그는, 부인할 수 없는 자본가였다. 그러나 그는 자본의 본질인 자기파괴와 인간소외를 꿰뚫고 있는 거의 유일한 자본가였을 것이다. 그는 세상의 모든 자본가들처럼 더 많은 자본을 소유하는 데 목적을 두지 않았다. 자본의 노예가 되는 대신, 가장 유용한 곳에 적절히 쓰일 수 있는 자본을 확보하기 위해 아버지가 넘긴 가업을 받아들인다. 그의 맨체스터에서의 기업가 활동은 자본주의가 작동하는 실증적 경험들을 제공하면서, 마르크스가 집필하는 자본론의 기틀을 제공한다.

그가 '지겨운 장사짓'을 20년간이나 지속했던 결정적 이유는 마르크스 일가를 먹여 살리기 위해서였다. 마르크스가 《자본론》이라는 대작을 완수하는 동안 마르크스 일가의 생계는 전적으로 엥겔스의 자본에 의해 유지된다. 마르크스 일가, 심지어는 그의 사위들까지도 걸핏하면 엥겔스에게 손을 벌려왔고, 그의 호의를 이용했지만, 그런 사소함으로 마르크스와의 우애를 저버리지 않았다.
엥겔스는 당이나 동지들을 위해서도 아낌없이 썼다. 공장 직원 자녀의 교육비, 가난한 사회주의자들의 장례 비용, 당 기관지와 이주민 자선행사 등의 비용을 그는 기꺼이 지불했다.

낮에는 기업인의 모습을 하고 상류사회를 살았다면, 밤에는 그의 필생의 연인이었던 아일랜드 출신의 여공 메리 번즈와 함께 맨체스터 내의 노동자 커뮤니티를 누비며 정치 토론의 시간을 가졌다. 두 개의 극명히 다른 세계를 낮과 밤으로 드나들었던 엥겔스의 모순, 부르주아를 적으로 삼는 혁명을 꿈꾸면서, 프롤레타리아들의 노동이 축적해준 부를 누렸던 그 찢어질 듯한 모순. 그의 삶에 점철되었던 이러한 운명적 모순들을, 그는 정반합의 변증법적인 진화를 이루는 원동력으로 사용했다. 변혁되지 않은 시대에서 엥겔스 홀로 사적 소유를 버리고 살아갈 순 없었다. 다만 그는 인간과 신 사이에 서 있던 프로메테우스처럼, 광대한 탐구와 두 개의 생경한 세계를 아침저녁으로 넘나드는 그 극단적 경험으로, 더 넓게 보고 판단하며, 초월적 해답을 찾아낼 수 있었다. 그는 사적 소유를 하되, 공적인 활용을 통해서 자본에 종속되는 굴레를 벗어났고, 바로 그러한 방식으로 자기 소외의 전형으로부터 자유로웠다.

마르크스주의의 주연배우는 마르크스였지만, 그것을 기획하고 제작하였으며 연출, 편집, 심지어 마케팅까지를 홀로 담당했던 사람은 엥겔스였다. 마르크스가 《자본론》을 쓰도록 독려하고 자료들을 제공하였으며, 마르크스가 글을 쓰는 동안 그의 가족들의 모든 생활비를 담당하였을 뿐 아니라, 끊임없이 틀과 내용에 대해 토론하며 골격을 함께 잡아나간 사람도 엥겔스였다.

《자본론》이 출간되자 엥겔스는 인맥을 총동원해 여론 형성에 주력한다. 미국과 영국, 유럽 언론에 다양한 유형의 서평을 직접 써 보내면서 언론의 반응을 자극하기도 했다. 마르크시즘을 완수하기 위한 모든 과업의 알파와 오메가는 이렇게 엥겔스의 기획에서 따라 움직였다. 이 놀라운 역사의 반전. 유쾌한 뒤통수.

프리드리히 시니어와 헤겔

엥겔스는 사랑과 웃음이 넘치는 따뜻하고 부유한 가정의 장남으로 태어났다. 아버지 프리드리히 시니어는 독일 산업혁명의 중심지인 부퍼탈의 공장주였고, 그에게 평생 굳건한 사랑을 건네주신 어머니와 아버지는 오래도록 각별한 애정을 과시하는 부부였다. 봄 햇살처럼 넉넉하게 그의 어린 시절을 채워준 사랑은, 평생 지칠 줄 모르는 활력으로 그 어떤 상황에서도 최선의 방법을 찾아내 바로 행동에 옮겨내게 하는 무한 리필의 에너지를 그에게 장전시켰다. 이것은 엥겔스의 가장 큰 자산, 결국 국제사회주의 운동을 건설했던 결정적 토대이기도 했다.

자본주의가 노동자의 삶을 가축의 그것으로 이끌어 내리는 참혹한 현실에 그토록 강력한 무기를 들고 맞섰던 엥겔스. 그렇다면 집에선 인자했던 아버지가 악덕기업주이기라도 했던 걸까? 오히려 그 반대였다. 엥겔스 가문은 가부장주의와 이윤 추구를 적절히 융합한 '덕망 있는' 기업으로 명성이 자자했다. 아동 노동 같은 심한 착취는 하지 않았고, 노동자들의 급여도 상대적으로 높았다. 노동자들에게 숙소뿐 아니라 채소를 가꿀 수 있는 땅을 제공하는가 하면, 아이들을 위한 학교까지 마련해주었다. 식량이 부족한 시기를 위해 곡물창고조합도 세웠다. 오히려 이러한 분위기로 인해, 어린 시절의 엥겔스는 계급적 격차를 크게 느끼지 않으며 노동자들과 그의 자녀들과 스스럼없이 어울렸다.

이 완전무결해 보이는 어린 시절에 약간의 불온한 씨앗이 있었다면 남편보다 훨씬 너그럽고 유머러스하며 호기심 많았던 어머니였다. 어머니는 당시 무신론자란 이유로 타락한 시인 취급을 받던 괴테의 시집을 건네기도 해서, 엥겔스에게 괴테는 독일의 가장 위대한 시인으로 자리 잡았다.

엥겔스는 건장한 체격, 탁월한 언어에 대한 감각'과 문학에 대한 남다른 감수성, 고갈되지 않는 지적 열정을 가진 청년이었다. 그러나 아버지는 그에게서 감지되는 문학적 열정을 경계했고, 그것이 그를 독실한 신앙생활에서 멀어지게 할 것을 염려한 나머지, 대학에 진학해 시인이 되거나 법률 공부를 하고자 했던 엥겔스를 김나지움에서 자퇴시킨 후 가업에 투입시킨다.

부퍼탈에서 맨체스터로. 독일과 영국에서 각각 가장 끔찍한 19세기 자본주의의 지옥 속에 내던져진 엥겔스. 뻘겋게 오염된 강과 공장의 매연으로 자욱한 도시, 자본주의의 속물 근성과 특히 이 모두를 단단히 짓누르던 위선적 경건주의에 엥겔스는 분노했다.

엥겔스의 분노는 어찌 보면, 1968년 출현했던 프랑스 청년들의 구세대에 대한 거부와 닮은꼴이었다. 68년 우리가 프랑스에서 보았던 부르주아 청년들의 분노는 착취당하고 멸시당하면서 감히 고개를 들 여유도 없이 바닥에 밀착해 생존을 구걸하던 자들의 분노와는 완전히 다른 것이었다.

*
엥겔스가 유럽의 거의 모든 언어들을
구사할 줄 알았다는 믿을 수 없는 전설이 내려오기도 한다.
그가 도대체 몇 개의 유럽어를 정확히 구사할 수 있었는지는 확인되지 않지만,
그의 언어에 대한 탁월한 능력이 국제공산당 조직을
지휘해나갈 수 있게 해준 알토란같은 바탕이었음은 분명하다.

그것은 엥겔스에게 경건주의를 대표하는 아버지에 대한 분노이기도 했다. 자신의 인생을 한 손에 쥐고, 엉뚱한 방향으로 비틀어버린 그의 아버지. 아버지가 구현하는 가부장적이고 경건한 종교적 윤리 속의 자본가 집단. 이는 이후 엥겔스가 거부하기 위해 평생을 바치는 구세계의 표본이 된다.

맨체스터에 보내져 경영주의 견습생 노릇을 하던 엥겔스는 답답한 사무실을 벗어나기 위해 베를린으로 가서 헌병대 장교 시절을 잠시 보낸다. 베를린에서 그가 맡은 임무는 프로이센 왕정 수호였지만, 엥겔스는 틈만 나면 베를린대학으로 달려갔다. 평생 숙명처럼 지속되었던 이중생활은 어쩜 이때부터 시작된 것이었다.

헤겔Georg Welhelm Friedrich Hegel이 베를린대학에 부임하면서, 베를린대학은 헤겔주의의 본산이 된다. 모든 베를린의 불온한 청년들은 헤겔이라는 대부를 받아들이며 청년헤겔파를 형성하고, 엥겔스는 바로 이 무리의 한 사람이 되었다. 청년헤겔파에게 철학은 행동을 촉구하는 경전이었고, 베를린대학은 온몸에 화약을 장전한 청년들이 밀집해 있던 화약창고였다. 부퍼탈의 '노인네' 아버지를 넘어선 엥겔스는 또 다른 베를린의 '노인네' 헤겔을 그 자리에 받아들인다. 이후 그의 삶의 한가운데는 헤겔의 변증법이라는 과학의 물줄기가 멈추지 않고 흘렀다.

완벽한 만남, 공유된 삶

신화 속에 갇힌 두 남자의 민얼굴을 만나러 나선 나는 예기치 않은 또 하나의 신화를 만났다. 엥겔스와 마르크스라는 두 사내의 만남이라는 신화가 그것이다. 이는 역사상 전례를 찾을 수 없는 두 인간 사이의 완벽한 만남이었다. 이 만남은 두 철학도의 불꽃 튀는 의기투합을 수세기를 지배하는 이데올로기적 독트린으로 완성시키고, 불온한 이상을 꿈꾸는 세상의 모든 청년들을 한순간에 감전시키는 초강력의 카리스마를 빚어냈다. 두 인간이 이토록 철저하게 서로를 신뢰하며 의기투합할 수 있고, 40년이라는 세월을 걸쳐 완벽하게 사랑과 우정을 나누며, 서로가 가진 모든 것을 공유하고 분담할 수 있다면, 그들은 감히 신이 이룰 수 있을 법한 경지에 도달할 수 있다는 사실을 이 둘의 만남은 입증해주었다.

마르크스의 사위 폴 라파르그에 의하면, 두 사람은 모든 것을 공유했다. 돈, 지식, 정신……. 마르크스의 딸들은 바로 엥겔스의 딸들이었고, 마르크스의 근심은 엥겔스의 근심이었으며, 마르크스의 적은 곧 엥겔스의 적이었다. 레닌은 이 둘의 만남을 두고 "고대인들의 가장 감동적인 우정조차 능가하는 동반자 관계의 성격"이라고 말했고, 엥겔스의 전기작가는 둘의 관계를 "애정 넘치는 사촌 같은 사이"라고 정의했다.

두 사람의 성격은 상반되지만 서로 보완적인 역할을 했다. 엥겔스는 밝고 구김살이 없었으며 균형 잡힌 성격이었다. 육체적으로나 지적으로도 엥겔스가 훨씬 유연하고 탄력이 있었으며 에너지가 차고 넘쳤다. 마르크스는 성급하고 지적인 자기도취가 강했으며, 감정적이었고, 평생 이런저런 지병을 달고 살았기 때문에 그가 발휘할 수 있는 에너지는 늘 쉽게 고갈되곤 했다.

엥겔스는 초연한 스타일에 치밀하고 경험적이었던 반면, 마르크스는 즉흥적이었으며 상상력이 풍부했다. 마르크스의 유물론은 칼 마르크스가 도서관에 엉덩이를 붙이고 앉아서 찾아낸 자료나 엥겔스가 맨체스터에서 직접 목격한 자본가들과 노동자들이 맞물려 들어가는 현실의 통계들보다 마르크스의 번득이는 상상력과 시대를 넘나들며 재빨리 작동하는 깊고도 날카로운 직관에 더 크게 기대 있었다.

엥겔스는 마르크스의 모든 인간적인 결점에도 불구하고, 오직 마르크스만이 가질 수 있는, 전 시대를 꿰뚫어 보는 천재적 재능을 인정했고, 높이 샀다. 그리고 나머지 모든 부분을 기꺼이 감수했다.

두 사람은 특히 일상적 삶의 스타일에서 명확히 상반된 태도를 가지고 있었다. 엥겔스가 평생 관습과 계급을 등지며 자유로운 풍운아의 삶을 구가했던 반면, 마르크스는 개인적 삶에서는 완벽한 부르주아적 삶의 태도를 견지했다.

마르크스는 엥겔스와 일생을 함께한 아일랜드 여공 메리 번즈와 그녀의 여동생 리즈 번즈를 대등한 존재로 여기지 않았고, 그녀들이 죽었을 때에도 예의를 갖춰 애도를 표하지 않았다. 귀족 출신 아내를 자랑스러워했고, 많은 자녀들을 그녀와 함께 낳았지만, 아내가 집을 비운 사이 하녀와 바람을 피워 낳은 자식 – 결국 노동자가 된 – 은 철저히 외면했다. 삶의 태도에선 혁명을 설계하는 사람의 비범함을 찾기 어려웠고, 윤리적 관점에서 그는 구태의연한 그 시대 부르주아의 사고를 크게 벗어나지 못했다.

반면 엥겔스는 기존 부르주아적 전통질서와는 상반된 삶의 태도를 견지했다. 번즈 자매와의 평생에 걸친 동거, 메리 · 리즈 번즈와 차례로 나눈 애틋한 사랑은 부르주아적 결혼과 삶에 대한 그의 근본적인 거부를 가장 잘 드러내주는 대목이다.

그는 혁명의 이론을 정치 · 경제적 영역에서 구축하는 것에 그치지 않고 삶의 모든 전반에 적용시키고 통섭을 통해 확장시키기를 멈추지 않았다. 1884년에 출간한 《가족, 사유재산, 국가의 기원》에서 그는 성차별이 역사적이고 사회적인 구성물임을, 역사상 최초의 계급 억압은 남성의 여성에 대한 억압이었다고 주장한다. 이는 정치 · 경제적 차원에서의 계급 모순에 대한 해방에서 멈추지 않고, 일상 모든 영역에서 끊임없이 자신을 해방하며 혁명을 시도한 엥겔스의 참모습을 잘 드러내주는 저작이다.

나에게는 좌파의 순결을 부르짖으며, 경쟁적으로 자신이 가장 정통한 좌파인 척하는 붉은 교조주의자들을 볼 기회가 많이 있었다. 자본주의 사회 속에서 그 한두 푼의 자본에 목을 매며 살아갈 수밖에 없는 사람들이 지닌 모순들에 대해 신랄한 잣대를 들이밀며, 그래서 "너는 이제 아웃"이라고 외치는 한줌의 환자들. 분열로 가는 길밖에는 알지 못하는 그들을 딱하게 여긴다. 나는 모순을 갖지 않은 그 어떤 인간도 알지 못한다. 우리에겐, 우리가 지닌 그 모순들이 이뤄내는 정반합의 역동적 에너지를 통해 한걸음 나아갈 수 있느냐 없느냐, 그 선택의 길이, 선택이 남아 있을 뿐이다.

마르크스는 허점도 빈틈도 많은 사람이었다. 그가 지닌 허점들을 드러내지 않기 위한 거의 모든 노력은 엥겔스가 걸머져야 하는 짐이었다. 마르크스가 하녀와 낳은 사생아를 결국 그의 정치적 명성에 흠이 가지 않게 하기 위해 비공식적으로 자신의 아들로 인정했던 일도 엥겔스의 개인적 명예를 심각하게 훼손시키는 엄청난 희생이었지만, 기꺼이 감수했다.

무엇보다 그가 '지겨운 장사짓'이라고 불렀던 공장주 노릇을 49세까지 해야 했던 것이야말로, 엥겔스가 감당해야 했던 최대의 희생이었다. 그러나 그는 자신의 선택에 책임을 졌고, 동업자로부터 자신의 몫을 넉넉히 배당받아 마르크스 일가가 죽을 때까지 먹고 살 수 있을 만큼의 자산이 확보되었을 때, 기꺼이 공장에서 손을 떼고 국제사회주의 진영 최대의 전략가의 길을 간다.

역 사 는 나 의 편

마르크스가 죽은 후, 실의에 빠지는 시간도 잠시, 엥겔스는 과학 연구 저술을 중단하고 마르크스의 위대함을 확고히 하는 작업에 착수한다. 국제마르크스주의 운동을 지휘하는 한편, 마르크스의 저작을 영어·이탈리아어·덴마크어·프랑스어로 번역하는 작업을 감독하는 것, 《자본론》 2권과 3권을 출판하는 것까지도, 마르크스·엥겔스주의의 공동창업자인 그에게 남겨진 몫이었다.

5년간 마르크스의 유고와 길고도 지루한 전투를 벌인 끝에 극도로 쇠약해진 엥겔스는 여행을 떠났다. 그는 누군가를 항상 사랑했고, 열정적으로 삶을 밝은 곳으로 이끌 줄 아는 사람이었다. 새로운 사람들을 만나고 새로운 생각과 장소를 접하는 것은 엥겔스가 열정적인 에너지를 발휘하는 비결 중 하나였다.

미국 여행에서 넘치는 에너지를 충전해 돌아온 엥겔스는 지난 10년간 몰두한 과학과 철학은 한쪽으로 제쳐두고, 다시금 정치판에 뛰어들어, 마르크스 사상이 세상에서 빛을 보기 위한 작업에 전념했다. 말년의 마르크스가 《자본론》 1권의 후속작으로 펴내기로 했던 《자본론》 2, 3권의 집필을 거의 방치한 채 지병 치료를 위해 요양에 주력하면서, 갈기를 잃은 사자의 모습을 보였던 것과는 대조적이었다.

> 인생이 저물어가는 황혼기에도 엥겔스가 삶에 그토록 열정과 사랑을 쏟을 수 있었던 이유는 역사가 자기편이라는 확신을 한시도 저버리지 않았기 때문이었다.

70대에 들어선 엥겔스는 모든 노력을 노동자 투쟁을 지원하는 데 쏟았다. 줄곧 유혈혁명으로만 혁명이 가능하다고 주장해왔던 엥겔스였으나, 변화한 시대에 맞게 전략을 수정할 줄도 알았다. 자본주의가 즉각 추락할 가능성이 없다면, 프롤레타리아의 승리를 위해 정당이라는 우회로를 활용하는 것도 받아들인다. 그러나 그게 통하지 않는다면 1848년 혁명의 전장에 뛰어들었던 이 열혈투사는 당장이라도 거리로 나설 각오가 되어 있었다.

75세. 생의 마지막 순간까지 그는 용의주도했다. 그는 유언을 통해 화장한 유골을 바다에 뿌리게 했다. 그는 죽어서도 마르크스의 영광을 옆에서 나눠 갖는 행동은 철저히 피했다. 친구가 묻힌 하이게이트 공동묘지에 묘석을 세우지도 않았고, 공식 행사도 없었다.

모순으로 가득하지만, 매혹적인 삶을 살았고, 평생을 마르크스주의의 완성을 위해 철두철미하게 투신하며, 한 점 유감도 아쉬움도 없이 유쾌하고 당당한 삶을 누렸던 인간 엥겔스의 생은 그렇게 마감된다.

행복한 혁명가

당신의 혁명 이론은 빛나갔어. 《자본론》을 탄생시키기 위해 그토록 긴 세월 노동자를 착취하는 자본가 노릇을 하다니. 이따위 찌질한 비난의 화살들은 이토록 찬란하게 마감한 한 혁명가의 삶 앞에서 허공을 가로지르다가 과녁에 꽂히지 못하고 고꾸라진다.

엥겔스는 일상에서부터 구차스런 관습과 권위를 과감하게 내던지는 자기로부터의 혁명을 통해 하루하루 더 넓고 온전한 해방의 전선을 구축해나갔다. 구차한 근심과 두려움, 속물적 조바심으로 가득한 사람이 다른 사람들에게 혁명을 통해서 새로운 세상을 만들자고 말할 수 있을까. 그는 삶을 찬미할 줄 알았고, 주변 사람들에게 지치지 않는 사랑과 신뢰를 건넸다.

마르크스와 역사적인 우정을 구축할 수 있었던 것의 대부분은 엥겔스의 공이었다. 한 사람에게 그토록 완벽한 신뢰와 애정을 보내고 죽은 후까지 그를 완벽히 지지하고 존중하는 것으로, 모순으로 둘러싸인 한 천재를 만개하게 할 수 있음을 엥겔스는 보여주었다.

헤겔이라는 아버지가 물려준 유산은 엥겔스로 하여금 물질을 항상 변화하고 변모하는 것으로 보게 했다. "운동은 물질의 존재 양식"이라고 정의한 엥겔스는 이러한 이론을 자신의 삶 전체에 적용시켰다. 그는 유연했고, 쾌활했다. 언제나 더 많은 삶, 더 많은 기쁨을 위해 움직이던 그에게서 우리, 행복한 혁명가의 전형을 본다. 혁명을 완수하는 자가 아니라, 끊임없이 자신의 삶에서 혁명을 시도하는 자. 그리하여 세상을 뒤덮고 우리의 목을 조이고 있던 두터운 관습의 먼지들에 시원한 물줄기를 날려 보내고, 껄껄거리며, 해방과 자유의 지평을 계속해서 넓혀가는 자야말로 우리가 필요로 하는 '진정한' 혁명가인 것이다.

한 시대가
막을
내리다

도서 | 김대중 자서전(전2권)
저자 | 김대중
출판 | 삼인출판사

지난겨울 끝자락, 닫혀 있던 박정희의 관 뚜껑이 열리는 소리가 들렸다. 역사의 순리를 와자작 깨부수는 이 소리에 화들짝 놀라고, 온몸이 딱딱하게 굳어갔다. 그리곤 며칠을 앓았다.

앓는 동안 가장 먼저 떠올린 사람은 박정희 필생의 정적 김대중이었다. 김대중의 삶은 자신을 제거하려 하는 독재정권에 저항하는 삶이었고, 사형수이자 망명객이었으며 55번이나 가택연금을 당했던 그가 대통령이 되는 것으로 많은 사람들은 한국의 민주주의가 돌이킬 수 없는 국면으로 접어들었다고 믿었다.

그런데, 언젠가부터 유신의 치맛자락이 제법 세차게 휘날린다 싶더니, 급기야 유신의 딸이 전면에 등장하여 권력을 손에 쥐는 믿을 수 없는 일이 일어나고 만다. 지하에 있을 김대중은 뭐라고 말했을까.

눈물은 얼마나 아름다운가

김대중의 대통령 당선은 해방 이후 한국 헌정사에서 치러진 모든 대선 가운데 처음으로 2번, 즉 여당에서 야당으로 정권이 교체된 혁명적 결과였다. 기호 1번의 당선에 대해서는 상상하기도 힘들었던 지난 2012년 선거에서 뜻밖의 결과를 목격하며, 그렇다면 평생을 빨갱이라 불리던 김대중은 대체 무슨 수로 대통령에 당선될 수 있었을까를 생각해보게 되었다.

민의가 선거를 통해 제대로 반영되기 위해서는, 그 선거를 치르는 사회에 최소한의 민주주의가 흐르고 있어야 한다. 그렇다면 2012년 이명박정부의 민주주의는 1997년 김영삼정부 시절보다도 형편없는 수준으로 급전직하한 것일까? 아마도.

나는 김대중의 국민정부를 제대로 겪지 못했다. 국민정부가 시작될 무렵 한국을 떠나, 노무현정부로 권력이 넘어가고 나서 돌아왔기 때문이다. 불과 5년이 채 안 되는 시간을 떠나 있었지만, 돌아와서 만난 한국사회는 완전히 다른 얼굴을 하고 있었다. 정규직과 비정규직이라는 새로운 계급이 생겨났고, 20대의 젊은 아가씨들은 누구에게든 어색하게 아양을 떠는 말투를 구사했다. 갑자기 연봉 7,000~8,000천만 원을 받는 친구가 있는가 하면, 나락으로 떨어진 친구들도 있었다. 신장개업을 하기가 무섭게 간판을 내리는 식당들이 부지기수였고, 중산층의 몰락은 수치를 들여다보지 않아도 역력했다.

이런 광경을 목격하는 것 자체가 고통이었다. 약육강식의 논리는 더욱 악랄하게 사람들의 발목을 휘감았다. 강한 건 선善이었고, 잡아먹히는 놈이 죄인이었다.

사회를 관통하는 하나의 정서는 '불안'이었다. 신용카드 대란으로 파산에 이른 사람들이 발에 치일 듯이 많았다. 단시일 내에 외환위기를 극복했다고 자랑하던 김대중정부가 변화시켜놓은 한국사회는 내게 생경하기만 한 고통의 땅이었다. 김대중은 내게 뼈아픈 실망의 이름이 되고 말았다.

그러다가 그를 다른 눈으로 보게 된 것은 노무현 대통령의 영결식장에서였다. 권양숙 여사의 손을 잡고 아이처럼 엉엉 울던 김대중. 그것은 내가 목도한 한국 현대사의 순간들 가운데 가장 슬픈 장면이었다. 이명박정부는 그날 김대중이 조사弔死를 읽는 것조차 가로막았다. 노무현을 부엉이바위 아래로 떨어지게 한 그 정치적 살인의 주범 곁에서, 친일·독재·반민주로 이어져온 세력으로부터 그토록 힘들게 찾아온 권력이 이토록 허무하게 벼랑 아래로 굴러 떨어지는 현실에 오열하던 김대중. 죽인 자와 죽은 자, 살아서 이 모든 고단한 역사를 흐느끼며 부여잡고 있는 자가 한자리에 모인 그 고통스런 역사의 순간에, 나는 멀리서 김대중과 함께 목 놓아 울고 말았다.

한·미 FTA와 이라크 파병을 강하게 몰아붙이던 노무현을 난 얼마나 비난했던가. 그러나 난 그 순간 밀려오는 슬픔을 김대중과 함께 나눌 수밖에 없었다. 그리고 애증이 교차하는 존재, 김대중은 부인할 수 없는 우리 시대의 거인이었단 사실에 대해 깨끗이 인정할 수밖에 없었다.

노무현은 민주당이라는 한 뿌리에서 나온 김대중의 정치적 후계자였다. 그러나 대통령 당선 즉시 노무현은 김대중이 햇볕정책을 실행하면서 사용한 자금에 대해 대북 송금 수사를 실시한다. 그 결과 김대중의 오른팔 박지원은 감옥에 갔고, 현대그룹의 회장 정몽헌은 투신한다. 대통령 개인 비리가 아니라 주요 정책 실현을 위해 사용된, 소위 통일 비용의 일부에 대해 검찰수사가 진행되고 그 실무자가 처벌된다는 사실, 더구나 햇볕정책을 통한 남북 화해 공조 체제의 정착이 김대중 최대의 업적이었고, 이로 인해 그가 한국 최초의 노벨평화상을 수상하는 광경을 모두 함께 기쁨으로 누렸음에도 대통령이 검찰수사를 지시한다는 것은 상식적으로 납득하기 어려운 일이었다. 노무현은 자신이 정치적 법통을 이어받은 김대중을 향해 뜻밖의 비수를 꽂은 것이다.

그러나 김대중은 그런 노무현을 감싸 안았다. 노무현의 죽음에 "내 몸 한쪽이 무너져 내려앉는 것 같았다"고 답하며 온몸으로 통곡했다. 김대중의 상상을 뛰어넘는 거인의 면모를 거기서 보았다.

김대중 사후 1년 뒤 발간된 그의 자서전을 집어 들었던 건, 순전히 그가 영결식장에서 보여준 그 진한 눈물 때문이었다. "눈물은 얼마나 아름다운 것인가." 김대중은 그의 자서전에서도 말했다. 자신의 정치적 후계자가 자신의 뒤통수를 조준 사격했음에도, 아낌없이 그의 영정에서 목 놓아 울 수 있는, 저 사람 김대중은 무엇으로 빚어졌는지, 그를 둘러싼 무수한 사건들의 진실은 무엇이며, 그는 자신의 과오를 어떤 눈으로 바라보고 있는지 알고 싶었다.

김대중의 자서전은 두 권으로 되어 있다. 1권은 그가 태어나 대통령에 당선되기까지, 2권은 당선된 이후로부터 죽음에 이르기 직전까지의 삶을 담고 있다. 1권이 하의도라는 섬에서 태어난 소년의 성장사와 굴곡 많은 정치인으로서의 시련과 승리의 스토리를 담은 한 편의 완벽한 영웅서사라면, 2권은 어찌 보면 대통령의 일거수일투족을 기록한 한 권의 꼼꼼한 국정보고서에 가깝다. 일제강점기에서 시작되는 그의 삶은, 이후 한국 현대사의 모든 결정적 순간에서 한복판에서 있었기에, 한 개인의 자서전이라기보단, 비극과 불운으로 점철된한국 현대사의 현장을 손으로 만지는 것 같은 생생한 느낌을 전해주는 특별한 역사서이기도 하다.

자서전의 첫 구절은 자신의 어머니가 두 번째 부인이었음을 고백하는 것으로 시작한다. 이 담담한 고백으로 첫 장을 여는 태도에서 김대중은 바로 나를 무장해제시킨다. 예기치 않은 솔직함이야말로 진정으로 강한 자만이 가질 수 있는 무기가 아니던가.

그렇다면 나는 빨갱이다

김대중은 빨갱이다. 대부분의 대한민국 사람들이 그랬겠지만, 나 역시 어려서부터 이 말을 듣고 자랐다. 그러나 내 주변엔 김대중을 '선생'이라 부르며 존경을 바치는 어른들도 없지 않았다. 우리나라 정치인 중에 드물게도 줄곧 '선생'이라는 명칭으로 불리던 이 사람을 싸고도는 여러 가지 소문은 왼쪽에서도 오른쪽에서도 불어왔다. 딱히 한

쪽 소문에 경도된 바는 없지만, 그래도 그에게 어느 정도 왼쪽으로 경도된 사고는 있을 거라고 막연히 짐작했다. 그러나 안타깝게도 그의 1,400쪽에 달하는 자서전 어디에서도 그가 좌편향적이라는 근거를 찾아낼 수 없었다.

한국전쟁이 일어났을 때, 그는 해운업을 하는 청년 사업가였다. 그리고 목포일보를 인수하여 신문을 발행하던 언론인이기도 했다. 인민군이 목포를 접수했을 때, 그는 당연히 인민의 적인 자본가로 분류되었다. 180명의 사람들과 함께 처형될 순서를 기다리다가 마침 유엔군이 상륙하며, 인민군이 달아나는 바람에 극적으로 목숨을 건진다. 그는 전쟁의 환멸을 경험한 많은 양식 있는 사람들이 그러하듯, 전쟁 자체의 부조리에 대해 깨닫고 오직 평화로운 세상, 사람이 사람다운 대접을 받는 세상을 꿈꾸었다.

> 무엇 때문에 싸워야 하고, 무엇을 위하여 죽어야 하는가. 공산군이 물러나면 좌익이, 한국군이 물러나면 우익이 죽어야 했다. 나는 전쟁을 보았다. 그 후 평생 민족의 화해와 전쟁이 없는 세상을 꿈꾸며 살았다.

그때의 결심은 그를 정치에 입문하게 하고, 정치인 김대중이 길을 잃지 않도록 인도하는 좌표가 된다. 해방 공간에서 많은 젊은이들과 지식인들을 사로잡은 공산주의 사상은 무척 매력적이긴 하지만, 그것이 실현된 방식의 야만성을 북한을 통해 보았기에 그는 거리를 두었던 것이다.

반면 사회 첫발을 청년 실업가로 내디뎠던 그는 자본주의 시장경제 체제에 대한 믿음을 저버린 적이 없었다. 다만 소련과 동구 공산국가들이 무너졌을 때, 대부분의 사람들은 자본주의를 받아들이지 않은 것을 그들의 몰락의 이유로 꼽았지만, 김대중은 그들이 '민주주의'를 하지 않았기 때문에 몰락한 것이라고 바라보았다. 자본주의와 민주주의를 자유민주주의라는 말로, 마치 하나의 세트인 것처럼 말하는 대부분의 우파적 시각과는 거리가 있었다.

그럼에도 박정희와 대결하던 1960~70년대는 물론이고, 김영삼과 승부를 겨루던 92년에도, 김영삼은 평생 민주화운동을 함께해온 그를 향해 용공의 딱지를 붙였다. 정작 남로당에 가담하여 사형선고까지 받고, 동지들의 명단을 모두 발설한 후 살아남은 박정희야말로 부인할 수 없는 좌파의 이력을 가진 자였다.

박정희의 좌파 공세가 심해질 때, 김대중의 참모들은 우리도 좌파 이력을 공격하자고 나섰다. 그러나 김대중은 "그건 모두 예전의 일"이라며 일축한다. 박정희의 좌파 이력은 그의 친일 이력과 마찬가지로 대세에 몸을 싣고 보는 기회주의적 관성에서 비롯한 선택이었을 뿐

일 터이니, 그를 이제 와서 좌익으로 모는 것도 난센스였을 것이다. 김대중은 박정희가 대통령으로서 제대로 행하지 못한 것들만 가지고 이야기해야 한다고 생각했다.

김대중이 대통령직을 수행했고 관 속에 묻힌 지금까지도 김대중 빨갱이 슬로건을 뇌리에 새기고 있는 사람은 박정희의 좌파 이력을 아는 사람보다 압도적으로 많을 것이다. 그래서 깨달은 것은 한국 우파들에게 '빨갱이'는 권력을 가진 자에게 고개를 조아리지 않는 모든 사람에게 붙여지는 이름이란 사실이다. 그것은 권력자들에게 반기를 드는 모든 자, 세상의 모든 불순한(!) 자들에게 붙여지는 공통어이기로 했다. 그렇다면 나는 빨갱이다.

지역 감정 현대사

김대중은 지역감정을 그 무엇보다 쓰라려 했다. 대통령 취임 1년 후 가진 「국민과의 대화」에서 한 여학생이 무인도에 가져가고 싶은 세 가지를 꼽으라 할 때, 그는 부패·실업·지역감정 세 가지를 꼽았을 정도로 한국사회를 좀 먹는 핵심적인 폐해가 지역감정이라 생각했다. 보통 사람들이라면 자신이 가장 아끼는 세 가지를 꼽았을 텐데, 한국사회에서 가장 빨리 사라져야 할 것 세 가지를 들고, 무인도로 가

저가서 없애고 싶어 했던 데서도 그의 남다름이 보인다.

김대중을 통해서 나는 지역감정 또한 박정희의 업적이란 사실을 알게 되었다. 박정희의 노골적인 호남 차별, 경상도 편애를 알고 있었지만, 이미 그전부터 신라와 백제로 나뉘었던 두 지역 간엔 뿌리 깊은 감정이 있었으리라 착각해왔던 것이다.

김대중은 박정희가 조장한 지역감정이, 이승만이 친일파를 비호하며 그들을 중용한 것에 견줄 만한 과오라고 평했다. 자식을 키울 때도 한 자식을 편애하는 것은 모든 자식을 망치는 가장 나쁜 방법이라는 사실을 우리는 알고 있다. 그런데 박정희는 한 나라의 대통령을 자처하면서 자신의 출신 지역인 경상도를 노골적으로 품고 전라도는 철저하게 내쳤고, 박정희의 호남 차별은 전 국민이 호남 사람들을 차별하게 만들었다. 김대중은 박정희의 전라도 차별을 이렇게 세 가지로 정의했다.

하나는 문화적 차별이요, 또 하나는 지역개발 차별이며, 세 번째는 인재 등용의 차별이다. 이는 집요하고도 계획적으로 진행되었다. 권력이 모든 수단을 동원해서 고착화시켰다. 드라마나 영화, 노래 속의 도둑이나 사기꾼들은 거의가 전라도 사투리를 썼다. 무엇보다 무서운 문화적 차별이었다.

이승만 때만 해도 지역감정에 의한 대립은 없었으며, 전라도 사람이 경상도에 가서 국회의원이 되었고, 경상도 사람이 전라도에 살면서 국회의원에 선출되었다는 김대중의 말은 내게 거의 충격적이었다. 김대중 자신이 초선의원이 된 곳도 강원도 인제였다. 박정희가 쿠데타를 일으키기 직전이었다. 아무런 연고도 없는 군인들의 땅에 가서 그는 전라도 억양으로 주민들을 설득했고 마음을 얻었다.

박정희의 호남 차별은 김대중이란 정적을 궁지로 몰아넣기 위한 꼼수였다는 것을 생각하면, 이 열등감에 찌든 한 폭군이 우리 민족 전체에 지은 죄는 얼마나 큰 것인지. 김형욱 전 중앙정보부장의 증언에 따르면, "김대중에 대한 박정희의 감정은 단순한 정적 관계가 아니라 깊은 열등의식을 바탕으로 한 증오에 가까운 것"이었다고 한다. 그는 김대중을 죽일 수 있는 모든 방법을 동원했고, 그중 하나가 그의 출신 지역인 전라도를 차별하고 나쁜 이미지를 퍼뜨리는 것이었다.
독재는 극복할 수 있지만, 박정희가 단단히 심어놓은 지역감정은 여전히 잘 작동하고 있고, 집권 세력은 그것을 극복하기 위해 노력하기는커녕, 여전히 그들의 이해를 위해 유용하게 써먹고 있다. 독재자의 딸이 권력을 차지하는 데도 절대적인 공을 세운 것이 지역감정이다.

열린 지성

김대중은 평생 공부를 할 수 있었던 행운(!)을 가졌던 정치인이기도 했다. 국회에서 가장 많은 책을 빌려보는 의원이었고, 감옥에서의 6년 동안 600권의 책을 읽었을 만큼 독서하는 즐거움을 누렸다. 그래서 김대중의 사고는 그 시대, 같은 또래의 어떤 누구보다도 열려 있는 편이었다. 정쟁을 벌이는 데만 골몰하지 않았고, 스스로 나라를 다스리기 위한 주요한 정책들을 준비했다. 그리고 오랜 망명기간 동안 그는 전 세계의 인권운동가·정치인들과 돈독한 인간관계를 쌓으면서 열린 사고의 지평을 더욱 넓혀갔다.

그가 국제무대에서 각별한 신임과 지지를 얻을 수 있었던 것은 그의 민주화투쟁의 과정에서 보여준 진실성 때문만이 아니라, 상당 부분 그의 끊임없는 독서와 연구가 가져다준 폭넓은 지식과 넓은 안목에 기반하는 것이기도 했다.

그의 탐구하는 태도는 직접 준비하는 탁월한 연설 실력과 풍부한 유머 감각과 더불어 언제 어디서나 좌중을 압도할 수 있는 토대를 제공했다. 그가 유림들을 만나서 이야기한 충효사상의 현대적 의미에 대한 견해는 그중에서도 특별히 무릎을 치게 하는 탁견이다.

충의 대상이 무엇입니까. 흔히 국가를 떠올릴 것입니다. 그런데 국가를 충의 대상으로 하면 잘못하면 히틀러의 나치즘이나 일본의 군국주의가 될 수 있습니다. 충의 대상은 국민이어야 합니다. 헌법에서도 국민이 주권자입니다. 충의 대상은 바로 내 아내요, 남편이요, 자식이요, 내 이웃입니다. 그래서 충의 대상이 내 곁의 모든 사람이고, 그 사람들이 곧 나의 임금인 것입니다. (……) 효의 대상은 무엇입니까. 물론 부모라는 데 이론이 없습니다. 그러나 자식만이 부모를 섬기는 무조건적 효의 시대는 지나갔습니다. 그것은 농경시대 대가족주의의 유물이 되어가고 있습니다. 자식이 자식다우려면 부모도 부모다워야 합니다. 부모와 자녀 관계가 쌍방향으로 흘러야 합니다. 이제는 자식이 항상 부모를 모시기가 어렵습니다. 그래서 국가가 효도를 해야 합니다. 경로사상을 받들어 노인들을 국가가 보호해야 합니다. 이를 사회적 효도라고 할 수 있겠습니다.

충과 효에 대한 전통적인 사고를 정면으로 반박하는 김대중의 모던한 생각이 유림들의 머릿속에 얼마나 전달되었을지 모르겠지만, 김대중의 이러한 사고가 국민기초생활보장제도와 전국민연금제로 실천하는 밑바탕이 된 것을 보면서, 지도자라는 사람이 갖는 소양이란 것이 얼마나 중요한지를 새삼 깨닫는다.

김대중과 미국

김대중이 가진 많은 훌륭한 면모에도 불구하고, 내가 김대중이라는 정치인에 대해 온전히 긍정할 수 없는 것은 그가 대한민국의 민주화를 위해 이룬 업적만큼이나 재임 중 저지른 과오가 우리 역사에 치유하기 힘든 상처를 남기고 있기 때문이다. 첫 번째는 전두환·노태우에 대한 사면이고, 두 번째는 신자유주의 체제를 고착화시킨 것이다.

그가, 확고한 신념을 가지고 이 명백히 잘못된 길로 갈 수밖에 없었던 것은 그가 예수를 믿는 가톨릭교도였고, 앵글로색슨계의 사고방식에 지나치게 경도된 사람이었기 때문이라고 난 생각한다. "신을 믿는 지식인은 머리에 금이 간 사람"이라고 파리에서 만난 한 지인이 내게 말해주었을 때 나는 주저 없이 거기에 동의할 수 있었다. 김대중이 가진 신앙은 많은 정치인들이 그러하듯 단순히 교우의 수단으로서가 아니라, 진심으로 예수의 발아래 무릎을 꿇고 해답을 구하는 신실한 신앙이란 사실을 알고, 난 다시 한 번 적잖은 충격을 받았다. 바로 이 지점에서 이 명민한 인간이 저지른 대부분의 실수들의 실마리는 찾아진다.

나라의 최고 권력을 가진 자가 그의 목숨을 호시탐탐 노렸다. 이 나라를 떠나 망명객으로 외국을 떠돌아도, 지구 끝 어디라도 그들은 김대중을 따라왔다. 자식들은 물론이고 조카들에게까지 고문이 가해졌다. 그런 상황에서, 나라의 대통령을 초월하는 어떤 절대자에 매달리지 않았다면, 온전한 정신으로 살아갈 수 없었을 것이라는 점을 인간적 차원에서 이해할 순 있다.

일본 망명 중, 박정희의 지시로 중앙정보부가 그를 납치하여 바다 한 가운데 빠뜨리기 직전, 그는 예수에게 기도로 매달렸고, 예수의 형상이 그때 그 앞에 나타났으며, 그 순간 비행기 소리가 다다다 들려왔고, 그는 며칠 뒤 동교동 자택 앞에 서 있었다. 집으로 돌아온 그는 가족들과 함께 주님께 감사기도를 올렸다.

실제로 그의 목숨을 구한 것은 미국정부였다. 김대중 입장에서는 미국이 곧 자신의 생명을 구해준 은인이며, 하나님의 뜻이 같이하는 나라라고 생각하는 것은 뜯어 말릴 수 없는 필연적 귀결이었을지도 모른다.

그러나 한 인간이 겪어내기에 너무도 가혹했던 군사정권의 탄압은 그의 머리 한 쪽에 금이 가게 했고, 그 갈라진 금으로 신이 깊이 스며들어 갔다. 그것은 우리 사회를 위해선 불행한 일이었다. 김대중은 전두환과 노태우에 대한 사면을 이미 오래전부터 마음에 먹고 있었다. 그것은 예수가 말한 용서의 철학이었고 동시에 영국과 미국의 역사가 그에게 내린 교훈이기도 했다.

남북전쟁에서 승리한 북군이 남군에게 보복을 하려 할 때 이에 반대한 링컨의 사례와 1688년 명예혁명 때 제임스 2세를 축출하고, 그가 프랑스로 도망갈 수 있도록 길을 열어두었던 영국정부의 사례를 들며 김대중은 화해의 정치를 해야만 한다고 다짐한다. 그래야만 영국처럼 관용과 질서 속에서 의회정치의 꽃을 피울 수 있다고 그는 믿었다.

반면 1789년 혁명에서 루이 16세를 단두대에 세운 프랑스의 경우를 그는 바람직하지 않은 사례로 들었다. 망명 시절 그를 따뜻하게 품어주고, 그의 목숨을 번번이 구해주었던 영국과 미국은 그에게 거부할 수 없는 이상국가의 모델이었던 것이다.

김대중이 신군부에 의해 감옥에 갇혔을 때, 그는 광주에 어떤 일이 일어났는지 전혀 알지 못했다. 신군부는 김대중의 사주에 의해 광주시민들이 봉기했다고 꾸며내고, 그에게 사형을 언도한다. 미국을 비롯한 전 세계 정치인과 지식인들의 사면 요구에 의해 사형에서 무기징역으로 그리고 다시 석방에 이른다. 그러나 이미 광주에서는 200명 가까운 사람이 죽었다. 영화 「밀양」이 말하고 있는 것처럼, 가족을 잃은 희생자들이 용서하지 않은 역사의 죄인을 김대중은 그의 가톨릭 정신과 앵글로색슨족이 역사에서 보여준 화해의 정치 정신에 입각하여 용서해준다.

그러나 용서란 반성하는 자에게만 베풀어지는 선물이다. 전두환과 노태우는 법정에서 자신들의 죄를 인정하고 선처를 바란 적이 없다. 그들은 응당 해야 할 일을 했다고 끝까지 주장했다. 그들은 자신들이 갈취한 천문학적인 숫자의 돈을 국가에 반납하지 않으며, 호의호식하며 살아가고 있다. 그 어떤 잘못도 저지른 적이 없다는 듯이. 이것은 블랙코미디를 넘어서 한국사의 가장 처절한 비극이다.

이 두 사람을 사형에 처하진 않더라도, 그들은 적어도 여전히 차가운 감옥에 있어야 했다. 그랬다면 광주민주화운동을 '광주사태'라고 부르는 대통령이 2007년에 나올 수는 없었을 것이다. 김대중은 용서를 통해 위대한 가톨릭정신을 실천했을지 모르지만 민족을 위해선 다시한 번 역사를 바로 세울 수 있는 기회를 놓쳐버린 것이다. 희생자들의 동의, 국민들의 동의를 구하지 않고 예수의 정신을 실천하기 위해 자신의 권력을 남용한 것이다.

두 번째는 김대중이 열어젖힌 신자유주의 대한민국이다. 김대중 취임 당시 38억 달러에 그쳤던 외환 보유고는 취임 1년 후 520억 달러로 늘어났다. 김대중 개인이 지난 세월 쌓아온 신망 있는 정치인으로서의 신임도를 바탕으로 주저 없이 적극적인 정상외교에 뛰어들어

거둔 결과였다.

그러나 문제는 그 다음부터였다. 급한 불을 끄고 나선, 고삐를 느슨하게 늦추면서 너무 큰 단기적 충격이 몰려들지 않도록 조절했어야 했다. 그 역시 IMF의 요구가 너무 과하다고 생각했고, 대량 실업으로 중산층이 무너지는 모습을 아파했다. 그러나 이 모든 것이 과도기적 단계일 뿐이며, 체질을 정비한 다음에는 실업자들이 다시 양질의 일자리를 구할 것이라고 믿었던 것이다.

그러나 그것은 신자유주의라는 체제로 깊이 발을 들여놓는 미끼였고, 김대중은 아무 의심도 없이 그것을 덥석 물었다. 왜? 그는 우리 앞에는 오직 한 가지 길밖에 없다고 믿었기 때문이다. 그 길은 미국이 제시해주는 길이었다.

한국과 마찬가지로 외환위기를 맞이했던 말레이시아는 우리와 다른 길을 갔다. 마하티르 총리와 김대중이 만났을 때 마하티르가 한 말을 그는 상세히 기술하고 있다.

"말레이시아도 처음에는 시장을 개방하고 외국인 투자를 적극 환영했습니다. 그러나 자유시장경제 원리를 악용한 단기 국제투기자본가의 시장 조작으로 많은 폐해가 있었습니다. 자본, 기술 및 시장이 부족한 말레이시아에서 외국 자본 의존도가 높은 것은 불가피하나 앞으로는 외국 자본 도입은 생산적인 분야에만 권장하는 등 자본 이동을 규제해나갈 예정입니다."

그의 이야기를 책에 고스란히 인용했던 걸 보면, 김대중은 마하티르 총리의 말에도 귀를 기울였음이 분명했다. 그러나 안타깝게도 금융위기 극복에 필요한 자본 이동에 지나친 제약은 없어야 한다는 자신의 의견에는 변함이 없음을 피력하는 것으로 생각을 매듭짓고 있다.

김대중은 '규제'란 말에 몸서리를 쳤다. 마치 그것이 지금까지 모든 걸 망쳐놓았고, 시장은 하나님이 거하시기라도 하는 양 신성한 것으로 간주했다.* 신자유주의에 한국 사회가 깊숙이 물든 후 만나본 모든 공무원들에게서 규제라는 말에 경기를 일으키는 모습을 볼 수 있었다. 그들이 자본과 자본가에게 베풀 수 있는 건 오직 '자유'뿐이었다. 신자유주의의 약물이 강하게 투여된 모습 그대로였다.

김대중은 신자유주의가 도입된 이후의 모든 나라는 양극화된다는 사실을 외면했다. 이미 이 책을 썼을 시점에는 신자유주의로 재편입된 사회에서 단기 금융자본의 폐해가 충분히 드러난 상태였으며, 세상은 80대 20을 넘어 90대 10으로 극단적인 양극화의 길을 가고 있음을 보았으면서도 말이다.

물론, 외환위기로 빚어진 한국사회의 변화에 대한 책임을 김대중에

*
김대중이 철저한 우파 정치인이었다는 사실을
여기서 다시 한 번 확인할 수 있다.
다만 그는 독재에 단호히 반대하는
민주주의적 상식을 가진 정치인이었을 뿐이다.

게만 지울 순 없다. 본질적으론 이 또한 박정희의 재벌 특혜 위주의 발전 모델이 다다를 수밖에 없는 예고된 종말이었기 때문이다. 정치와 경제가 민주적으로 발맞춰 성장하지 못했기 때문에 정권이 파국을 맞은 것처럼 경제체제도 순차적으로 파국을 맞을 수밖에 없었다. 다른 어떤 정치인이 김대중의 자리에 있었다 해도 IMF 차관을 받아들이는 방법 이외의 수를 쓰지 않는 한 한국사회의 신자유주의화라는 운명을 피해가긴 어려웠을지 모른다.

그러나 김대중은 IMF 플러스를 요구하는 미국의 제안을 조건 없이 수용했다. 정리해고 수용, 외환관리법 전면 개정, 적대적 인수합병 허용 등. 희생을 노동자에게만 강요해선 안 된다고 믿었지만, 그 희생을 기업가도 나눠질 수 있는 방법을 구체적으로 마련하지 못했다. 말레이시아가 취했던 조금 다른 길이 있음을 그는 염두에 둘 수 없었다. 그에게서 미국이라는 나라가 갖는 영향력은 압도적인 것이었기 때문이다.

정치란 흙탕물 속에 피는 연꽃

김대중은 정치가 "심산유곡에 핀 순결한 백합화가 아니라 흙탕물 속에 피어나는 연꽃 같은 것"이라 여겼다. 그가 저질렀던 치명적 실수들, 의도하지 않았으나 현실적으론 국민들을 많은 혼란과 고통에 빠뜨렸던 정책적 과오들에도 불구하고, 김대중은 그 흙탕물 속으로 기꺼이 들어가 40여 년간 그 속에서 형언할 수 없는 고생을 하다가 마침내 연꽃을 피어올린 사람이란 사실에 난 동의하지 않을 수 없다.

퇴임 후 여든이 다되어서야 비로소 사랑하는 부인과 최고로 행복한 나날을 보냈다는 이 사람. 그의 말년이 따뜻하고 평화로웠기에 내 마음도 포근했다. 자신뿐만 아니라 가족 전체의 삶을 위협하는 모진 삶의 틀거리를 놓지 않고 살아왔음에도, 47년간 함께하는 동안 단 한 순간도 원망도, 단념도 않고 서로를 가장 사랑하고 존경해왔다는 김대중과 그의 부인 이희호가 함께 누린 삶은 그가 진흙탕에서 겪은 모든 수난을 보상한다.

더 이상은 이 땅의 민주화를 위해 이토록 험난한 고난의 길을 걷는 정치인이 이 땅에 나오지 않길 바란다. 김대중이 가야 했던 길이 너무도 고된 것이었기에 그에겐 종교라는 아편이 필요했던 것이다.

이성의 힘과 관용의 덕, 열린 사고와 반짝이는 지혜의 힘으로 나아가는 지도자, 굿도 하지 않고, 하나님에게 모든 걸 맡기지도 않으며, 국민의 뜻을 경청하고, 문화를 통해 두루 행복한 사회를 가꿀 수 있는 지혜로운 지도자를 우리, 언젠가는 가질 수 있을까?

시민의
이름으로

도서 | 미국민중사(전2권)
저자 | 하워드 진
출판 | 이후

이 책을 끝까지 읽어내는 것. 그 자체가 고통이었다. 이토록 강렬하고
혹독한 독서 체험을 다신 하는 일이 없을 것이라 다짐할 만큼. 그러나
이 혹독한 지옥의 문을 통과하고 나오면서, 세상은 확연히 달리 보이
기 시작했다.

하워드 진에게 경의를

8,000여 권의 책을 소장한 집요한 독서가인 옆 지기가 하워드 진의 『미국민중사 *A People's History of United States* 』를 읽을 때, 몇 번을 숨을 몰아쉬며, 도저히 읽을 수 없다고 책을 덮는 것을 보았다. 책을 읽는 동안 시름 시름 말라가는 듯했다. 포기할 듯하더니 결국 두 달 만에 책을 읽어내는 모습을 지켜보았던 것이 8년 전. 대체 뭔 얘기가 쓰여 있길래! 어지간히 독한 책들에 꿈덕도 안 하는 인간이 저 지경인가 싶어, 한국어로 번역되어 나왔을 때 냉큼 구입해 읽기 시작했다.

나 역시 첫 5장 정도를 읽고는 책장을 덮었다. 독이 온몸으로 퍼지는 것처럼 아프고, 부글부글 뜨거운 것이 온몸에 차올라, 숨을 헐떡거렸다. 그러나 몇 달 뒤 다시 책을 잡을 수밖에 없었다.

나를 괴롭히는 사실들은 수세기 전, 아메리카 원주민, 아프리카인이 온몸으로 겪은 일들, 그 일들을 고작 글로 읽는 것이 괴로워 덮어버린다는 건 차마 관용할 수 없는 수준의 비겁함이다. 아악 소리를 지르며 책장을 덮고, 다시 마음을 다독이며 책장을 넘기기를 거듭하며 차마 냄새 맡기조차 역겨운 아메리카 대륙의 속살을 들여다보았다. 정복자들이 써온 국가의 역사가 결코 말하지 않고 보지 못했던 것들. 칼로 도려내고 덧칠하여 영원한 신화처럼 굳어져버린 날조된 진실들의 실체를. 민중이 온몸으로 겪고, 그들의 핏발 선 눈으로 바라본 진정한 아메리카의 역사가, 아메리카 대륙이 유럽인들에게 발견된 후 500년이 넘은 이제야 세상의 빛을 볼 수 있도록 20년이라는 세월 동안 고혈을 쏟았을 하워드 진^{Howard Zinn}의 용기와 인내에 고개 숙여 감사하며.

아메리카 인디언 잔혹사

> 호기심에 가득 찬 황갈색 피부의 벌거벗은 아라와크족 남녀들이 섬 해안가의 마을에서 나와 그 이상하고 커다란 배를 자세히 보기 위해 헤엄쳐 왔다. 콜럼버스와 선원들이 칼을 든 채 기이한 소리를 내뱉으며 물가에 닿자, 아라와크족은 그들을 맞이하러 달려 나왔고 음식과 물, 선물을 가져다 줬다. (……) 이들은 무기를 가지고 있지 않으며, 심지어 무기가 무엇인지조차 모른다. 내가 칼 한 자루를 보여주자 아무 생각 없이 칼날을 쥐다가 손을 베이기도 했다. 이들에게는 철이 없다. 이들의 창은 막대기에 불과하다. (……) 이들은 좋은 하인이 될 듯하다. 50명만 있으면 이들 모두를 정복해서 마음껏 부릴 수 있을 것이다.

아메리카 대륙에 첫발을 내디딘 유럽인 콜럼버스. 그들을 순진한 호기심과 호의로 맞이한 원주민과의 첫 대면이다. 서로가 서로에게 낯설기는 마찬가지. 한 쪽은 마음을 열고 온정을 베푸는데, 다른 한 쪽은 이들을 노예로 삼고, 이들을 이용해 황금을 얻을 생각에 부푼다. 악하고 어리석은 자들이 선하고 현명한 자들을 모조리 쫓아내고, 별이 총총 박힌 깃발을 꼽는 아메리카의 역사는 이렇게 시작된다.

원주민들을 대면한 콜럼버스의 머리를 바쁘게 스쳐간 생각들은 이후 500년 동안 그의 뒤를 이어 아메리카 대륙을 밟은 백인남자들의 머리를 일관되게 지배했고, 주 하나님의 이름으로 모든 땅을 다 정복하고, 가능한 한 세상의 모든 부를 다 차지하겠다는 미국의 대외정책의 근간이 된다.

금을 찾아 바치겠노라고 스페인 여왕을 설득해 탐험에 나선 콜럼버스는 아이티에 근거지를 마련하고, 원주민들에게 금을 모아오라고 명령했다. 금을 가져오면 목에 구리 표식을 달아줬다. 구리 표식을 달지 못한 인디언은 발견되는 즉시 두 팔이 잘린 채 피를 흘리며 죽어갔다. 콜럼버스가 찾는 황금의 땅은 없었고, 가능하지 않은 임무를 부여받은 원주민들에게 남은 것은 죽음뿐. 2년간의 학살로 인해 아이티의 원주민 25만 명 가운데 절반이 목숨을 잃었고, 남아 있는 금이 하나도 없다는 사실이 분명해지자 남은 이들은 노예로 끌려갔다. 100년 뒤 그 섬에는 원주민이 한 사람도 남지 않게 되었다.

콜럼버스와 선원들의 오만은 선량한 원주민들 앞에서 인간의 악한 본성의 절정을 보여준다. 그들은 걷는 것조차 거부하고, 인디언의 등에 올라타거나 이들이 둘러메고 달리는 그물침대를 타고 이동하곤 했다. 칼날이 잘 섰는지를 시험해보려고 인디언들을 열 명, 스무 명이나 칼로 베었고, 살점을 잘라내는 일도 허다했다. 도망친 인디언들은 발견되는 즉시 살해되었기에 어디에도 도움을 청할 수 없다는 사실을 알게 된 이들은, 절망적인 침묵 속에서 고통받으며 죽어갔다. 서양인들은 원주민들이 갖고 있지 않은 살인적인 공격성이라는 무기를 지니고 있었고, 그것을 갖지 않은 자들은 종족을 보존하는 일조차 할 수 없었던 것이다.

북아메리카에서도 같은 일이 벌어졌다. 뉴잉글랜드에 처음 도착한 청교도들은 인디언들이 살고 있는 영토에 자리 잡으며 이렇게 선언한다. 인디언들은 땅을 '정복'하지 않았으므로 땅에 대한 '자연권'만 보유할 뿐 '시민권'은 지니고 있지 않다. 자연권은 법적 효력을 가질 수 없다. 또 이들은 성경을 들어 이 땅에 대한 정당성을 찾아냈다.

내게 청하여라. 뭇 나라를 유산으로 주겠다. 땅이 끝에서 저 끝까지 너의 소유가 되게 하겠다.

독립적이고, 순종적이지 않은 북아메리카 인디언을 노예로 만들 수 없다는 걸 알게 되자, 이들과의 공존도 원하지 않았던 영국인들은 인디언을 절멸시키기로 한다. 영국인들은 인디언 마을에 불을 지르고 아이, 여자들까지 몰살시키는 방식으로 인디언에 대한 학살을 자행했다. 100만 명이 넘던 북아메리카의 인디언 수는 이후 30만 명으로 줄었다.

문명과 야만

주지하다시피, 콜럼버스와 그 후대의 정복자들은 빈 황야에 온 것이 아니라 섬세한 문화, 평등한 인간관계를 가진, 우리가 알고 있는 역사상의 그 어떤 사회보다도 조화롭고 평화롭고 완전한 삶의 체계로 들어온 것이었다. 콜럼버스 일당이 상상하듯, 그들은 자신의 문명을 전파하고 발전시키기 위해 야만인들의 세계를 물리친 것이 아니라, 우리의 상상을 초월하는 조화로운 문화를 가진 세계에 대한 두려움과 충격을, 자신들이 가진 유일한 힘인 무력을 통해 제거한 것이었다.

미국 북동부 지역에서 이로쿼이 연맹이란 이름으로 살던 인디언들의 삶을 들여다보자. 이들 사회는 모계로 이뤄져 있었다. 가옥과 토지,

사냥으로 잡은 짐승까지 모두 공동의 재산이다. 거지나 가난뱅이는 있을 수 없었다. 이들은 친절하고 인정 많고 예의가 바르며, 물질에 대해 관대할 뿐 아니라, 공동 물품이 아니면 어떤 것도 소유하지 않았다. 이혼을 원하는 부인은 남편의 물건을 문 밖으로 내놓기만 하면 되었다. 질투도 미움도 없었다. 남자와 여자는 권력을 공유했다.

어린이들은 부족의 문화유산과 유대감을 배우는 한편, 고압적 권위에 복종하지 말 것, 독립심을 가질 것, 평등과 공유를 배웠다. 일찍부터 젖을 떼거나 배변 훈련을 시키지 않고, 아이가 자기 스스로를 돌보는 법을 천천히 배우도록 내버려두었다. 인디언 부모들은 아이들을 벌주는 일을 체질적으로 싫어했다.

인디언들은 개인의 자유를 공동체나 부족에 대한 개인의 의무보다 훨씬 더 소중한 규범으로 여겼다. 사회 최소 단위인 가족에서부터 이런 무정부주의적 태도가 모든 행동을 지배했다.

인디언들은 공기를 사적으로 소유하는 것만큼이나 토지를 사적으로 소유한다는 생각을 이해하지 못했으나, 그 어떤 토지 소유자보다 더 깊은 애정을 가지고 땅을 사랑했고, 땅을 이해했으며, 자연의 모든 존재들과 영적인 교류를 하며 살아왔다. 인간이 만든 공동체 사회에 더 이상 무엇이 필요할까.

인류가 야만적 자본주의의 늪에 빠져 절대 다수의 사람들이 처참한 착취의 삶을 이어가게 되면서 수많은 혁명가들이 꿈꾸고 시도해왔던 모든 사회적 이상들을 그들은 이미 오래전부터 자연스럽게 누리고 있었다.

원주민들의 삶은, 최초의 이주민들이 지녀온 유럽의 가치, 즉 성직자와 통치자, 가부장이 지배하며 부유한 자와 가난한 자들로 이뤄진 계급사회와는 날카로운 대조를 이뤘고, 이들은 자신들이 도저히 이해조차 할 수 없는 평화와 조화, 평등의 사회에 대한 두려움을 가졌다. 무기 면에서 앞선 이들이 스스로를 문명인으로 여기면서도, 실제로 인디언들처럼, 적게 일하면서 많은 곡식을 수확하는 법을 결코 터득하지 못하는 것에 대한 좌절된 분노가 인종 학살로 이어졌다는 논리도 설득력 있게 제기된다. 인디언 사회의 근간을 이루는 모계사회에 대한 부계사회의 본능적인 거부감도 이들을 제거하고 파괴하게 한 하나의 원동력이었다.

1920~30년대 인디언들과 함께 살았던 학자 존 콜리어는 "만약 우리가 그들의 정신을 가질 수 있다면, 영원히 고갈되지 않는 대지에서 끝없이 지속되는 평화를 이루며 살게 될 것이다"라고 말했다. 인디언 문화가 갖는 인간친화적·자연친화적인 우월성은 명백하다.

인디언 사회에 발을 딛게 된 수천 명의 유럽인들이 그 사회를 떠나지 않을 것을 선택하는 반면, 선택의 기회를 가졌던 원주민들이 한 명이라도 유럽인이 된 사례는 볼 수 없다. 인디언과 백인들 사이엔 400건에 이르는 이러저러한 협약이 이뤄졌고, 그 협약이 백인들에 의해 위반되지 않은 적은 한 번도 없었다. 이스라엘이 팔레스타인과 맺은 협약을 지킨 적이 한 번도 없는 것처럼. 미국 대통령이 다른 나라가 협약을 위반한 사항을 지적하는 광경을 목격하면, 인디언들은 배가 아플 정도로 웃는다고 한다. 과연 이 둘 중 누가 문명인이고 누가 야만인인가?

1607년, 한 인디언이 버지니아주에 처음 정착한 영국인들을 향해 남긴 글이다.

사랑으로 조용하게 가질 수 있는 것을 왜 힘으로 얻으려 하는가? 왜 당신들에게 먹을거리를 주는 우리를 짓밟으려 하는가? 전쟁으로 무엇을 얻을 수 있단 말인가?(……) 왜 우리를 질시하는가? 우리는 무기가 없고, 당신들이 친구처럼 대하면 원하는 것은 무엇이든 기꺼이 줄 것이다. 우리 모두의 신경을 곤두세우게 만드는 당신네 총과 칼을 거두지 않으면, 당신들 모두가 똑같은 방법으로 죽게 될 것이다.

그의 말은 예언과도 같았다. 인디언들을 유린했던 그 방식 그대로, 21세기를 넘기도록 미국은 전 세계의 약소국들을 총칼로 유린하며 자국의 이익을 취해왔다. 자치 능력이 없는 약소국들을 보호한다는 명분하에. 2001년 9월 11일, 그들의 심장부에서 발생한 테러뿐 아니라 미국 전역에서 끊임없이 벌어지는 총기 난사 사건으로 연간 8,000여 명이 사망하는 그들만의 불행, 그러면서도 여전히 총기를 손에서 놓을 수 없는 현실은 모두 그들 스스로가 자초한 것임에 분명하다.

인종주의는 조작된 역사의 산물

아메리카 대륙에 막 도착한 이들은 혹독한 기아의 시간을 보낸 후 옥수수와 수출용 담배를 재배하는 방법을 터득했고, 이를 위한 노동력이 필요했다. 인디언들은 노예이기를 거부했고, 흑인 노예만이 답이었다. 흑인들은 군사적 면에서 백인들에 비해 열등했고, 자기 땅과 문화에서 강제로 떨어져 나왔기에, 인디언들처럼 강력하게 저항하지 못했다.

아프리카 내륙지방에서 노획된 노예들을 해변으로 끌어오고 나면, 완전히 발가벗긴 채 검사를 한다. 이후 우량하다고 인정되면 가슴에

빨갛게 달군 인두로 회사 마크를 찍는다. 우리가 지금 소나 돼지에게 하는 것과 똑같이. 그러고 나서 노예선에 차곡차곡 실리는데, 줄줄이 사슬로 묶인 채. 관 하나만 한 공간에서 자신의 배설물이 풍기는 악취에 숨이 막힌다. 칸막이 위아래 간격은 45센티미터에 불과했다. 이들은 어깨 폭보다도 낮은 공간에서 돌아누울 수도 없었다. 그런 공간에서 느끼게 되는 비참함과 질식해 죽을 것 같은 공포감은 이들을 광폭하게 만들거나 자포자기하게 만들었다. 노예들은 필사적으로 숨을 쉬기 위해 옆에 있는 노예를 죽이기도 했고, 질식해 죽느니 차라리 물에 빠져 죽으려고 바다로 뛰어들었다. 이런 상황 때문에 절반 이상이 바다에서 죽어갔다.

흑인들은 배의 짐칸에 물고기처럼 처넣어졌다. 1800년에 이르면 1,000만에서 1,500만의 흑인이 아메리카 대륙에 노예로 수송되었는데, 이 숫자는 아프리카에서 잡은 수의 3분의 1 정도였다.

인디언들에게 행하던 잔혹함 그대로. 아프리카인들에게 이 모든 만행을 허락해주는 존재는 하나님이었다. 콜럼버스는 성부·성자·성신의 이름으로 모든 노예들을 최대한 잡아갈 것을 서약한다. 하나님을 믿는, 그 선택된 자들에 대한 우월감은, 그렇지 않은 자들에 대한 그 모든 만행을 가능케 했다.

이렇게 실려온 노예들은 백인 하인들과 함께 일했다. 17세기 흑인과 백인 하인들은 눈에 보이는 육체적 차이에 관해서는 전혀 관심이 없었다고 노예제 연구자 케네스 스탬프[Kenneth Stampp]는 전한다. 흑인과 백인은 함께 일하고 서로 형제처럼 지냈다. 흑인과 백인 사이의 친밀한 관계를 금지하기 위해 법률을 제정하기까지 했다는 사실이 두 인종의 관계가 얼마나 좋았는지를 반증한다.

1661년 버지니아에서는 흑인과 함께 도망친 영국인 하인의 경우, 도망친 흑인의 주인을 위해 계약 기간 외에 추가로 특별 노역을 해야 한다고 규정한 법률이 통과된다. 1691년에는 흑인이나 흑백 혼혈, 인디언 남녀와 결혼하는 자유 백인 남녀를 버지니아에서 추방하는 법률이 제정되었다.

모든 간교한 지배자들은 분리와 분열을 획책한다. 통합과 화합, 조화는 평화와 평등으로 세상을 이끌며, 여러 개의 칸막이 속에서만이 특정한 최상층의 칸막이가 안전하게 유지되기 때문이다. 오늘날까지도 남아 있는, 마치 자연스런 현상인 것처럼까지 여겨지는 흑인에 대한 낯섦과 거부감, 차별은 실은 체계적으로 획책되고 조작된 역사의 산물일 뿐인 것이다.

이는 또한 가난한 백인과 부자인 백인 간에 벌어질 수 있는 내적인 계급 충돌을 막기 위한 방편으로 사용되기도 했다. 인디언 혹은 흑인이라는 완전히 낯선 적을 만들어 이들과 가난한 백인들이 맞서 싸우게 하고, 부유한 백인들은 뒤에서 이익을 챙기는 것이다.

이러한 방식은 건국 이래 미국이 끊임없이 전쟁을 벌여온 이유와도 같다. 미국의 정치지도자들은 전쟁이야말로 국가가 건강하게 돌아갈 수 있는 상태를 제공한다는 데 확신을 가졌다.

링컨은 노예 해방의 아버지가 아니다

17세기부터 시작된 노예제가 아무런 탈 없이 진행될 수 있었을까? 물론 그건 가능하지 않은 일이었다. 그럼 링컨이라는 도덕적으로 위대한 정치가가 나타나서 "너희의 뜻이 그러하니 내 그 뜻을 갸륵히 여겨 너희에게 자유를 선언하노라" 하면서 노예들은 해방된 걸까? 그걸 반대하는 남부와 전쟁까지 해가면서? 지금까지의 미국 역사를 보자면, 그것은 가능한 시나리오가 아님에도 불구하고, 미국의 역사책은 링컨을 노예들에게 해방을 선물한 산타클로스처럼 선전해왔다.

노예제가 시행되어오는 2세기 동안, 곳곳에서 반란과 탈주가 끊임없이 이어졌다. 시민의식이 성장하면서 곳곳에 노예제 폐지 운동가들이 생겨나기도 했다. 그러나 연방정부는 북부 산업 엘리트들이 정치·경제적 이유로 노예가 아닌 자유로운 노동력을 필요로 할 때에만 노예제를 종식시킬 생각이었다. 1857년 노예는 인간이 아니라 재산이므로 자유를 위해 소송할 수 없다고 선고한 것이 미합중국의 대법원이었다.

링컨은 북부의 산업적 요구와 신생 공화당의 정치적 야망, 인도주의의 미사여구를 완벽하게 결합시켰다. 자신들의 산업적 이해를 위해 자유로운 노동력이 필요했던 북부. 그들의 지지를 받은 링컨이 1860년 가을 공화당의 후보로 대통령에 당선되자, 남부의 주들이 미연방에서 탈퇴한다. 바로 이것이 남북전쟁의 발단이다. 노예제를 둘러싼 충돌이기보다 남북 간의 오래된 일련의 이해 충돌의 결과였다.
북부의 엘리트들은 경제적 팽창, 즉 자유토지 · 자유노동 · 자유시장 · 제조업 부문을 위한 높은 보호관세, 합중국은행을 원했다. 남부 노예주의 이해관계는 이 모든 것과 대립했다. 노예 해방은 남부 지주들에게 가장 큰 위협인 노예를 미끼로 하여 남부의 연방 복귀를 종용하기 위해 시행된 것이었다.

링컨은 남부에 4개월 동안 반란을 중단하도록 여유를 주면서 싸움을 계속할 경우, 그들이 소유한 노예들에게 자유를 주겠다고 협박한다. 북부 편으로 넘어오는 주에 대해서는 노예제를 그대로 두겠다고 약속했다. 그리고 4개월 뒤, 연방에 대항해 싸움을 계속하는 지역의 노예에 대해 자유가 선포되었다. 이렇게 해서 선포된 임시 노예해방령이었으나, 이는 노예제 반대 세력에 신호탄이 되었고, 노예제 종식 법안이 무려 40만 명의 서명을 모아 의회에 제출되고, 상원과 하원이 이를 채택하면서 노예해방령이 선포되게 된다. 링컨의 임시 조치가 하나의 법안으로 순식간에 채택되게 된 힘은 2세기 동안 지속되어온 백인과 흑인 노예제도 폐지자들의 아래로부터의 운동의 힘이었다.

노동자 연대의 힘

흑인 해방 후, 미국에서는 자본주의와 노동력의 새로운 노예화가 일어나기 시작했다. 너무나도 당연한 수순이었다. 두보이스[W. E. B. Dubois]는 남북전쟁을 전후로 한 미국 자본주의의 성장에서 어떤 의미에서는 흑인뿐 아니라 백인 역시 모두 노예가 되었다고 말한다. 불행하게도 그의 말은 틀리지 않았다.

새로운 이민자들이 아일랜드 · 중국 · 동유럽에서 계속 유입되었다. 1880년에는 약 550만 명, 90년대에는 약 400만 명의 이민자가 들어와 노동력의 과잉 상태를 만들었고, 그로 인해 임금은 계속 낮은 수준을 유지했다. 그들은 새벽부터 밤까지 일하며 길 위의 쓰레기 더미에서 잠을 잤다. 법적으론 자유였지만 현실적으론 자본에 종속된 노예의 삶이 재현되었다.

노동자들은 단결하기 시작했다. 1864년에 이르면 약 20만 남녀 노동자가 노동조합을 조직했으며, 일부 직종에서는 전국 노동조합을 결성하고 노동자 신문을 발간하기도 했다. 전쟁이 끝난 뒤, 최초의 전국 노동조합 연합체인 전국노동조합이 결성된 데 힘입어 여덟 시간 노동을 위한 운동이 시작되었다. 뉴욕에서는 10만 노동자들이 3개월에 걸친 파업으로 여덟 시간 노동을 쟁취하고, 72년 6월의 승리 기념식에서 15만 노동자가 도심을 가로질러 행진을 벌였다. 그러나 대부분의 노조는 여전히 흑인을 배제하거나 흑인만의 지부를 결성하라고 요구했다. 노동자들은 사회주의에 눈을 뜨기 시작했다.

"우리는 이미 충분히 황금의 지배라는 저주를 받아왔다. 돈은 결코 문명의 적절한 토대가 될 수 없다. 인류애를 근거로 하는 사회를 다시 만들어야 할 때가 됐다."

연방정부는 1896년, 무력으로 노동자 파업을 분쇄할 수 있는 법적 조항을 마련한다. 계급적 분노는 부글부글 끓어오르고 있었다. 이때 권력자들이 고안해낸 것이 국민적 단합이라는 구호의 물결 속에 계급적 불만을 익사시키는 애국주의였고, 애국심을 최고조로 고취시키는 것은 물론 '전쟁'이었다.

누구를 위한 전쟁인가

시어도어 루즈벨트 대통령 – 프랭클린 루즈벨트가 아니다 – 은 1897년 이렇게 말했다. "나는 거의 어떤 전쟁이든 환영한다. 이 나라에는 전쟁이 필요하기 때문이다." 그는 또한 "모든 위대하고 주인다운 민족은 호전적인 민족이었다. 평화를 통한 승리는 그 어떤 것도 전쟁을 통한 최종적인 승리만큼 위대하지 않다"고 말하기도 했다.

100년 전에 했던 한 미국 대통령의 이 말은 오늘날까지 지치지 않고 모든 미국 대통령의 가슴속에 명백하게 살아 있는 금언이다. 그들은 전쟁을 통해서만 미국이란 나라를 '제대로' 가동시킬 수 있다는 사실을 알고 있었고, 그 생각을 실천해왔다.

미국은 처음부터 그들과 다른 민족과 문화를 가진 인디언들을 학살하는 것으로 존재하기 시작한 나라였고, 학살과 침략을 멈추는 미국은 그 광적인 활력과 애국심과 도취감을 유지할 수단을 잃게 된다. 오직 가난한 노동자들만이 이 전쟁이란 것의 본질을 간파하고 있었다. 극소수의 권력자들이 전쟁을 결정하고, 자본가들은 거기서 부를 거뒤들이며, 장군들은 명예를 얻고, 가난한 자들은 목숨과 팔다리를 버리는 것. 그것이 전쟁이었다.

전쟁이 시작되면, 정부는 번창하고, 애국심이 꽃을 피웠으며, 계급투쟁은 잠잠해졌다. 전쟁의 불꽃을 언제나 유지해야 했던 미국은 1차 대전을 치르면서 방첩법(Espionage Act)을 통과시킨다. 이는 미국이 전쟁을 수행하는 와중에 의도적인 불복종이나 불출 항명, 미국 육군이나 해군에서 복무 거부를 야기 또는 시도하거나 미국의 신병 모집이나 입대를 의도적으로 방해하는 자를 가둘 수 있도록 한 것이다.

"저들은 우리가 위대한 자유공화국에 살고 있다고, 우리의 제도가 민주적이라고, 우리가 자유와 자치를 누리는 국민이라도 말합니다. 설령 농담이라고 해도 너무 심한 말이죠. 역사를 통틀어 전쟁은 정복과 약탈을 위해 일어났습니다. 그리고 이것이야말로 전쟁의 간단명료한 본질입니다. 언제나 전쟁을 선포한 것은 지배계급이었고, 그 전쟁에 나가 싸운 것은 피지배계급이었습니다"라고 말한 유진 뎁스^{Eugene Debs}는 방첩법 위반으로 체포되었고, 10년형을 선고받았다. 이 무렵, 약 900명이 방첩법 위반으로 투옥된다.

하워드 진

미국 현대사의 양심. 미국 뉴욕시 브루클린에서 유대인 이주민의 아들로 태어나 빈민가에서 성장했다. 제2차 세계대전에 폭격수로 참전했다가 전쟁에 환멸을 느끼고 반전주의자가 되었다. 역사·정치학자이자 사회운동가, 진보적·실천적 지식인으로, 반전·평화·인권운동 등에 앞장섰다. 1922년 8월 24일~2010년 1월 27일.

국익은 허구다

하워드 진은 말한다.

계급적 이해는 언제나 국익이라는 모든 것을 감싸는 베일 뒤에 가려져 왔다. 나는 나 자신의 전쟁 경험과 미국이 벌인 모든 군사 개입의 역사를 통해, 고위 공직자들이 자신들의 정책을 정당화하기 위해 국익이나 국가 안보에 호소하는 말을 들을 때마다 언제나 그 진실성을 의심했다. 한 줌도 안 되는 사람들이 전쟁을 결정하고, 수많은 다른 사람들은 그런 결정의 결과로 목숨을 잃거나 불구가 된다고 할 때, 국익이라는 게 과연 존재할까.

우리가 미국의 전쟁에 우리의 청년들을 파병해야 할 때마다 들어야 했던 모호한 단어 '국익'은 미국의 자본가와 권력자들이 그들의 국민들을 매수하던 마법의 어휘였다. 세상의 모든 전쟁의 본질은 같을 수밖에 없다. 그 전쟁을 선동하는 공식이 똑같은 것처럼.

초등학교 1학년에서 대학원에 이르기까지, 누구도 크리스토퍼 콜럼버스의 신세계 상륙과 동시에 인종 말살이 시작되어 에스파뇰라 섬의 원주민이 절멸됐다는 사실에 관한 어렴풋한 암시조차 해주지 않았다.

다행인지 불행인지 속은 것은 우리만이 아니었다. 미국인들은 그들의 자손들에게 멋지게 각색된 정복과 개척의 역사만을 알려줘왔다. 우린 일본의 역사 왜곡을 지적하고, 그 시정을 요구하며, 우리의 소녀들을 자신들의 군대를 위한 위안부로 착출해간 일본에 대해 보상을 요구한다. 미국의회에 가서까지 군위안부에 대한 일본의 보상을 요구하는 결의안을 채택하게 한다. 그러면서 우린 이토록 자신의 추악한 역사를 곱고도 숭고한 빛으로 분탕질해온 미국에 대해 아무 의심도 없이 수천의 젊은 병사들을 내주곤 했다. 여전히 국익의 이름으로.

역사를 움직이는 시민의 열망

하워드 진은 감춰진 진실들을 세상에 알리기 위해서, 동시에 역사의 전 과정에서 시민들의 격렬한 운동과 요구 없이 단 한 줌의 자유와 평화, 평등도 얻어지지 않았음을 역설하기 위해서 이 책을 썼다.

그 가장 아름다운 사례는 베트남 전쟁시에 벌어진 대규모 반전운동이었다. 세계 역사상 가장 강력한 나라가 작은 농업국가의 혁명적 민족주의 운동을 파괴하기 위해 원자탄을 제외한 모든 수단을 동원해 군사적 노력을 기울였다. 그리고 패배했다. 닉슨 대통령은 고백한다. "공개적으론 격렬한 반전 논의를 계속 무시했지만, 그 모든 항의와 전쟁 중지 시위가 벌어진 뒤, 전쟁을 확대시키면, 미국 내 여론이 심각하게 분열될 것임을 알고 있었다."

결국 전쟁을 중단시킨 것은 거센 반전 여론이었음을 시인한 셈이다.

> 미국 역사에서 어떠한 중요한 변화도 순전히 선거와 투표 행위의 결과로 달성되지 않았습니다. 아프리카 흑인 노예, 노동 조건 개선, 남부의 인종 차별, 베트남전 종전 등이 그랬죠. 제도정치권에서 비롯된 게 아니라, 조직적인 사회운동을 통해서 이뤄졌습니다. 제도정치는 늘 사회운동이 일종의 국가적 분위기를 조성한 뒤에야 움직이기 시작했습니다. 제도정치는 사회적 변화를 주도하지 않습니다. 시민의 요구가 충분히 강할 경우에만 반응합니다.

결국 하워드 진이 말하고자 한 것은 프랑스에서 '분노하라' '참여하라'를 설파하던 나이든 외교관(스테판 에셀)의 주장과도 같다. 역사를 움직이는 것은 역사의 바퀴를 함께 묵묵히 굴려가는 시민들의 결집된 힘. 결국은 그것이라는 사실.

시간이 흐를수록, 개인 간의 관계에서건 국가 간의 관계에서건, 권력은 더 악랄한 공격성을 가진 쪽으로 넘어가는 것을 목격한다. 그 목격담이 쌓이고 쌓여, 이젠 거의 부동의 진실이 되어간다. 물리적 힘을 가진 자도, 기막히게 잘 돌아가는 머리를 가진 자도, 아니면 남다른 재주를 가지거나 지식과 지혜, 용기로 빚어진 현자들도 아니다. 현자들은 오히려 주로 감옥에 자주 가 있는 경우가 많다. 박정희, 전두환 같은, 혹은 히틀러나 사르코지 같은 자들이 가진 권력에 대한 놀라운 탐욕은 그들을 권력으로 인도하고, 꼭대기에 서서 사람들을 짓누르는 병적인 환희를 즐기는 그들은 사회를 더더욱 수직적인 형태로 만들어간다.

호모 사피엔스의 두 얼굴

네안데르탈인이 멸종하게 된 결정적인 원인은 탁월한 공격성을 지닌 인류 호모사피엔스가 그들을 잡아먹었기 때문이라는 설이 최근 제기된 바 있다. 스페인 로비라 비르질리 대학 연구팀이 최근 발표한 네안데르탈인의 멸종 원인을 분석한 논문에 따르면, 프랑스 등지에서 발견된 네안데르탈인의 유골에서 호모사피엔스의 이빨 자국과 인위적으로 잘린 흔적들이 발견되었다는 것이다. 생물학적 진화 면에서 큰 차이가 없었던 네안데르탈인과 호모사피엔스 사이의 결정적인 차이는 바로 공격의지에 있었다. 같은 인류라는 종족을 죽이고, 이들을 잡아먹고자 하는 의지를 가진 자들은 공존을 희망했던 무리들을 멸종

시켰다. 아메리카 대륙에 발을 디뎠던 유럽인들이 아메리카 대륙의 원주민들을 거의 멸종시키는 데 성공했던 것처럼.

그런데 놀라운 사실은, 같은 인류를 가축처럼 납치해서 사고팔려 하는 사람 가운데 흑인들을 노예로 삼는 행위에 대해 문제제기를 한 사람도 많았다는 사실이다. 흑인을 노예로 삼았던 인간들 가운데는 흑인과 백인이 똑같은 인간적 권리를 가지고 있으며, 그 누구도 다른 사람을 노예로 삼을 수 없다는 평등의 원칙을 내세우며, 흑인들의 권리를 위해 싸운 사람들이 있었다는 사실. 바로 거기에서 우린 인류의 미래에 조심스럽게 희망을 걸어볼 이유를 찾을 수 있다.

호모사피엔스, 지혜로운 사람이란 뜻의 이 인류에게는 남다른 공격성도 있었지만, 분명 그 이름에 걸맞은 지혜와 이성도 있었던 것이다. 인간이 지닌 이 두 갈래의 본성은 앞서거니 뒤서거니 하며 우리를 지옥과 천국 사이에서 갈팡질팡하게 한다. 미국이란 나라의 역사는 네안데르탈인을 멸종시키고 역사에 유일한 인류의 적자로 나타난 호모사피엔스의 비극적인 역사를 대변한다.

잔인한 공격성을 가진 인류에게도 천적은 있다. 그것은 바로 인류 자신. 그들에게는 빛과 진리와 아름다움을 향해 나아가는 끈질긴 본능도 있다. 그러나 이들은 언제나 소수였다. 그들은 20세기 이후, 한결

같이 '빨갱이'라는 이름으로 불렸다. 공격하고, 할퀴고, 잡아먹는 호모사피엔스의 야만적 본성을 드러낸 박정희, 전두환 혹은 이명박, 이건희 같은 인간들에 반하는 모든 사람들의 이마 위엔 빨갱이라는 딱지가 붙여지지 않았던가. 하워드 진은 물론 이사도라 던컨, 미야자키 하야오, 헬렌 켈러, 피카소에 이르기까지, 한줌의 정복자들이 다수의 민중에게 드리운 고통의 무게, 모순의 질곡들에 저항했던 이들, 그리고 민중이라는 이름으로 이 저항의 움직임 속에 몸을 던졌던 모든 사람들의 힘으로, 인류는 스스로가 지닌 파괴와 공격의 본능에 저항해 왔다.

결국 이러한 인간의 본성을 파악하고 난다면, 태평성대라는 건 존재할 수 없는 꿈속의 세월이라는 걸 인정해야만 한다. 고통스럽지만, 언제나 권력의지를 가지고 가장 먼저 뛰어오르는 자들은 호모사피엔스의 공격성을 가장 두드러지게 타고난 자들이고, 우린 앞으로도 그런 자들을 끊임없이 역사의 무대에서 만나야만 한다는 사실을 인정해야 한다. 그들이 날뛰며 제멋대로 파헤쳐놓은 세상을 바로잡기 위해 반대의 성향을 가진 호모사피엔스들, 평화와 평등, 자유와 인권의 가치를 소중히 여기는 사람들은 연대의 손길을 맞잡고 끈질기게 나아가야 하는 것이다. 만면에 무한한 미소를 머금으며.

2년 전, 임종을 앞두고 남긴 마지막 글에서 하워드 진은 이렇게 말했다.

오바마를 더 나은 방향으로 가게 하는 전국적인 운동이 없다면 그는 그저 그런 대통령이 될 것이며, 우리 시대에 그저 그런 대통령이란 위험한 대통령을 뜻한다는 것을 알아야 한다.

진흙탕같이 추하게 질척이는 이 세상을 구해줄 그 어떤 메시아도, 그럴싸해 보이는 시대의 영웅도 기대하지 말자. 그 누가 국가의 수장이 되든 역사의 바퀴는 그것을 함께 굴려가는 시민들의 열망대로 흐를 것이니. 독재자의 딸이 펼치는 저 역겨운 시대착오적 여왕 놀음을 시민정신이 용납하지 않는다면, 그 공허한 권력의 허세는 세상을 한치도 움직일 수 없을 터이니.

월경독서

초판 1쇄 발행일 2013년 8월 19일
초판 3쇄 발행일 2019년 4월 5일

지은이 | 목수정

발행인 | 박재호
편집 | 고아라, 홍다휘, 강혜진, 이은정
마케팅 | 김용범
총무 | 김명숙
종이 | 세종페이퍼
인쇄 · 제본 | 한영문화사

발행처 | 생각정원 Thinking Garden
출판신고 | 제 25100-2011-320호(2011년 12월 16일)
주소 | 서울시 마포구 동교동 165-8 LG팰리스 1207호
전화 | 02-334-7932 팩스 | 02-334-7933
전자우편 | pjh7936@hanmail.net

만든 사람들
기획 | 박재호, 이둘숙
편집 | 이둘숙
디자인 | 이석운, 최윤선
띠지 사진 | 박태근